I0588429

ଭଗବତୀଚରଣ ପାଣିଗ୍ରାହୀ

ଗଳ୍ପ ସମଗ୍ର

ଭଗବତୀଚରଣ ପାଣିଗ୍ରାହୀ

ଗଳ୍ପ ସମଗ୍ର

ସମ୍ପାଦନା:

ଡକ୍ଟର ବିଶ୍ୱନାଥ ସାହୁ

ବ୍ଲାକ୍ ଇଗଲ୍ ବୁକ୍ସ

ଭୁବନେଶ୍ୱର, ଓଡ଼ିଶା

BLACK EAGLE BOOKS

Dublin, USA

ଭଗବତୀଚରଣ ପାଣିଗ୍ରାହୀ ଗଳ୍ପ ସମଗ୍ର

ବ୍ଲାକ୍ ଈଗଲ୍ ବୁକ୍ସ : ଭୁବନେଶ୍ୱର, ଓଡ଼ିଶା • ଡବ୍‌ଲିନ୍, ଯୁକ୍ତରାଷ୍ଟ୍ର ଆମେରିକା

BLACK EAGLE BOOKS

USA address:
7464 Wisdom Lane
Dublin, OH 43016

India address:
E/312, Trident Galaxy, Kalinga Nagar,
Bhubaneswar-751003, Odisha, India

E-mail: info@blackeaglebooks.org
Website: www.blackeaglebooks.org

First International Edition Published by
BLACK EAGLE BOOKS, 2024

BHAGABATICHARAN PANIGRAHI GALPA SAMAGRA
Edited by **Dr. Biswanath Sahoo**

Copyright © **BEB**

All rights reserved. No part of this publication may be reproduced, stored in a retrieval system, or transmitted, in any form or by any means, electronic, mechanical, photocopying, recording or otherwise without the prior permission of the publisher.

Cover & Interior Design: Ezy's Publication

ISBN- 978-1-64560-633-8 (Paperback)

Printed in the United States of America

ଭଗବତୀଚରଣଙ୍କ କ୍ଷୁଦ୍ରଗଳ୍ପ: ପୁନରବଲୋକନ

ଓଡ଼ିଶାରେ ପ୍ରଗତିଶୀଳ ଚେତନାର ବିକାଶ ଓ ପ୍ରସାର ପାଇଁ ୧୯୩୫ ମସିହାରେ କେତେଜଣ ଉଦ୍ୟମୀ ଯୁବକଙ୍କ ନେତୃତ୍ୱରେ 'ନବଯୁଗ ସାହିତ୍ୟ ସଂସଦ'ର ଗଠନ କରାଯାଇଥିଲା। କଟକର ଶ୍ରୀରାମଚନ୍ଦ୍ର ଭବନରେ ତା୨୯.୧୧.୧୯୩୫ ରୁ ତା ୪.୧୨.୧୯୩୫ ପର୍ଯ୍ୟନ୍ତ ଦୀର୍ଘ ଛଅଦିନ ଧରି ଏହି ସଂସଦର ପ୍ରାରମ୍ଭିକ ଅଧିବେଶନ ବସିଥିଲା। "ଯଥାର୍ଥତଃ ଦେଖିବାକୁ ଗଲେ ଏଇ ଛଅଦିନିଆ ଉତ୍ସବ ହିଁ ଓଡ଼ିଆ ପ୍ରଗତିଶୀଳ ସାହିତ୍ୟ ସୃଷ୍ଟିର ପ୍ରଥମ ଓ ପ୍ରଧାନ ମୂଳଭିତ୍ତି। ଏହା ପୂର୍ବରୁ ସଚ୍ଚିଦାନନ୍ଦ ରାଉତରାୟଙ୍କ ପରି ହାଇସ୍କୁଲ ଛାତ୍ର 'ଶ୍ରମିକ କବି' ଲେଖିଥାଇପରନ୍ତି; କିମ୍ବା ମାନସିଂହ, କ୍ଷିତୀଶଚନ୍ଦ୍ର ଓ ବୈକୁଣ୍ଠଙ୍କ ପରି ସ୍କୁଲ ଶିକ୍ଷକ ନୂତନ ଚିନ୍ତାକୁ ଆଶ୍ରୟ କରି କବିତା, ପ୍ରବନ୍ଧ ଲେଖି ଥାଇପାରନ୍ତି କିମ୍ବା ଏ ଦେଶର ଅନ୍ୟ କେହି ଏଥିରେ ହାତ ଦେଇ ପାରିଥାନ୍ତି; କିନ୍ତୁ ଏ ସାହିତ୍ୟ ସୃଷ୍ଟି ପାଇଁ 'ନବଯୁଗ ସାହିତ୍ୟ ସସଦ' ପରି କେଉଁଠି ମିଳିତ ବା ଗୋଷ୍ଠିଗତ ଉଦ୍ୟମ ହୋଇନାହିଁ।[୧] ଦେଶରେ ନବସଂସ୍କୃତି ଓ ନବସଭ୍ୟତାର ସ୍ରୋତ ଖେଳାଇ ଦେବା ହିଁ ଏହି ସଂସଦର ମୂଳ ଉଦ୍ଦେଶ୍ୟ ଥିଲା।[୨] ସଂସଦର ମୁଖପତ୍ର ରୂପେ ୧୯୩୬ ମସିହା ମଇ ମାସରେ ପ୍ରକାଶ ପାଇଲା 'ଆଧୁନିକ' ପତ୍ରିକା। ଏହାର ସମ୍ପାଦକ ଥିଲେ ଭଗବତୀଚରଣ ପାଣିଗ୍ରାହୀ। ସମ୍ପାଦକ ଏହାର ପ୍ରଥମ ସଂଖ୍ୟାରେ 'ନିଜ କଥା' ଲେଖି ସ୍ପଷ୍ଟ ଭାବରେ ସୂଚାଇଦେଲେ ଯେ – "ଆଧୁନିକ ଏପରି ଲେଖାର ପୋଷକତା କରିବ, ଯାହା ମାନବର ମନକୁ କର୍ମତତ୍ପର ହେବାପାଇଁ ଚଞ୍ଚଳ କରିବ। ପ୍ରବନ୍ଧ ହେଉ, କବିତା ହେଉ, ଗଳ୍ପ, ଉପନ୍ୟାସ, ନାଟକ ହେଉ, ଯାହା ମାନବକୁ

କର୍ମକ୍ଷେତ୍ରକୁ ପ୍ରଧାବିତ କରିବ, ଯାହା କର୍ମର ଉଦ୍ଦୀପନା ମାନବ ମନରେ ଆଣିଦେବ, ସେହିପରି ଲେଖା ବସ୍ତୁତଃ 'ଆଧୁନିକ'ରେ ପ୍ରକାଶ ପାଇବ। ଆରାମଚୌକିରେ ବସି ପଢ଼ିବାଯୋଗ୍ୟ ସୂକ୍ଷ୍ମ ସୌଖିନ ସାହିତ୍ୟ ପାଇଁ 'ଆଧୁନିକ'ରେ ସ୍ଥାନ ପ୍ରଶସ୍ତ ନୁହେଁ।"(୩) ଭଗବତୀଚରଣଙ୍କ ଏହି ନିର୍ଭୀକତା, ସ୍ପଷ୍ଟବାଦିତା ତଥା ପ୍ରଗତିବାଦୀ ଚିନ୍ତାଧାରା ସମକାଳୀନ ସାହିତ୍ୟିକଙ୍କ ପ୍ରେରଣାର ଉତ୍ସ ଥିଲା। ତେଣୁ ଆଲୋଚକ ନଟବର ସାମନ୍ତରାୟ ଭଗବତୀଚରଣଙ୍କୁ ଓଡ଼ିଆ ପ୍ରଗତିଶୀଳ ସାହିତ୍ୟର ପ୍ରକୃତ ପ୍ରବର୍ତ୍ତକ ଓ ସଂସ୍ଥାପକ ବୋଲି ମାନ୍ୟତା ଦେଇ କହିଛନ୍ତି – "ଯେଉଁ ମହାପୁରୁଷ ଓଡ଼ିଶାର ସାମ୍ୟବାଦୀ ଦଳର (୧୯୩୪) ପ୍ରାଣପ୍ରତିଷ୍ଠାତା ଓ ତା'ର ଜେନେରାଲ ସେକ୍ରେଟାରୀ, ଯେ ଓଡ଼ିଶା କମ୍ୟୁନିଷ୍ଟ ପାର୍ଟିର (୧୯୩୮) ପ୍ରକୃତ ପ୍ରାଣସ୍ୱରୂପ, ଯେ ଓଡ଼ିଶା ଗଡଜାତ ପ୍ରଜା- ଆନ୍ଦୋଳନରେ (୧୯୩୮) ପ୍ରଧାନ କର୍ଣ୍ଣଧାର ହୋଇ ଅନ୍ଧାର ମୁଲକରେ ସ୍ୱାଧୀନତାର ବୀଜମନ୍ତ୍ର ପ୍ରଚାର କରିଥିଲେ, ଯେ ନିଜ ସାହିତ୍ୟ, ବକ୍ତୃତା, ଆନ୍ଦୋଳନ ଓ ସଂଗଠନରେ ଅପୂର୍ବ କୃତିତ୍ୱ ଦେଖାଇ ସରକାର ଘରର ଲାଲଫିତାକୁ ଦିନେ ବିଶ୍ରାମ ଦେଇ ନ ଥିଲେ, ଦାସୋତ୍ତର (ପଣ୍ଡିତ ଗୋପବନ୍ଧୁ ଦାସ) ଓଡ଼ିଶାରେ ଯେ ଜ୍ୱଳନ୍ତ ଅଗ୍ନି ସ୍ଫୁଲିଙ୍ଗ ସଦୃଶ ଦିନେ ଓଡ଼ିଶାର ଗୋଟିଏ ପ୍ରାନ୍ତରୁ ଅନ୍ୟ ପ୍ରାନ୍ତପର୍ଯ୍ୟନ୍ତ ବିପ୍ଳବ ଅଗ୍ନି ଜାଳି ଦେଇଥିଲେ ଓ ପୃଥିବୀର ନୂତନ ବାର୍ତ୍ତା ଏ ଦେଶରେ ପ୍ରଚାର କରି ଯୁବଶକ୍ତିକୁ ନୂତନ ସ୍ରୋତରେ ପରିଚାଳିତ କରିବାକୁ ସମର୍ଥ ହୋଇଥିଲେ, ଦଳ ବିଶେଷରେ ନାମ ଲେଖାଇଥିବାରୁ ଯେ ଆଜି ଦେଶର ବହୁ ଲୋକଦ୍ୱାରା ଅବହେଳିତ ଓ ବିସ୍ମୃତ, ଯାହାର ନାମ ଶ୍ରାବଣରେ ବର୍ତ୍ତମାନ ସମୟରେ ବହୁ ସରକାରୀ କର୍ମଚାରୀ ଭୟରେ ଥରହର, ଯେ ଗୋପବନ୍ଧୁଙ୍କ ପରି ରୋଗୀ ସେବାରେ କେବଳ ଆତ୍ମୋତ୍ସର୍ଗ ତଥା ଆତ୍ମତ୍ୟାଗ କରିପାରନ୍ତି, ଯେ 'ଶିକାର', 'ହାତୁଡ଼ି ଓ ଦା' ପ୍ରଭୃତି ପରି କେତେକ ମୌଳିକ କ୍ଷୁଦ୍ରଗଳ୍ପ; ଅପ୍ରକାଶିତ 'ପୃଥିବୀର ଇତିହାସ', ଗୋଟିଏ ଅସଂପୂର୍ଣ୍ଣ ଉପନ୍ୟାସ ଓ ଅନ୍ୟାନ୍ୟ ବହୁ ପ୍ରବନ୍ଧ ଲେଖି ଦୁର୍ଭାଗ୍ୟବଶତଃ ଏ ଦେଶର ସାହିତ୍ୟ ରାଜ୍ୟରେ ବଡ଼ ଆସନ ଗ୍ରହଣ କରିପାରିନାହାନ୍ତି; ସେହି କେବଳ ଓଡ଼ିଆ ପ୍ରଗତିଶୀଳ ସାହିତ୍ୟର ପ୍ରକୃତ ମୂଳଭିତ୍ତି ସ୍ଥାପକ। ଯେ ଏ ଦେଶର ପ୍ରଗତିମୂଳକ ଅନୁଷ୍ଠାନ 'ନବଯୁଗ ସାହିତ୍ୟ ସଂସଦ' ପ୍ରତିଷ୍ଠା କରିପାରନ୍ତି, ଯେ ନୂତନ ବାଣୀ ଓ ସାହିତ୍ୟ ପ୍ରଚାର ପାଇଁ 'ଆଧୁନିକ' ପତ୍ରିକା ସମ୍ପାଦନ କରି ପାରନ୍ତି, ସେ କେବଳ ଏ ଦେଶର ଯୁବଶକ୍ତିକୁ ନୂତନ ସାହିତ୍ୟ ସୃଷ୍ଟିପାଇଁ ଉପଯୁକ୍ତ ଉତ୍ସାହ ଦେଇ ପାରନ୍ତି। ଓଡ଼ିଆ ପ୍ରଗତିଶୀଳ ସାହିତ୍ୟର ପ୍ରକୃତ ପ୍ରବର୍ତ୍ତକ ଓ ସଂସ୍ଥାପକ ହେଉଛନ୍ତି ଦେବଲୋକର ଅମର ଆତ୍ମା, ଓଡ଼ିଆର ବୀର ଅମୃତସନ୍ତାନ କମ୍ରେଡ୍ ଭଗବତୀଚରଣ ପାଣିଗ୍ରାହୀ।'(୪)

ଭଗବତୀଚରଣଙ୍କ ପ୍ରଗତିଶୀଳ ଆଭିମୁଖ୍ୟ କେବଳ ତାଙ୍କର ସାମାଜିକ ବା ରାଜନୈତିକ କ୍ଷେତ୍ରରେ ନଥିଲା; ତାଙ୍କ ରଚନାକୃତିରେ ମଧ୍ୟ ଏହି ଦୃଷ୍ଟିଭଙ୍ଗୀ ସ୍ପଷ୍ଟ ବିଦ୍ୟମାନ। ଭଗବତୀଙ୍କ ଧାରଣା ଥିଲା ଯେ, 'ଆଧୁନିକ ଅର୍ଥରେ ଯାହାକୁ କଥାସାହିତ୍ୟ କୁହାଯାଏ ଓଡ଼ିଶାରେ ତାହା ନାହିଁ, ଭାରତ ବର୍ଷରେ ମଧ୍ୟ ବିରଳ।'(୫) ତେଣୁ ଓଡିଆ କଥା ସାହିତ୍ୟରେ ସେ ଚାହୁଁଥିଲେ ଏକ ସଂସ୍କାର। ଏହି ସଂସ୍କାର ମନୋବୃତ୍ତିରୁ ଜନ୍ମ ନେଇଥିଲା 'ଶିକାର' ଏବଂ 'ହାତୁଡ଼ି ଓ ଦା' ପରି କ୍ଷୁଦ୍ରଗଳ୍ପ। ଶିକାର ଗଳ୍ପକୁ ଆଖିଆଗରେ ରଖି କେତେକ ସମାଲୋଚକ ଭଗବତୀଙ୍କୁ ଓଡ଼ିଆ ଗଳ୍ପରେ ମାର୍କ୍ସବାଦୀ ଚିନ୍ତାଧାରାର ଭଗୀରଥ ବୋଲି କହନ୍ତି। ଏହାର ବିପରୀତ ମତ ମଧ୍ୟ ଦେଖାଯାଏ। ପ୍ରଫେସର ବୈଷ୍ଣବ ଚରଣ ସାମଲ(୬) ତଥା ଡ. ଫଣୀନ୍ଦ୍ର ଭୂଷଣ ନନ୍ଦ(୭)ଙ୍କ ପରି ଆଲୋଚକ କହନ୍ତି- "ଓଡ଼ିଆ ସାହିତ୍ୟରେ ଶୋଷିତ ମଣିଷର ଶୋଷକ ସଂପ୍ରଦାୟ ବିରୋଧରେ ପ୍ରଥମ ରକ୍ତାକ୍ତ ପ୍ରତିବାଦ ଚନ୍ଦ୍ରଶେଖର ନନ୍ଦଙ୍କ 'ଗଦା ଡକାଏତ' ଗଳ୍ପରେ ଦେଖିବାକୁ ମିଳେ। ଏ ଗଳ୍ପର ଉତ୍ତରଦାୟାଦ ଭଗବତୀଙ୍କ 'ଶିକାର' ଗଳ୍ପ।" ବାସ୍ତବରେ ଓଡ଼ିଆ କଥା ସାହିତ୍ୟରେ 'ଗଦା ଡକାଏତ' ଆଲୋଚ୍ୟ ଚେତନାର ପ୍ରଥମ ପଦାଙ୍କ ହେଲେ ହେଁ 'ଶିକାର' ଗଳ୍ପର ପ୍ରଭାବ ଅନବଦ୍ୟ।

ଭଗବତୀଚରଣଙ୍କ ପ୍ରଥମ ଗଳ୍ପ 'ଜଙ୍ଗଲି' ପ୍ରକାଶ ପାଏ 'ଉତ୍କଳ ସାହିତ୍ୟ' ପତ୍ରିକାର ୩୨ଶ ଭାଗ, ୯ମ ସଂଖ୍ୟା, ପୌଷ ୧୯୩୬ (ଡିସେମ୍ବର ୧୯୨୯) ଖଣ୍ଡରେ। ଏହା ପରଠୁ ୧୯୩୫ ମସିହା ପର୍ଯ୍ୟନ୍ତ ଓଡ଼ିଶାର ବିଭିନ୍ନ ପତ୍ରିକାରେ ତାଙ୍କର ଆହୁରି ଏଗାରଗୋଟି ଗଳ୍ପ ପ୍ରକାଶ ପାଇଥିବାର ଦେଖାଯାଏ। 'ସହକାର' ପତ୍ରିକାର ବିଭିନ୍ନ ସଂଖ୍ୟାରେ ତାଙ୍କର ସମୟାତୀତ, ଜୀବନର ସମାଧି, ମିଶ୍ରଙ୍କ କୋପ ଓ ବଞ୍ଚିତା ପ୍ରଭୃତି ଗଳ୍ପ ପ୍ରକାଶ ପାଇଥିବାବେଳେ 'ଯୁଗବାଣୀ'ରେ ପ୍ରକାଶ ପାଇଛି ଆରମ୍ଭ ଓ ଶେଷ, ମୀମାଂସା, ମୃତ୍ୟୁର ବିବେଚନା ଓ ଝଡ଼ ଗଳ୍ପ। ଠିକ୍ ସେହପରି 'ଆଧୁନିକ' ପତ୍ରିକାରେ ଶିକାର, ହାତୁଡ଼ି ଓ ଦା ଏବଂ 'ଭଞ୍ଜ ପ୍ରଦୀପ'ରେ 'ଦୋକାନଦାର' ଗଳ୍ପ ପ୍ରକାଶିତ। ଅତଏବ ସେ ସର୍ବମୋଟ ବାରଗୋଟି ଓଡ଼ିଆ ଗଳ୍ପ ରଚନା କରିଥିବାର ପ୍ରମାଣ ମିଳେ।

ଭଗବତୀଚରଣଙ୍କ ଗଳ୍ପଗୁଡ଼ିକୁ ନେଇ ସର୍ବପ୍ରଥମେ ବ୍ରହ୍ମ ବରଦାର ନବୀନ ବିଶ୍ୱ ସାହିତ୍ୟ ସଂଗଠନ 'ଶିକାର ଓ ଅନ୍ୟାନ୍ୟ ଗଳ୍ପ' ଶୀର୍ଷକରେ ୧୯୮୫ ମସିହାରେ ଏକ ସଙ୍କଳନ ପ୍ରକାଶ କରିଛନ୍ତି। ଏଥିରେ ତାଙ୍କର ବାରଗୋଟି ଓଡ଼ିଆ ଗଳ୍ପ ସମେତ ଗୋଟିଏ ଇଂରାଜୀ ଗଳ୍ପ 'Confession' ଏବଂ ମନମୋହନ ମିଶ୍ରଙ୍କଦ୍ୱାରା ଅନୁଦିତ ଏହାର ଓଡ଼ିଆ ଅନୁବାଦ 'ସ୍ୱୀକାରୋକ୍ତି ସ୍ଥାନିତ ହୋଇଛି। ଠିକ୍ ଏହିବର୍ଷ 'ଭଗବତୀ

ସଞ୍ଚୟନ' ନାମରେ ନବଯୁଗ ଗ୍ରନ୍ଥାଳୟ, କଟକଦ୍ୱାରା ଭଗବତୀଙ୍କ କବିତା, ଗଳ୍ପ, ଉପନ୍ୟାସ ଓ ପ୍ରବନ୍ଧ ଆଦିର ଏକ ସଂଚୟନ ପ୍ରକାଶ ପାଇଥିଲା, ଯେଉଁଥିରେ ଗାଳ୍ପିକଙ୍କ ବାରଗୋଟି ଗଳ୍ପ ସଂକଳିତ। ପରେ ବିଜୟ କୁମାର ଶତପଥୀଙ୍କ ସମ୍ପାଦନାରେ ୧୯୯୯ ମସିହାରେ ନବଯୁଗ ଗ୍ରନ୍ଥାଳୟ, କଟକଦ୍ୱାରା 'ଭଗବତୀ ପାଣିଗ୍ରାହୀଙ୍କ ଶ୍ରେଷ୍ଠଗଳ୍ପ' ଏବଂ ୨୦୦୭ ମସିହାରେ ନ୍ୟାସନାଲ ବୁକ୍ ଟ୍ରଷ୍ଟ, ଇଣ୍ଡିଆ, ନୂଆଦିଲ୍ଲୀଦ୍ୱାରା 'ଭଗବତୀଚରଣ ଗଳ୍ପମାଳା' ପ୍ରକାଶିତ। ଶେଷୋକ୍ତ ସଙ୍କଳନରେ 'ସ୍ୱୀକାରୋକ୍ତି' ସମେତ ତେରଗୋଟି ଗଳ୍ପ ସଂକଳିତ।

ଉପର୍ଯୁକ୍ତ ତିନୋଟି ସଙ୍କଳନର ସମ୍ପାଦନାରେ କେତେଗୋଟି ତ୍ରୁଟି ଦୃଷ୍ଟିଗୋଚର ହୁଏ। ପ୍ରଥମତଃ, କେହି ବି ଗଳ୍ପଗୁଡ଼ିକର ପ୍ରକାଶନକ୍ରମକୁ ଦୃଷ୍ଟି ନ ଦେଇ ମନଇଚ୍ଛା ଗଳ୍ପ ସବୁ ସଜାଇଛନ୍ତି। ପତ୍ରିକା ପ୍ରକାଶନ ଅନୁଯାୟୀ ରହିଥିଲେ ଏହା ଅଧିକ ଶୁଦ୍ଧ ଓ ସମ୍ପାଦିତ ଲାଗିଥାନ୍ତା। ଦ୍ୱିତୀୟତଃ, ସଂକଳନ ତ୍ରୟରେ 'ମଜଲିସ' ନାମକ ଏକ ଗଳ୍ପ ସଂକଳିତ ହୋଇଛି। ଏ ଗଳ୍ପ ବାସ୍ତବରେ ଗାଳ୍ପିକଙ୍କ ବଡ଼ଭାଇ ଦିବ୍ୟସିଂହ ପାଣିଗ୍ରାହୀଙ୍କ ଦ୍ୱାରା ଲିଖିତ। 'ଭଞ୍ଜ ପ୍ରଦୀପ' ପତ୍ରିକାର ଚତୁର୍ଥ ଭାଗ, ପ୍ରଥମ ସଂଖ୍ୟା, ଆଶ୍ୱିନ ମାସ ୧୩୪୨ ସାଲରେ ଏହି ଗଳ୍ପ ଦିବ୍ୟସିଂହ ପାଣିଗ୍ରାହୀଙ୍କ ନାମରେ ପ୍ରକାଶ ପାଇଛି। ଅର୍ଥାତ୍ କାହୁଁ କେତେଦିନରୁ ଦିବ୍ୟସିଂହଙ୍କ ଏକ ଗଳ୍ପ ଭଗବତୀଙ୍କ ନାମରେ ସଂକଳିତ ଓ ପ୍ରଚାରିତ ହୋଇଆସୁଛି, ତାହା ଓଡ଼ିଆ ପାଠକ ମହଲରେ ଅଜଣା। ପରିଣାମ ସ୍ୱରୂପ ଶ୍ରୀଯୁକ୍ତ ଲକ୍ଷ୍ମୀନାରାୟଣ ରାୟ ସିଂହ ତାଙ୍କର ଓଡ଼ିଶା ସାହିତ୍ୟ ଏକାଡେମୀ ପ୍ରକାଶିତ 'ଭଗବତୀଚରଣ ପାଣିଗ୍ରାହୀ' ପୁସ୍ତକରେ ଏକ ଅଧ୍ୟାୟ ରଖିଛନ୍ତି - 'ହାସ୍ୟରସିକ ଭଗବତୀଙ୍କର ଶେଷଗଳ୍ପ- ମଜଲିସ'। ମୂଳ ପତ୍ରିକା ନ ଦେଖି ଆମ ସମାଲୋଚକମାନଙ୍କ ଏଭଳି ବିଭ୍ରାନ୍ତିକର ଚର୍ବିତଚର୍ବଣ ବାସ୍ତବରେ ଦୁଃଖର ବିଷୟ ନୁହେଁ କି ?

ତୃତୀୟତଃ, 'ଭଞ୍ଜ ପ୍ରଦୀପ'ର ପୂର୍ବୋକ୍ତ ସଂଖ୍ୟାରେ ଭଗବତୀଙ୍କ ଏକ ଅସଂକଳିତ ଗଳ୍ପ 'ଦୋକନଦାର' ପ୍ରକାଶ ପାଇଛି। ଏ ଗଳ୍ପ ଏଯାବତ୍ କୌଣସି ସଙ୍କଳନରେ ସଂକଳିତ ହୋଇନାହିଁ। ଗଳ୍ପରେ ତତ୍କାଳୀନ ସମୟର ଏକ ବାସ୍ତବ ଚିତ୍ର ପ୍ରତିଫଳିତ। ଜର୍ମାନ ଯୁଦ୍ଧ ବେଳେ ବେଲଜିଅମ୍‌ର 'Hall and Parkins'ରୁ କାମ ଶିଖି ଆସିଥିବା ଲୋକଟା କଲିକତାର ବଡ଼ ସାହେବ ଦୋକାନରେ କାମ କରି ତଡ଼ା ଖାଇବା ପରେ କଟକ ସହରରେ ଏକ ଦୋକାନ ଦେଇଛି। ସାଇକେଲ ସିଟ୍, ମଟର ଗଦି ମରାମତି ତଥା ଘୋଡ଼ା ସାଜ ମରାମତି ସେ ଭଲଭାବରେ କରିପାରେ। କିନ୍ତୁ ମଦଖଟି ଓ ଗୁଲିଖଟି ସେ ଲୋକର ଦୁଇଟି ବୈଠକଖାନା। ତେଣୁ ମାସରେ ପଚିଶ

ଦିନ ତା'ର ଦୋକାନ ବନ୍ଦ ରହେ। ଦୋକାନରୁ ଯାହା ରୋଜଗାର ହୁଏ, ହୋଟେଲରେ ଖାଇ ବେଶ୍ୟାଳୟରେ ସେ ଉଡ଼ାଇ ଦିଏ।

ବେଶ୍ୟାପଡ଼ାରୁ ମୋହିନୀକୁ ଉଠାଇନେଇ ଘରସଂସାର କରିବାକୁ ଲୋକଟି ଅନେକଥର ଭାବିଛି; ମାତ୍ର ଦିନେ ମୋହିନୀକୁ ଚୌଧୁରୀଙ୍କ ପୁଅ ସଙ୍ଗେ ବନ୍ଦ ଘରେ ଥିବାର ଦେଖି କ୍ରୋଧରେ ଫେରିଆସିଛି ନିଜ ଦୋକାନକୁ। ଏଭଳି ଏକ ସାଧାରଣ ପ୍ଲଟ୍‌କୁ ନେଇ ଆଲୋଚ୍ୟ ଗଳ୍ପ ଗଢ଼ା ଯାଇଥିଲା ହେଁ ଯୁଦ୍ଧଫେରନ୍ତା କର୍ମଜୀବୀଙ୍କ ଯୁଦ୍ଧୋତ୍ତର ଜୀବନଜୀବିକା, ସଂଘର୍ଷ, ସ୍ଖଳନ ଆଦିକୁ ଏହା କେତେକାଂଶରେ ଉଜାଗର କରିବାରେ ସଫଳ ହୋଇପାରିଛି।

ଭଗବତୀଙ୍କ ପୂର୍ବୋକ୍ତ ଗଳ୍ପ ସଙ୍କଳନମାନଙ୍କରେ ପତ୍ରିକାଗୁଡ଼ିକର ସୂଚନା ଥିବା ସତ୍ତ୍ୱେ କେହି ମୂଳ ପତ୍ରିକା ଦେଖିନଥିବାରୁ 'ଦୋକନାଦାର' ଏ ପର୍ଯ୍ୟନ୍ତ ସଭିଙ୍କ ନଜର ଆଢୁଆଳରେ ରହିଯାଇଛି। ଫଳରେ କେବଳ ସମ୍ପାଦକ ନୁହନ୍ତି, ସମାଲୋଚକମାନେ ମଧ୍ୟ ଏଭଳି ତ୍ରୁଟି ସବୁକୁ ଦୋହରାଇଛନ୍ତି। ଏହାର ଗୋଟିଏ ଦୃଷ୍ଟାନ୍ତ ଦେଇ ଡ. ଫଣୀନ୍ଦ୍ର ଭୂଷଣ ନନ୍ଦ ଲେଖିଛନ୍ତି - ମୂଳ ପତ୍ରିକା ନଦେଖି ବିଶିଷ୍ଟ ଗବେଷକ ଡ. ବୈଷ୍ଣବଚରଣ ସାମଲ ତାଙ୍କର ଡି.ଲିଟ୍. ନିବନ୍ଧ 'ଓଡ଼ିଆ କ୍ଷୁଦ୍ରଗଳ୍ପର ଇତିହାସ' (୨ୟ ଭାଗ - ୧୯୯୦)ରେ କେତେକ ଭ୍ରାନ୍ତ ମତପୋଷଣ କରିଥିବାର ଦେଖାଯାଏ।

୧. ଭଗବତୀଚରଣ ବାରଗୋଟି ଗଳ୍ପ ରଚନା କରିଛନ୍ତି।

୨. 'ଜୀବନର ସମାଧି' ତାଙ୍କର ଦ୍ୱିତୀୟ ଗଳ୍ପ।

୩. ସମୟାତୀତ 'ସହକାର' ୧୨/୮ରେ ପ୍ରକାଶିତ। (ପାଦଟୀକା)

୪. 'ମଜଲିସ୍' 'ଭଞ୍ଜ ପ୍ରଦୀପ' ୪/୧ରେ ପ୍ରକାଶିତ ଭଗବତୀଙ୍କ ରଚନା।'(୮)

ଏହା ବ୍ୟତୀତ ଆହୁରି କିଛି ସମାଲୋଚନା ପୁସ୍ତକରେ ମଧ୍ୟ ଏଭଳି ବିଭ୍ରାନ୍ତିକର ତଥ୍ୟ ଲେଖାଯାଇଅଛି।

ସୁତରାଂ ବ୍ଲାକ୍ ଇଗଲ୍ ବୁକ୍‌ଦ୍ୱାରା ପ୍ରକାଶ ପାଇବାକୁ ଯାଉଥିବା ଏହି 'ଭଗବତୀଚରଣ ଗଳ୍ପ ସମଗ୍ର'ରେ ଉପର୍ଯ୍ୟୁକ୍ତ ତ୍ରୁଟି-ବିଚ୍ୟୁତି ପ୍ରତି ସଚେତନ ଦୃଷ୍ଟି ଦିଆଯାଇଅଛି। ଏହାର ପ୍ରତ୍ୟେକ ଗଳ୍ପ ପତ୍ରିକାପାଠ ଆଧାରରେ ସଂକଳିତ। କେବଳ 'ଝଡ଼' ଗଳ୍ପର ପତ୍ରିକାପାଠ ମିଳିପାରିନଥିବାରୁ ସମ୍ପାଦିତ ପୁସ୍ତକଗୁଡ଼ିକର ପାଠକୁ ଗ୍ରହଣ କରାଯାଇଅଛି। ଅନେକ ଓଡ଼ିଆ ପୁସ୍ତକରେ 'ଝଡ଼' ଗଳ୍ପ ୧୯୩୪ ମସିହାରେ 'ଯୁଗବୀଣା' ପତ୍ରିକାରେ ପ୍ରକାଶ ପାଇଥିଲା ବୋଲି ଉଲ୍ଲେଖ ଅଛି; ମାତ୍ର କେଉଁ ସଂଖ୍ୟାରେ ତାହା ପ୍ରକାଶ ପାଇଥିଲା କୁହାଯାଇନାହିଁ। ତେଣୁ ଦ୍ୱନ୍ଦ୍ୱ ଉପୁଜିଛି। ଏହା

ବ୍ୟତୀତ ଆଲୋଚ୍ୟ ସଙ୍କଳନରେ 'ମଜଲିସ' ଗଳ୍ପକୁ ବାଦ୍ ଦେଇ ନୂତନ ଗଳ୍ପ 'ଦୋକାନଦାର'କୁ ସ୍ଥାନିତ କରାଯାଇଅଛି । ଗାଳ୍ପିକଙ୍କ ଇଂରାଜୀ ଗଳ୍ପ 'Confession' ଏବଂ ଏହାର ଅନୁବାଦ 'ସ୍ୱୀକାରୋକ୍ତି'କୁ ଆମ୍ଭେ ସଙ୍କଳନରେ ରଖିନାହୁଁ । ତେଣୁ ସର୍ବମୋଟ ବାରଗୋଟି ଗଳ୍ପକୁ ନେଇ ଏହି ସଙ୍କଳନ ପ୍ରସ୍ତୁତ । ଏ ପୁସ୍ତକ ପାଠକ ତଥା ଗବେଷକମାନଙ୍କ ଦୃଷ୍ଟି ଆକର୍ଷଣ କରିପାରିଲେ ଆମ୍ଭର ପରିଶ୍ରମ ସଫଳ ହେଲା ବୋଲି ଭାବିବୁ ।

ପ୍ରାନ୍ତଟୀକା:-

(୧) ସାମନ୍ତରାୟ, ନଟବର,ଆଧୁନିକ ଓଡ଼ିଆ ସାହିତ୍ୟର ଭିତ୍ତିଭୂମି, ଫ୍ରେଣ୍ଡସ୍ ପବ୍ଲିଶର୍ସ, କଟକ -୨, ପ୍ରଥମ ପ୍ରକାଶ -୧୯୬୪, ପୃ - ୨୩୯-୨୪୦ ।

(୨) ନବଭାରତ, ଧନୁ ୧୩୪୨, ପୃ -୫୩୯ ।

(୩) ଆଧୁନିକ,୧/୧, ମେ ୧୯୩୯ ।

(୪) ଆଧୁନିକ ଓଡ଼ିଆ ସାହିତ୍ୟର ଭିତ୍ତିଭୂମି, ପୃ - ୨୫୫-୨୫୬ ।

(୫) ଭଗବତୀ ସଂଚୟନ, ନବଯୁଗ ଗ୍ରନ୍ଥାଳୟ,କଟକ - ୭୫୩୦୪୧, ପ୍ରଥମ ସଂସ୍କରଣ -୧୯୮୫ ।

(୬) ସାମଲ, ପ୍ରଫେସର ବୈଷ୍ଣବ ଚରଣ, ଓଡ଼ିଆ କ୍ଷୁଦ୍ରଗଳ୍ପର ଇତିବୃତ୍ତ, ଫ୍ରେଣ୍ଡସ୍ ପବ୍ଲିଶର୍ସ, ବିନୋଦ ବିହାରୀ, କଟକ, ପ୍ରଥମ ସଂସ୍କରଣ-୨୦୧୯, ପୃ - ୩୮୦ ।

(୭) ନନ୍ଦ, ଡକ୍ଟର ଫଣୀନ୍ଦ୍ରଭୂଷଣ, ଅକ୍ଷର ଗଳ୍ପାକ୍ଷର, ଅପୂର୍ବା, ପ୍ଲଟ ନଂ- ୨୯୪, ୟୁନିଟ୍ -୩, ଖାରବେଳନଗର, ଭୁବନେଶ୍ୱର -୭୫୧୦୦୧, ପ୍ରଥମ ସଂସ୍କରଣ,ପୃ - ୨୧ ।

(୮) ତତ୍ରୈବ, ପୃ - ୧୮୧ ।

ସୂଚୀ

ଜଙ୍ଗଲି

ଏକ

ସେ ସୃଷ୍ଟିରୁ ବାହାର । ତାର ଆକାରରୁ ଯେପରି ବୋଧହୁଏ ସେ ପୁରୁଷ । କିନ୍ତୁ ମନୁଷ୍ୟତାର କୌଣସି ଲକ୍ଷଣ ତାଠାରେ ପରିଲକ୍ଷିତ ହୁଏ ନାହିଁ । ତାର ଧର୍ମ ନାହିଁ, ଜାତି ନାହିଁ, ସମାଜ ନାହିଁ, ଯେପରିକି ସେ ଏକା ଗୋଟାଏ ଜାତୀୟ ଜୀବ । ସେ ଦେଖିବାକୁ ମନୁଷ୍ୟପରି, କିନ୍ତୁ ତାର ପ୍ରକୃତି ମାନବ ପ୍ରକୃତିଠାରୁ ଏକାବେଳକେ ଫରକ । ତାର ସୁବୃହତ୍ କୃଷ୍ଣବର୍ଣ୍ଣ ଶରୀର ଅତି ଭୀଷଣ । କପାଳ ଏବଂ ଦୁଇ ଚକ୍ଷୁର ଦୁଇ ପ୍ରାନ୍ତ ଭାଗର ନାସିକାର ଅଗ୍ରଭାଗ ପର୍ଯ୍ୟନ୍ତ ଏହି କ୍ଷୁଦ୍ର ତ୍ରିଭୁଜାକାର ଅଂଶଟି ବ୍ୟତୀତ ପ୍ରାୟ ସମସ୍ତ ମସ୍ତକ ଘନକୃଷ୍ଣ କେଶ ଏବଂ ଶ୍ମଶ୍ରୁ ଦ୍ୱାରା ଏପରି ଭାବରେ ଆବୃତ ଯେ, ଓଷ୍ଠ ଦିଓଟି ଆଦୌ ଦେଖାଯାଏ ନାହିଁ । କର୍ଣ୍ଣ ଦିଓଟି ଘନ କେଶ ମଧ୍ୟରୁ ଅଳ୍ପ ଦେଖାଯାଏ । ତାର ସର୍ବାଙ୍ଗ ଦୀର୍ଘ କୃଷ୍ଣ ଲୋମରେ ଆଚ୍ଛାଦିତ, ଶରୀରରେ ତାର ଅସୁରର ବଳ । ଯେପରି ଏ ଯୁଗରେ ଆଦି ମାନବର ଗୋଟାଏ ଅବତାର ସେ ।

ସେ ଥାଏ ଏକ ନିବିଡ଼ ଜଙ୍ଗଲ ମଧ୍ୟସ୍ଥ ଗୋଟିଏ ପାହାଡ଼ର ଗୁହାମଧ୍ୟରେ । ସେ ସ୍ଥାନରେ ମନୁଷ୍ୟର ପାଦ କେବେ ପଡ଼ିଛି କି ନାହିଁ ସନ୍ଦେହ ! ଏପରି ସ୍ଥାନକୁ ଗୋଟିଏ ମାନବ ସନ୍ତାନ କିପରି ଆସିଲା, ତାହା କଳ୍ପନା କରଯାଇ ପାରେ ନାହିଁ । ମନେହୁଏ, ପଚା ଫଳ ମଧ୍ୟରେ ପିତା ମାତାଙ୍କ ଅଭାବରେ ମଧ୍ୟ ଯେପରି କୀଟର ଆବିର୍ଭାବ ହୁଏ, ସେହିପରି ସେ ଭୟଙ୍କର ତମସାଚ୍ଛନ୍ନ ଗହ୍ୱର ମଧ୍ୟରୁ ଏ ଭୀଷଣ ଜୀବନର ସୃଷ୍ଟି । ଜଗତର ସକଳ ଭୀଷଣତା ଯେପରି ଘନୀଭୂତ ହୋଇ ଏହି ଲୋକଟାର ଆକାରରେ ପ୍ରକାଶିତ ହେବାକୁ ଚେଷ୍ଟା କରିଛି ।

ତାର ସୌନ୍ଦର୍ଯ୍ୟଜ୍ଞାନ ଅତି ଅଦ୍ଭୁତ ରକମର। ଫୁଲଟିଏ ଫୁଟିବାର ଦେଖିଲେ ସେ ଖଣ୍ଡଖଣ୍ଡ କରି ଛିଣ୍ଡାଇ ପକାଇବ—କୋକିଳ ଗାଇ ଉଠିଲେ ତାକୁ ବିକଟ ସ୍ୱରରେ ପ୍ରତ୍ୟୁତ୍ତର ଦେବ। ଦକ୍ଷିଣ ବାୟୁ ସ୍ପର୍ଶରେ ତାର ପୁଲକ ଜାତ ହେଲେ, ସେ ଉନ୍ମତ୍ତ ହୋଇ ସମସ୍ତ ଜଙ୍ଗଲ ମଥିତ କରିବ। ହସ୍ତୀ, ସିଂହ, ବ୍ୟାଘ୍ର ଯାହା ଦେଖିବ, ତା ସଙ୍ଗେ ଯୁଦ୍ଧ ଆରମ୍ଭ ସେ କରି ଦେବ। ଶ୍ରାବଣର ଅନ୍ଧକାର ରାତ୍ରିରେ ଝଡ଼ ତୋଫାନର ଆୟୋଜନ ଦେଖିଲେ ସେ ସିଂହୀ ସହିତ ବାସର ରଚିବ।

ଜଙ୍ଗଲର ପଶୁମାନଙ୍କ ସହିତ ତା'ର ବେଶ୍ ପରିଚୟ ଥିଲା। କେତେବେଳେ ସେମାନଙ୍କ ସହିତ ମିଳିମିଶି କ୍ରୀଡ଼ା କରେ। କେତେବେଳେ ବା ସେମାନଙ୍କ ସହିତ କଳହ କରି ଯୁଦ୍ଧ ଆରଂଭ କରିଦିଏ। ଏପରି ଯୁଦ୍ଧ କରିବା ବିଷୟରେ ସେ ପଶୁମାନଙ୍କ ତୁଳନାରେ କୌଣସିମତେ କମ୍ ଭୀଷଣ ନୁହେଁ। ସେ କେତେବେଳେ ବୃକ୍ଷ ଉପରକୁ ଉଠିଯାଏ। କେତେବେଳେ ଅପର ପକ୍ଷକୁ ସହସା ଆଘାତ କରି ବୃକ୍ଷ ଅନ୍ତରାଳରେ ଛପିରହେ। ନିମିଷକ ମଧ୍ୟରେ ସେ ଯେ କେତେଥର କେତେ ପ୍ରକାରର ଶତ୍ରୁକୁ ଆଘାତ କରି ଅନ୍ତର୍ହିତ ହୋଇଯାଏ, ଭାବିଲେ ମନୁଷ୍ୟ ପକ୍ଷରେ ତାହା ସମ୍ଭବପର ବୋଲି ଅଦୌ ବିଶ୍ୱାସ ହେବନାହିଁ। କେତେଥର ଏହିପରି ଯୁଦ୍ଧ କରି ସେ ଭୀଷଣ ଆଘାତ ପ୍ରାପ୍ତ ହୋଇଛି—ସୁସ୍ଥ ସବଳ ହୋଇ ପୁଣି ଯୁଦ୍ଧ ଆରମ୍ଭ କରି ଦେଇଛି। ଆଉ ପ୍ରତିଥର ଯୁଦ୍ଧର ଆହ୍ୱାନ ଆସେ ଏହାରି ପକ୍ଷରୁ।

ଅଧିକାଂଶ ବନଚରଙ୍କ ସହିତ ତାର ପରିଚୟ ଥିଲେ ହେଁ ଗୋଟିଏ ହରିଣୀ ସହ ତା'ର ପ୍ରଣୟ ଥିଲା ସବୁଠାରୁ ବେଶି। ହରିଣୀଟିକୁ ସବୁବେଳେ ନିକଟରେ ରଖିବାକୁ ତା'ର ସବୁଠାରୁ ବେଶି ଆଗ୍ରହ। କିନ୍ତୁ ହରିଣୀଟି ଚଳ ଚପଳ ପ୍ରକୃତିର। ସେ ମୁହୂର୍ତ୍ତକ ମଧ୍ୟରେ ଜଙ୍ଗଲର ଏପାଖରୁ ସେପାଖଯାଏ ଡେଇଁ ବୁଲି ଆସିବ, କେତେ ହରିଣଙ୍କ ସଙ୍ଗେ ଖେଳିବ—କେଉଁଠି କଅଁଳ ଘାସରେ ମୁହଁ ମାରିବ—ଧୀର ପବନ ଦେହରେ ଲାଗିଲେ ମୁହଁ ଟେକି ପବନ ଦିଗକୁ ଚାହିଁବ—ଯେପରି କିଛି ଗୋଟାଏ ଆଘ୍ରାଣ କରୁଛି। ସାଙ୍ଗେ ସାଙ୍ଗେ ଟିକିଏ ନାଚିଯିବ। ଏ ସବୁ ଦେଖି ଆମର ବନ୍ୟ ଜୀବଟିର ଭାରି ଆନନ୍ଦ! କିନ୍ତୁ ହରିଣୀର ଚପଳତା ଯୋଗେ ସେ ହରିଣୀ ଉପରେ ସମୟ ସମୟରେ ରାଗ କରେ — ଅଭିମାନ କରେ। ହରିଣୀ ଯେତେବେଳେ ଦୌଡ଼େ, ସେ ମଧ୍ୟ ଦୌଡ଼ିବାକୁ ବାହାରେ। କିନ୍ତୁ ହରିଣୀ ସହିତ ସେ ଯୋଡ଼ ଦେଇପାରେ ନାହିଁ। ହରିଣୀ ତାକୁ ପଛରେ ପକାଇ ଚାଲିଯାଏ—ତା' ପାଇଁ ଅପେକ୍ଷା କରେନାହିଁ। ସେଥିପାଇଁ ସେ ହରିଣୀ ଉପରେ ଅଭିମାନ କରି ବସେ। କିମ୍ୱା ତାର ଇଚ୍ଛାବିରୁଦ୍ଧରେ ହରିଣୀ ତା ନିକଟରୁ ଖସି ଚାଲିଗଲେ ସେ ରାଗିଯାଏ। ପୁଣି ନିକଟକୁ ଫେରିଲେ ତାକୁ

ପ୍ରହାର କରିବ ବୋଲି ପ୍ରତିଜ୍ଞା କରେ। କିନ୍ତୁ ହରିଣୀ ଆସି ଯେତେବେଳେ ନିଜର ଲୋମଶ ମୁଖରେ ତାର ଗାଲକୁ ଆସ୍ତେ ଆସ୍ତେ ଆଉଁଶେ, ସେ ସବୁ ରାଗ ଅଭିମାନ ଭୁଲି ଯାଇ ତାକୁ ଆଲିଙ୍ଗନ କରେ। ଏ ଭୀଷଣ ଜୀବଟି ପ୍ରତି ହରିଣୀର କାହିଁକି କେଜାଣି ଗୋଟାଏ ମମତା ଜନ୍ମିଯାଇଥିଲା। ସେ ସବୁ ହରିଣ ହରିଣୀଙ୍କ ସହ ମିଶେ, ଖେଳେ, ବୁଲେ, ଚରେ; କିନ୍ତୁ ସେମାନଙ୍କ ମଧ୍ୟରୁ କାହାରି ସଙ୍ଗରେ ତାର ବିଶେଷ ଘନିଷ୍ଠତା ନ ଥିଲା। ସେ ଯଦି କେବେ କୌଣସି ବିପଦର ଆଶଙ୍କା ଦେଖେ, ତେବେ ତାର ଏଇ ମାନବ ବନ୍ଧୁଟିର ଆଶ୍ରୟ ନିଏ। ହରିଣୀ କେବେ ଆଘାତ ପ୍ରାପ୍ତ ହେଲେ ତାର ବନ୍ଧୁଟି ଅତି ଯତ୍ନ ସହକାରେ ଶୁଶ୍ରୂଷା କରେ। ବନ୍ଧୁ ଯଦି କେବେ ସିଂହ ବ୍ୟାଘ୍ରଙ୍କ ଦ୍ୱାରା କ୍ଷତ ବିକ୍ଷତ ହୁଏ, ହରିଣୀ ତାର କ୍ଷତ ସ୍ଥାନମାନ ଲେହନ କରି ପୀଡ଼ା ନିବାରଣ କରିବାକୁ ଚେଷ୍ଟାକରେ। ଏହିପରି ଭାବରେ ଦୁହିଁଙ୍କର ଦିନ କଟିବାରେ ଲାଗିଲା।

ଦୁଇ

ଥରେ ରାତ୍ରିର ଅନ୍ଧକାର ପଥ ଭୁଲି ଗୋଟିଏ ଷୋଡ଼ଶୀ ଶବର କନ୍ୟା ସେହି ଗୁହା ନିକଟରେ ଆସି ପହଞ୍ଚିଲା। ସେତେବେଳକୁ ଚତୁର୍ଦ୍ଦିଗ ଉଷାର କ୍ଷୀଣ ଆଲୋକରେ ଆଲୋକିତ ହୋଇ ଉଠିଥିଲା। ଯୁବତୀ ପଥଶ୍ରାନ୍ତ ହୋଇ ଗୁହା ସମ୍ମୁଖସ୍ଥ ଶିଳାଖଣ୍ଡ ଉପରେ ବସିଲା। ବନଚାରୀ ମାନବଟି ନିଦ୍ରା ତ୍ୟାଗ କରି ହରିଣୀ ସଙ୍ଗେ ନାନା ପ୍ରକାର ଗେଲ, ସୁଆଗ ଆରମ୍ଭ କରି ଦେଇଥିଲା। ତାର ବାହାର ପ୍ରତି ଲକ୍ଷ୍ୟ ନଥିଲା। ସେ ଗୁହା ମଧ୍ୟରେ କ୍ରୀଡ଼ା ନିରତ ଥିଲା। ହଠାତ୍ ତା'ର ଦୃଷ୍ଟି ବାହାରକୁ ପଡ଼ିବା ମାତ୍ରକେ ସେ ଯୁବତୀକୁ ବସିବାର ଦେଖି ପାରିଲା। ଯୁବତୀର ମୁଖରେ ସ୍ୱର୍ଣ୍ଣକିରଣ ପଡ଼ି ଅତି ସୁନ୍ଦର ଦେଖାଯାଉଥିଲା—ଭୟରେ ଯୁବତୀର ଚକ୍ଷୁ ଦିଓଟି ଚଞ୍ଚଳ ହୋଇ ଉଠିଥିଲା। ଏପରି ଏକ ଅପୂର୍ବ ଜୀବ ଦେଖି ସେ ଜଙ୍ଗଲି ପ୍ରଥମେ ଏକାବେଳେ ସ୍ତମ୍ଭୀଭୂତ ହୋଇଗଲା। କିଛିକ୍ଷଣ ପରେ ଗୁହା ମଧ୍ୟରୁ ବାହାରି ଧୀରେ ଧୀରେ ଅଗ୍ରସର ହୋଇ ଯୁବତୀକୁ ଧରି ପକାଇଲା। ଯୁବତୀ କ'ଣ ବସି ଭାବୁଥିଲା—ହଠାତ୍ ଏ ସ୍ପର୍ଶ ପାଇ ଚମକି ଉଠିଲା। ଚାହିଁ ଦେଖେ ତ, ଭୀଷଣକାୟ ନଗ୍ନ ପୁରୁଷମୂର୍ତ୍ତି ! ଯୁବତୀ ଚିତ୍କାର କରି ମୂର୍ଚ୍ଛିତ ହୋଇ ପଡ଼ିଲା। କିନ୍ତୁ ଜଙ୍ଗଲୀ ଏ ଚିତ୍କାରର କୌଣସି ଅର୍ଥ ବୁଝିନପାରି ଅବାକ୍ ହୋଇଗଲା। କଣ ବିଚାରି ତାର ଶରୀରରେ ଧୀରେ ଧୀରେ ହସ୍ତ ସଂଚାଳନ କରିବାକୁ ଲାଗିଲା। ଯୁବତୀ ପ୍ରକୃତିସ୍ଥ ହୋଇ ଦେଖିଲା, ଲୋକଟି ତା'ର କୌଣସି ଅନିଷ୍ଟ କରିବାକୁ ଚାହେଁ ନାହିଁ। ସେ ଭୟ ତ୍ୟାଗ କରି କ୍ରମେ ଆଶ୍ୱସ୍ତ ହେଲା।

ଶବର କନ୍ୟା ଦେଖିଲା, ଏ ନିବିଡ଼ ଜଙ୍ଗଲ ମଧ୍ୟରେ ପଥଖୋଜି ଘରକୁ ଯିବା ତା' ପକ୍ଷରେ ସମ୍ଭବ ନୁହେଁ। ସେ ବାଧ୍ୟ ହୋଇ ସେ ଜଙ୍ଗଲୀର ଆଶ୍ରୟ ନେଲା। ଘରକଥା ପିତା, ମାତାର ଭ୍ରାତା, ଭଗିନୀଙ୍କ କଥା ମନେପଡ଼ିଲେ ତରୁଣୀ ଅବିରଳ ଲୋତକ ବର୍ଷଣ କରି ରୋଦନ କରେ।

ଜଙ୍ଗଲୀଟି କିନ୍ତୁ ଏ ଲୋତକ ପାତର କୌଣସି କାରଣ ଖୋଜିପାଏ ନାହିଁ। ସେ ତାକୁ ଗେଲ କରେ, ସୁଆଗ କରେ—ତାର ଗଣ୍ଡରୁ ଲୋତକ ଧାର ପୋଛିଦିଏ। ଏ ସବୁ ଆଦରଦ୍ୱାରା ଯୁବତୀର କୋହ ଦ୍ୱିଗୁଣିତ ହୋଇ ଉଠେ। ଜଙ୍ଗଲୀ କେବଳ ବଡ଼ ବଡ଼ ଆଖି ମେଲାଇ ଚାହିଁରହେ।

ଯୁବତୀକୁ ପାଇ ଜଙ୍ଗଲୀର ମହା ଆନନ୍ଦ। ତାର ଜୀବନ ଆହୁରି ସୁଖକର ହୋଇ ଉଠିଛି। ସେ କେତେବେଳେ ଯୁବତୀକୁ ଆଲିଙ୍ଗନ କରେ, କେତେବେଳେ ହରିଣୀକୁ ଆଲିଙ୍ଗନ କରିପକାଏ। କେତେବେଳେ ବା ଆନନ୍ଦରେ ଦୁହିଁଙ୍କ ସମ୍ମୁଖରେ ନୃତ୍ୟକରେ। ସେ ଜଙ୍ଗଲ ମଧ୍ୟରୁ ନାନାପ୍ରକାର ଫଳମୂଳ ଆଣି ଯୁବତୀକୁ ଦିଏ। ତାକୁ ଖୁସି କରାଇବା ପାଇଁ ତାର ସମ୍ମୁଖରେ ହରିଣୀ ସହ ନାନାପ୍ରକାର କ୍ରୀଡ଼ା କରେ।

ଅଳ୍ପଦିନ ମଧ୍ୟରେ ଶବର-କନ୍ୟାର ଗତିବିଧି ଦେଖି ଜଙ୍ଗଲୀ ଏକାବେଳକେ ବିସ୍ମୟାଭିଭୂତ ହୋଇ ଯାଇଛି। ସେ ତରୁଣୀ ମାଟିର ପାତ୍ର ନିର୍ମାଣକରେ, ଝକମକ ପଥରରେ ଲୁହା ଘଷି ଅଗ୍ନି ବାହାର କରେ। ଅଗ୍ନି ସାହାଯ୍ୟରେ ମାଟିର ପାତ୍ରରେ ସେ ମାଂସ, ଶାକ ଆଦି ରାନ୍ଧି ଅତି ସୁନ୍ଦର ସୁସ୍ୱାଦୁ ଖାଦ୍ୟ ପଦାର୍ଥ ପ୍ରସ୍ତୁତ କରେ। ବୃକ୍ଷରେ ଆରୋହଣ ନକରି ବଂଶଦଣ୍ଡ ସାହାଯ୍ୟରେ ବୃକ୍ଷର ଫଳ ତୋଳିପାରେ। ଗୃହଟିକୁ ପରିଷ୍କାର କରି ସୁସଜ୍ଜିତ ରଖେ। ଏ ସବୁ କଣ କମ୍ କଥା। ଜଙ୍ଗଲୀ ଦେଖିଲା, ଏ ଗୋଟିଏ ଉଚ୍ଚ ଶ୍ରେଣୀର ଜୀବ ଆଉ ଯା ଠାରେ କିଛି ବିଶେଷତ୍ୱ ଅଛି। ସେ ତରୁଣୀ ଦେଖିଲା, ଶଙ୍କାବୋଧ କଲା। ତାକୁ ବଡ଼ ସମ୍ମାନ-ସମ୍ଭ୍ରମ ଦେଖାଇଲା। ଯୁବକର ଏ ଦୁର୍ବଳତାର ସୁବିଧାପାଇ ଯୁବତୀ ତା ଉପରେ ବେଶ୍ ଆଧିପତ୍ୟ ବିସ୍ତାର କରି ବସିଲା। ସେ ତାକୁ ନାନାପ୍ରକାର କାର୍ଯ୍ୟକରିବା ପାଇଁ ଆଦେଶ କରେ ଆଉ ସେ ଆଦେଶ ପାଳନ କରିବାକୁ ଜଙ୍ଗଲୀ ସବୁବେଳେ ତତ୍ପର। ତରୁଣୀ ତାକୁ ଭାଷା ଶିକ୍ଷାଦିଏ - ସୁବିଧାରେ କାର୍ଯ୍ୟସାଧନ କରିବାକୁ ନାନାପ୍ରକାର ଉପଦେଶ ଦିଏ। ତାର ପ୍ରଭାବରେ ଜଙ୍ଗଲୀର ବେଶ୍ ପରିବର୍ତ୍ତନ ଘଟିଛି। ସେ ତାର ପଶୁପ୍ରକୃତିକୁ କ୍ରମେକ୍ରମେ ଛାଡ଼ିଦେଲାଣି - ଅଳ୍ପଅଳ୍ପ କଥା କହିପାରେ - ପଶୁମାନଙ୍କ ସହିତ ଆଉ ପୂର୍ବପରି ଯୁଦ୍ଧରେ ପ୍ରବୃତ୍ତ ହୁଏନାହିଁ।

ଶବରକନ୍ୟା ଏ ବନ୍ୟଯୁବକକୁ ଭଲ ପାଏ କି ନା କହି ହେବନାହିଁ। କିନ୍ତୁ ତାର ଇଚ୍ଛା ଯୁବକ ଆଉ କାହାକୁ ଭଲ ନପାଉ। ସେ ଯେତେବେଳେ ଦେଖିଲା,

ଯୁବକର ହରିଣୀ ସହିତ ବେଶ୍ ଘନିଷ୍ଠ ସମ୍ବନ୍ଧ ଅଛି, ସେ ହରିଣୀକି ଈର୍ଷା ଚକ୍ଷୁରେ ଦେଖିଲା। ତା ଉପରେ ନାନାପ୍ରକାର ଦୁର୍ବ୍ୟବହାର କରିବାକୁ ଲାଗିଲା। କେତେବେଳେ ତାକୁ ପ୍ରହାର କରି ଗୃହମଧ୍ୟରୁ ବାହାର କରିଦିଏ, କେତେବେଳେ ବା ତାକୁ ପଦାଘାତ କରେ। ହରିଣୀ ଜଙ୍ଗଲୀ ପ୍ରତି କରୁଣ ଦୃଷ୍ଟିପାତ କଲେ, ତରୁଣୀ ଉଚ୍ଚହାସ୍ୟ କରେ— ଜଙ୍ଗଲୀ ଯନ୍ତ୍ରଚାଳିତ ପରି ତାର ହାସ୍ୟର ପ୍ରତିଧ୍ୱନି କରିଉଠେ। ହରିଣୀ ସେଠାରୁ ନୀରବରେ ଚାଲିଯାଏ। ଜଙ୍ଗଲୀ ସେ କଥା ଦେଖିପାରେ ନାହିଁ। ଏକା ବେଳକେ ତରୁଣୀଦ୍ୱାରା ବିମୋହିତ ବିମୁଗ୍ଧ ହୋଇ ରହିଥାଏ। କେତେବେଳେ ବା ସେ ନିଜେ ହରିଣୀକି ଗୁହା ମଧ୍ୟରେ ଘଉଡ଼ାଇ ନେଇ ତରୁଣୀର ହାସ୍ୟରେ ଯୋଗଦିଏ। ଦିନେ ଯୁବତୀ ହରିଣୀକି ମାରି ରନ୍ଧନ କରିବା ପାଇଁ ଇଚ୍ଛା ପ୍ରକାଶ କଲା। ଯୁବକ ଆଜିପର୍ଯ୍ୟନ୍ତ ଯୁବତୀର ସକଳ ଆଦେଶ, ସକଳ ଅନୁରୋଧ ରକ୍ଷା କରିଆସିଛି; କିନ୍ତୁ ଏ ଅନୁରୋଧ ସେ ରକ୍ଷା କରି ପାରିଲା ନାହିଁ। ସେ ସେହିକ୍ଷଣି ଅନ୍ୟ ଗୋଟିଏ ହରିଣୀ ମାରିଆଣି ଯୁବତୀକୁ ଦେଲା। ସେହିଦିନୁ ହରିଣୀପ୍ରତି ଯୁବତୀର ରାଗ, ଈର୍ଷା ଦ୍ୱିଗୁଣିତ ହେଲା। ସେ ଆହୁରି ନିର୍ଦ୍ଦୟ ଭାବରେ ହରିଣୀ ଉପରେ ଅତ୍ୟାଚାର କରିବାକୁ ଲାଗିଲା। ହରିଣୀଟି ଅତି ଅସହାୟ ଭାବରେ ସମସ୍ତ ଦୁର୍ବ୍ୟବହାର ସହ୍ୟକଲା। ତଥାପି ସେ ଗୁହା ଛାଡ଼ି ଗଲାନାହିଁ। ଜଙ୍ଗଲୀ ପାଖରେ ସେ କି ଆଶାପୋଷଣ କରିଥିଲା କେଜାଣି ?

ଜଙ୍ଗଲୀ ଏବେ ଆଉ ପୂର୍ବପରି ଯେ କୌଣସି ସମୟରେ ତରୁଣୀକି ଆଲିଙ୍ଗନ କରିପାରେ ନାହିଁ। ତାର କିପରି ଭୟହୁଏ। ଯଦି କେବେ ଆଲିଙ୍ଗନ ବା ଆଦର କରିବାକୁ ଯାଏ, ତରୁଣୀଠାରୁ ତର୍ଜନା ପାଇ ନତଶିର ହୋଇ ଫେରିଆସେ। ତାର ସମସ୍ତ ଦୁର୍ଦ୍ଦମନୀୟତା ଏହିଠାରେ ହିଁ ପରାଜିତ। ଯୁବକର ମନରେ କଷ୍ଟ ହୋଇଛି, ବୁଝିପାରିଲେ ଯୁବତୀ ହସିହସି କିଛି ଗୋଟିଏ କାମ କରିବାକୁ କହେ। ଜଙ୍ଗଲୀ ସେମିତି ବଦନ ଦେଖି ସବୁ ଦୁଃଖ ଭୁଲିଯାଏ। କାର୍ଯ୍ୟ ସାଧନ କରିବା ପାଇଁ ଛୁଟିଯାଏ। ତରୁଣୀ ଏକଥା ଦେଖି ମନେମନେ ହସେ।

ତିନି

ଦିନେ ହଠାତ୍ ତରୁଣୀ ତା'ର ପିତା ସେହି ପଥଦେଇ ଯାଉଥିବାର ଦେଖିଲା। ସେତେବେଳକୁ ଜଙ୍ଗଲୀ ଗୁହା ମଧ୍ୟରେ ନଥିଲା। ତରୁଣୀ ପିତାକୁ ଦେଖି ଆନନ୍ଦରେ ଗଦ୍ ଗଦ୍ କଣ୍ଠରେ ଡାକଦେଲା, ପିତା କନ୍ୟାର କଣ୍ଠସ୍ୱର ବାରିପାରି ଫେରି ଚାହିଁଲା। କନ୍ୟା ଏକ ନିଶ୍ୱାସରେ ପିତା ନିକଟକୁ ଛୁଟି ଆସିଲା। କନ୍ୟାକୁ ଆଲିଙ୍ଗନକରି ପିତା ଆନନ୍ଦରେ ପଚାରିଲା, କିରେ! ତୁ ଏତେଦିନ କେଉଁଠି ଥିଲୁ ? କନ୍ୟା ଗୁହାଟିକୁ

ଦେଖାଇଦେଲା। ଏତେବଡ଼ ଭୟଙ୍କର ସ୍ଥାନରେ ସେ ଏକାକିନୀ କିପରି ଥିଲା ଭାବି ପିତା ବିସ୍ମିତ ହୋଇଗଲା। ତା'ପରେ ସେ ଗୁହାର ଇତିହାସ ତା ଆଗରେ କହିଲା। ସେ ଗୁହାରେ ୨୦ ବର୍ଷ ତଳେ ଗୋଟିଏ ଦୁର୍ଦ୍ଦାନ୍ତ ଦସ୍ୟୁ ଥିଲା। ସେ ଦସ୍ୟୁର ଗୋଟିଏ ଦୁଇ ତିନିବର୍ଷର ପୁତ୍ର ଥିଲା। ଦିନେ ସେ ଶିଶୁଟିକୁ ଗୁହା ମଧ୍ୟରେ ଛାଡ଼ି ଚୋରି କରିବାକୁ ଯାଇଥିଲା। ଚୋରି ସମୟରେ ଧରାହୋଇ ସେ ଯାବଜୀବନ କାରାଦଣ୍ଡ ପାଇଲା। ଏ ମଧ୍ୟରେ ତା ପୁତ୍ରଟିର କ'ଣ ହେଲା କେହି ଜାଣେନାହିଁ। ତରୁଣୀ ବୁଝି ପାରିଲା, ସେ ପୁତ୍ର ଆଉ କେହିନୁହେଁ, ସେହି ଜଙ୍ଗଲୀ ଯୁବକ। କିନ୍ତୁ ସେ ଯୁବକର କଥା କୌଣସିମତେ ପିତା ଆଗରେ ଉତ୍‌ଥାପନ କରିବାକୁ ସାହସ କଲାନାହିଁ। ତାର ଭୟ ହେଲା, ପିତା ଯଦି ଜାଣେ ଯେ, ସେହି ଜଙ୍ଗଲୀ ନିକଟରେ ଏତେଦିନ ଥିଲା, ତେବେ କଣ ବିଚାରିବ !

ପିତା କନ୍ୟାକୁ ନେଇ ବାହାରିଲା। ଘରକୁ ଯିବାକୁ ତରୁଣୀ ବଡ଼ ଉତ୍କଣ୍ଠିତ ହୋଇ ଉଠିଥିଲା। କିନ୍ତୁ ଚିରଦିନ ପାଇଁ ସେହି ସରଳ ଜଙ୍ଗଲୀଟିକୁ ଛାଡ଼ି ଯିବାକୁ ତାର ମନ କୁଣ୍ଠିତ ହୋଇ ଉଠିଲା। ତାର ଇଚ୍ଛା ହେଉଥାଏ ସେ ଜଙ୍ଗଲୀଟିକୁ ସଙ୍ଗରେ ନେଇଯିବାକୁ। କିନ୍ତୁ ପିତା ସମ୍ମୁଖରେ ସେ କଥା ବା କହୁଛି କିପରି ! କୌଣସିମତେ ମନ କଥାଟା ମନରେ ମାରିନେଲା। କିଛିଦୂର ଅଗ୍ରସର ହେଉ ନ ହେଉଣୁ ପଛରୁ ଗୋଟାଏ ବିକଟ ଶବ୍ଦ ଶୁଣାଗଲା ଏବଂ ଗୋଟାଏ ଢେଲା ତରୁଣୀ ପିତା ଉପରେ ବାଜିଲା। ଶବର ଫେରି ଦେଖିଲା, ଗୋଟାଏ ଭୀଷଣାକୃତ ମାନବ ଗୋଟାଏ ବୃକ୍ଷର ଶାଖା ଧାରଣ କରି ସେମାନଙ୍କ ଦିଗକୁ ଧାବିତ। ସେ କୌଣସି ଉପାୟ ନଦେଖି ଶର ସନ୍ଧାନ କଲା, ତରୁଣୀଟିର ଶରୀର କମ୍ପି ଉଠିଲା। ତାର ଇଚ୍ଛାହେଲା, ପିତାକୁ ବାରଣ କରିବ। କିନ୍ତୁ ବାରଣ କରିବାପୂର୍ବରୁ ଶରଟା ସାଇଁ ସାଇଁ ଧ୍ୱନିକରି ଜଙ୍ଗଲୀର ବିଶାଳ ଲୋମଶ ବକ୍ଷ ଭେଦ କଲା। ଜଙ୍ଗଲୀ ଚିତ୍କାର କରି ପତିତ ହେଲା। ତରୁଣୀ 'ଉଃ— ସ୍' କରି ପିତାର ସ୍କନ୍ଧକୁ ଆଉଜି ପଡ଼ିଲା। କନ୍ୟା ଏ ହତ୍ୟାକାଣ୍ଡ ଦେଖି ଭୟ ପାଇଲା ବୋଲି ଭାବି ତାକୁ ଘେନି ଶବର ସେ ସ୍ଥାନରୁ ଶୀଘ୍ର ପ୍ରସ୍ଥାନ କଲା।

ଜଙ୍ଗଲୀର ସେ ସୁବିଶାଳ ବକ୍ଷରୁ ରକ୍ତର ସ୍ରୋତ ଉବୁକି ଉଠୁଥିଲା। କିଛିକ୍ଷଣ ତାର ସେ ଦୁର୍ଦ୍ଦମନୀୟ ଅଙ୍ଗପ୍ରତ୍ୟଙ୍ଗ ଛଟପଟ ହୋଇ ଚିରକାଳ ପାଇଁ ନିଶ୍ଚଳ ହୋଇଗଲା। ମୂକ ହରିଣୀଟି ବିନ୍ଦୁ ବିନ୍ଦୁ ଲୋତକପାତ କରି ତାର ବକ୍ଷ ଦେଶ ଲେହନ କରୁଥିଲା।

■

ଉତ୍କଳ ସାହିତ୍ୟ, ୩୨/୦୯, ପୌଷ ୧୩୩୬

ସମୟାତୀତ

ସତ୍ୟ ଗୋଟାଏ ଝଡ଼ ସଦୃଶ ଗୃହ ମଧ୍ୟକୁ ପ୍ରବେଶ କରି କହିଉଠିଲା, "ଗୀତ ବନ୍ଦ ହୋଇଗଲା ଯେ ?"

ରମଣ କହିଲା, "ତମର ଆଜି ଏତେ ବିଳମ୍ବ ?"

ସତ୍ୟ କହିଲା, "ମୋ ଭିତରେ ଆଜି କବି ଉଭା ହୋଇଥିଲା— ଯେମିତି ଗାଁ କାଳିସୀଠାରେ ଠାକୁରାଣୀ ଉଭା ହୁଏ । ମୁଁ ଏଇ ସୁନ୍ଦର ଚନ୍ଦ୍ରକିରଣ ତଳେ ନଈବାଲିରେ ବସି ଦୂର ଦିଗ୍‌ବଳୟ ରେଖାକୁ ନିର୍ଣ୍ଣୟ କରୁଥାଏ, ଆଉ ଏଠାରେ ଏଇ ମଧୁର କଳନିନାଦ ମୋ କାନରେ ପ୍ରବେଶ କରୁଥାଏ । ମୋତେ ଏତେ ଆନନ୍ଦ ବୋଧ ହେଲା ଯେ ମୁଁ ଭାବିଲି, ଏ ଆନନ୍ଦ ନୁହେଁ-ଦୁଃଖ; ଏପରି ଗଭୀର ଭାବରେ ମୋ ହୃଦୟକୁ ସ୍ପର୍ଶ କରି ମୋତେ ଅଭିଭୂତ କରି ପକାଇଥିଲା ! ମୁଁ ସେତେବେଳେ ଭାବିଲି Shelly ବାସ୍ତବିକ୍ ଠିକ୍ ଲେଖିଛନ୍ତି । କଣଟି ରାଜକିଶୋର ସେ ଦି'ଧାଡ଼ି—ହଁ ।

"Till joy denies itself again, and, too intense, it turned to pain."

ରାଜକିଶୋର କହିଲା, "ତମେ ଯେ ଆଜି ଏକାବେଳେ ବୃଦ୍ଧ ଦାର୍ଶନିକ !"

ସତ୍ୟ ଏ କଥାର କୌଣସି ଉତ୍ତର ନ ଦେଇ ସୁରମା ଆଡ଼କୁ ଚାହିଁଲା । ସୁରମା ନିଜ ସଙ୍ଗୀତର ପ୍ରଶଂସା ଶୁଣି ଟିକିଏ ଅପ୍ରତିଭ ହୋଇ ପଡ଼ିଥିଲା । ସତ୍ୟ କହିଲା, "ସେଇ 'ନୀଳ ଆକାଶର ତାରାଟି' ବୋଲି" ।

ରମଣ ଭଗିନୀର ଆଉ ଅଧିକ ଗାଇବାର ଅସାମର୍ଥ୍ୟ ଅନୁଭବ କରି କହିଲା, "ସେ ବର୍ତ୍ତମାନ ଗାଇ ଗାଇ ବେଦମ୍ ହୋଇ ପଡ଼ିଚି; ତାକୁ ଟିକିଏ ସମୟ ଦିଅ ।"

ସତ୍ୟ ନିଜ ଚୌକିରୁ ଉଠି ଟେବୁଲ୍ ଉପରେ ବହିଗୁଡ଼ାକ ଖେଳାଇବାକୁ ଲାଗିଲା । ଶେଷରେ ଖଣ୍ଡେ ବହି ଧରି ନିଜ ସ୍ଥାନକୁ ଫେରି ଆସିଲା । ବହିଟି Maxim Gorkyଙ୍କର Mother । ସତ୍ୟ ରମଣକୁ ପଚାରିଲା, "ଏ ବହି ଖଣ୍ଡ କେବେ କିଣିଲ ? ଅତି ଉପାଦେୟ ବହି । କେତେ ଦିନ ଆଗେ ଲାଇବ୍ରେରୀରୁ ଆଣି ପଢ଼ିଥିଲି ।"

ରମଣ ଆଉ କେତେ ବଡ଼ ବଡ଼ ଲେଖକଙ୍କର ଭଲଭଲ ବହି ଆଣିଥିବାର କହିଲା। ସେମାନଙ୍କ ଲେଖା ବିଷୟରେ ସତ୍ୟ ଓ ରମଣର କିଛି ସମୟ ଆଲୋଚନା ଚାଲିଲା। ରାଜକିଶୋର ଏ ସ୍ଥଳରେ ନିଜର ନଗଣ୍ୟତା ଲୁଚାଇବାକୁ ଯାଇ କହିଲା, "ଆଚ୍ଛା, ମେରୀ କରେଲୀ ତ ଭଲ ନଭେଲ ଲେଖିଚି।"

ସତ୍ୟ ହୋ ହୋ ହସି ଉତ୍ତର ଦେଲା, "ତମେ କେତେ ଖଣ୍ଡ ନଭେଲ ମୋଟରେ ପଢ଼ିଛ କହିଲ ଆଗେ, ତା'ପରେ ବିଚାର କରିବା ମେରୀ କରେଲୀ ଭଲ କି ମନ୍ଦ। ଆହା— କୋଉଠି ଗୋଟିଏ ଅଷ୍ଟାଦଶ ଶତାବ୍ଦୀର ଲୋକ ଥିଲେ କେଜାଣି!"

ଏହା ଶୁଣି ରାଜକିଶୋର କ୍ଷୁଣ୍ଣ ହେଲା ; କିନ୍ତୁ କଥାରେ ସତ୍ୟକୁ ଜିତିବା ସହଜ ନୁହେଁ, କାର୍ଯ୍ୟରେ ସତ୍ୟର ରାଜକିଶୋରଠାରେ ସବୁବେଳେ ପରାଜୟ। ଛାତ୍ର ହିସାବରେ ରାଜକିଶୋର ସତ୍ୟର ଢେର ଉଚ୍ଚରେ। ଆଜି ପର୍ଯ୍ୟନ୍ତ ବିଶ୍ୱବିଦ୍ୟାଳୟ ତାକୁ ଉଚ୍ଚ ଆସନ ଦେଇଆସିଚି। ଦିନେ ବିଶ୍ୱବିଦ୍ୟାଳୟ ତାହା ଦ୍ୱାରା ସମ୍ମାନିତ ହେବାର ଆଶା ଅଛି। ବିଶ୍ୱବିଦ୍ୟାଳୟରେ ସତ୍ୟର ସ୍ଥାନ ଅତି ହୀନ, ନଗଣ୍ୟ। ବକ୍ତୃତା ଦେବାରେ, ପ୍ରବନ୍ଧ ଲେଖିବାରେ ରାଜକିଶୋର ସତ୍ୟଠାରୁ ଅତି ଉଚ୍ଚରେ। ଦୋଷ ମଧ୍ୟରେ ସେ ବାହାର ଖବର କିଛି ରଖେ ନାହିଁ, ସତ୍ୟ ସେଥିରୁ ଗୁଡ଼ିଏ ଜାଣେ।

ରମଣ ସଙ୍ଗେ ସାହିତ୍ୟିକ ଆଲୋଚନା ପଡୁ ପଡୁ ସତ୍ୟ କହିଲା, "କବି ଭାବରେ ସେକ୍‌ସ୍‌ପିଅରଙ୍କ ଅପେକ୍ଷା କାଳିଦାସଙ୍କର ସ୍ଥାନ ଅତି ଉଚ୍ଚରେ।"

ରାଜକିଶୋର ସୁଯୋଗ ପାଇ ପଚାରିଲା, "କାଳିଦାସଙ୍କର ଗୋଟିଏ ହେଲେ ଶ୍ଳୋକ ବୁଝିଚ—ବା ସେକ୍‌ସ୍‌ପିଅରଙ୍କର ବିଶେଷତ୍ୱ କେଉଁଠି ଜାଣିଚ ଭଲା?" ରାଜକିଶୋର ଜାଣେ ଏ ବିଷୟରେ ସତ୍ୟ ଖାଲି ଶୂନ୍ୟ ଆବାଜ୍ କରେ। ଏ ବିଷୟରେ ରାଜକିଶୋରର ଜ୍ଞାନ ସତ୍ୟ ଅପେକ୍ଷା ଖୁବ୍ ବେଶି। ଏସବୁ ତାର ପରୀକ୍ଷା ପାଇଁ ଭଲ କରି ଜାଣିବା ଆବଶ୍ୟକ କି ନା!!

ସତ୍ୟ ହସିହସି ଉତ୍ତର ଦେଲା, "ଆରେ ବାବୁ, ମୁଁ ତୁମପରି ସୁନ୍ଦର ଜିନିଷଟାକୁ ଦଳି ପେଷି ଜୀର୍ଣ୍ଣ କରିବାକୁ ଚାହେଁ ନାହିଁ। ମୁଁ ଚାହେଁ ସେ ସବୁ ସୂକ୍ଷ୍ମ ଭାବରେ ଉପଭୋଗ କରିବାକୁ। ଯେଉଁ ବିଷୟ ମୋତେ ଯେପରି ଆମୋଦ ଦିଏ, ମୋ ପ୍ରାଣରେ ଯେପରି ସ୍ପନ୍ଦନ ଆଣେ, ସେହି ଅନୁସାରେ ମୁଁ ତାକୁ ଭଲ ବା ମନ୍ଦ ବୋଲି କହିଥାଏ। କୌଣସି ସୁନ୍ଦର ବିଷୟକୁ ସମସ୍ତ ବୁଦ୍ଧି ଓ ବିଚାର ଶକ୍ତି ଦେଇ ବୁଝିବାକୁ ଚେଷ୍ଟା କଲେ, ତାର ସୌନ୍ଦର୍ଯ୍ୟ ମୋ ମତରେ ବହୁ ପରିମାଣରେ ହ୍ରାସପ୍ରାପ୍ତ ହୋଇଯାଏ। ବାସ୍ତବିକ୍ ଏଇ ବିଚାରଶକ୍ତି ଯୋଗେ ମାନବ ସତ୍ୟଠାରୁ ଏତେ ଦୂରରେ—ଗୋଟାଏ ଘନ କୁହେଳିକା ମଧ୍ୟରେ ଘାରି ହୁଏ। ସେଥିଲାଗି ଏ ଟୀକାକାରଗୁଡ଼ାକଙ୍କ ପ୍ରତି ମୋର

ଏତେ ରାଗ। କାଳିଦାସଙ୍କ ଆର୍ଟ ବିଭିନ୍ନ ଲୋକଙ୍କ ହୃଦୟକୁ ବିଭିନ୍ନଭାବରେ ସ୍ପର୍ଶ କରିଥାନ୍ତା; କିନ୍ତୁ ମଲ୍ଲୀନାଥଙ୍କୁ ଯେପରି ଭାବରେ ଏହା ସ୍ପର୍ଶ କରିଥିଲା, ସେ ଟୀକା ଲେଖି ସବୁ ପାଠକଙ୍କୁ ବାଧ୍ୟକଲେ ସେହି ଏକ ଭାବରେ ତାକୁ ଗ୍ରହଣ କରିବାକୁ। ତାଙ୍କର କି ଅଧିକାର ଥିଲା ଏପରି କରିବାକୁ? ଲୋକସାଧାରଣଙ୍କ ଅନୁଭୂତି ଉପରେ ହସ୍ତକ୍ଷେପ କରିବାକୁ ସେ କିଏ? ସେହିପରି ଆଜିକାଲିକା ବୈଜ୍ଞାନିକମାନେ ସବୁ କୌତୂହଳ, ସବୁ ରହସ୍ୟ ଉଦ୍‌ଘାଟନ କରି ଏହା ବିଶ୍ୱଜଗତକୁ ବୈଚିତ୍ର୍ୟହୀନ କରିବାରେ ଲାଗି ପଡ଼ିଛନ୍ତି।" ରମା ସବୁ ଶୁଣେ, କିନ୍ତୁ କହେ ଅତି ଅଳ୍ପ। ବେଳେବେଳେ ସତ୍ୟ ପ୍ରତି ଗୋଟିଏ କରୁଣ ଦୃଷ୍ଟି ପକାଏ, ମାତ୍ର ସତ୍ୟର ସେଥିପ୍ରତି ଆଦୌ ଭ୍ରୂକ୍ଷେପ ନ ଥାଏ; ସେ ଅବିଚଳିତ ଭାବରେ କହିଯାଏ।

ସତ୍ୟ ଯେତେବେଳେ ଯାହା କହେ, ସବୁ କିପରି ହୃଦୟହୀନତାର ପରିଚାୟକ ପରି ବୋଧହୁଏ। ତା' ଜୀବନଟା ଯେପରିକି କେବଳ ଗୋଟାଏ ଦାରୁଣ ଉପହାସର ସମଷ୍ଟି। ସେ ଅତି କରୁଣ ଚିତ୍ର ବର୍ଣ୍ଣନା କଲାବେଳେ ମଧ୍ୟ ସେଥିରୁ କିପରି ଗୋଟାଏ ଗୁରୁତ୍ୱହୀନତାର ଆଭାସ ମିଳେ। ଜୀବନକୁ ଅତି ଲଘୁଭାବରେ ଗ୍ରହଣ କରି ସେ ଚଳେ। ଗୋଟାଏ ଦୀର୍ଘଶ୍ୱାସ ପକାଇବାର ତାକୁ କେହି କେବେ ଦେଖି ନାହିଁ। ତାକୁ ଏପରି ସ୍ଫୂର୍ତ୍ତିମାନ ଦେଖି ବନ୍ଧୁମାନେ କହନ୍ତି, "ସତ୍ୟ, ତୁମକୁ ତ ଦିନେହେଲେ ଦୁଃଖ କରିବାର, କି ଗୋଟାଏ ଦୀର୍ଘନିଶ୍ୱାସ ମାରିବାର ଦେଖିଲୁ ନାହିଁ? ସବୁବେଳେ ଏଇପରି ଥଟ୍ଟା ପରିହାସ, ହସ କଉତୁକ!"

ସତ୍ୟ କହେ, "ମୋର ହସ କଉତୁକରେ ତୁମେମାନେ ଭାଗୀ ହେବ ସିନା! କିନ୍ତୁ ମୋର ସବୁଠାରୁ ମୂଲ୍ୟବାନ୍ ମୁହୂର୍ତ୍ତଗୁଡ଼ିକରୁ ତୁମକୁ ଭାଗ ଦେବାକୁ ତ ମୁଁ କୁଣ୍ଠିତ। ମୋର ଦୁଃଖର ସମୟଟି ମୁଁ ଏକାକୀ ଉପଭୋଗ କରିବାକୁ ଚାହେଁ —ନିରୋଳାରେ ଅତି ସ୍ୱାର୍ଥପର ଭାବରେ। ଆମେ ସମସ୍ତେ ଏକତ୍ର ହେଉଁ ଖୁସିବାସି ହେବାପାଇଁ, ନା ନିଶ୍ଚଳ ଭାବରେ ବସି ଗୋଟାଏ ଗୋଟାଏ ନିଃଶ୍ୱାସ ମାରିବାପାଇଁ?"

ସେ କଥା ଶେଷକରି ଠୋ ଠୋ କରି ହସି ଉଠେ। ମାତ୍ର, ତାର ସମସ୍ତ ସ୍ଫୂର୍ତ୍ତି ବିକାଶପ୍ରାପ୍ତ ହୁଏ ରାଧାରମଣ ଘରେ। ଏତେ ଚତୁରତାପୂର୍ଣ୍ଣ ବାକ୍ୟାଳାପ, ଏସବୁ ଦାର୍ଶନିକ ତତ୍ତ୍ୱ ଅନ୍ୟ କୌଣସିଠାରେ ଏପରି ଭାବରେ ପ୍ରକାଶିତ ହେବାର କେହି ଦେଖି ନାହିଁ।

ସେ ଦିନ ସନ୍ଧ୍ୟାରେ ଏହି ଗଳ୍ପ କରୁ କରୁ ଅନେକ ସମୟ ହୋଇଗଲା। ଶେଷରେ ସୁରମା ଏବଂ ରମଣକୁ ରାତ୍ରି ଭୋଜନ ନିମିତ୍ତ ଡକରା ଆସିଲା। ସତ୍ୟ ଓ ରାଜକିଶୋର ବାହାରିପଡ଼ିଲେ ସ୍ୱ ସ୍ୱ ଗୃହାଭିମୁଖରେ।

ରମଣ କୌଣସି କାର୍ଯ୍ୟୋପଲକ୍ଷରେ ସ୍ଥାନାନ୍ତର ଯାଇଥାଏ। ରାଜକିଶୋରର ମଧ୍ୟ ଦେଖା ନ ଥାଏ; କିନ୍ତୁ ସତ୍ୟ ପ୍ରାୟ ପ୍ରତ୍ୟେକ ସନ୍ଧ୍ୟାରେ ଆସି ସୁରମା ସଙ୍ଗେ ଗଳ୍ପ କରେ—କେତେବେଳେ ପରୀକ୍ଷାଫଳ ବିଷୟରେ, କେତେବେଳେ ବା ସିନେମା ବିଷୟରେ। ସତ୍ୟ, ରମଣ ଓ ରାଜକିଶୋର ସେଥର ବି.ଏ. ଦେଇଥାନ୍ତି, ସୁରମା ଦେଇଥାଏ ଆଇ.ଏ.। ସ୍ଫୂର୍ତ୍ତି କରିବାର ଅତି ପ୍ରଶସ୍ତ ସମୟ। କିନ୍ତୁ ରମଣ ଏବଂ ରାଜକିଶୋରର ଅନୁପସ୍ଥିତିରେ ଗହଳଟା ଅନେକ ପରିମାଣରେ କମିଯାଇଥାଏ; ଅଥଚ ସତ୍ୟର ପ୍ରଗଲ୍‌ଭତା କମେ ନାହିଁ କିମ୍ବା ଚପଳତା ହ୍ରାସ ପାଏ ନାହିଁ। ସୁରମା ସ୍ୱଭାବତଃ ମୌନା। ସେଥିଲାଗି ଯୁକ୍ତିତର୍କ ସେପରି ଜମିଉଠେ ନାହିଁ। କିନ୍ତୁ, ଏଥି ମଧ୍ୟରେ ସତ୍ୟର ଅସ୍ଥିରତା ବୃଦ୍ଧି ପାଇଛି। ସୁରମା ମୂକ ହୋଇ ବସିଥାଏ। ସତ୍ୟ ତା ଆଗରେ ଚାଞ୍ଚଲ୍ୟର ପସରା ମେଲିଦିଏ। ସୁରମା ବିରକ୍ତ ହୁଏ—ସବୁବେଳେ ଅସ୍ଥିର, ଅବ୍ୟବସ୍ଥିତ, ପଦେ ଭଲ କଥା ନାହିଁ! ସତ୍ୟ ସୁରମାର ବାଦ୍ୟ ଯନ୍ତ୍ରମାନ ବାହାରକରି ଏଣେତେଣେ ପକାଇ ଦିଏ, ସୁସଜ୍ଜିତ ଟେବୁଲରେ ବହିଗୁଡ଼ିକ ଇତସ୍ତତଃ କରିଦିଏ। ସୁରମା ଏଥିରେ ଖୁସି ହୁଅନ୍ତା, ଯଦି ସତ୍ୟ ଏପରି ଚପଳ ନ ହୁଅନ୍ତା।

ସତ୍ୟ ସମୀପରେ ଜୀବନର ସୁଖଦୁଃଖ ଆଦି କେତେକ ଗୁରୁତର ବିଷୟ ଆଲୋଚନା କରିବାକୁ ସୁରମାର ଇଚ୍ଛା ହୁଏ। କିନ୍ତୁ ଏସବୁ ଜାଣିଶୁଣି ଏଡ଼ାଇବାକୁ ଯେପରି ସତ୍ୟର ମତଲବ! ସେ କେବଳ କହିଯାଏ ବିଟଫନଙ୍କ ଶେଷ ଜୀବନର କରୁଣ କାହାଣୀ—ଆନ୍ନା ପାଭ୍‌ଲୋଭାଙ୍କର ନର୍ତ୍ତନ କଳାର ବୈଶିଷ୍ଟ୍ୟ।

ଏ ବ୍ୟବଧାନ ଘୁଞ୍ଚାଇ ଦେବାକୁ ସୁରମା ପ୍ରତିଦିନ ସ୍ଥିର କରେ। ସତ୍ୟର ଆସିବା ବେଳକୁ ଚାହିଁ କେତେ କଥା କହିବ ବୋଲି ଭାବିଥାଏ। କିନ୍ତୁ ସତ୍ୟ ଆସିଲେ ତାର କୌଣସି କଥାଟି କୁହା ହୁଏ ନାହିଁ। ସତ୍ୟର ଚପଳ ମୂର୍ତ୍ତି ଦେଖି ସେ ମୂକ ନିର୍ବାକ୍ ହୋଇଯାଏ। ସକଳ ଅବ୍ୟକ୍ତ ବ୍ୟଥା ତାର ଅନ୍ତରରେ କୁହୁଳୁଥାଏ।

ଦିନେ ସତ୍ୟ ଆସିବା ମାତ୍ରେ ସେ ହଠାତ୍ ପଚାରିଲା, "ତମର ଏଠାରେ କି ସମ୍ପର୍କ ଅଛି ଯେ ଏଠାକୁ ଆସ ?" ଏପରି ପ୍ରଶ୍ନ ହଠାତ୍ ଶୁଣି ସତ୍ୟ ପ୍ରଥମେ ବିବ୍ରତ ହୋଇ ପଡ଼ିଲା। ସଙ୍ଗେ ସଙ୍ଗେ କିନ୍ତୁ ନିଜର ସ୍ୱଭାବସୁଲଭ ସ୍ଫୂର୍ତ୍ତିରେ କହିଉଠିଲା "ତୁମେ କଣ ଆଇନ୍‌ଷ୍ଟାଇନ୍‌ଙ୍କ theory of relativity ବିଷୟ ଜାଣିନା ? ସମସ୍ତଙ୍କର ମୋ ସଙ୍ଗେ ସମ୍ପର୍କ ଅଛି, ମୋର ସମସ୍ତଙ୍କ ସଙ୍ଗେ ସମ୍ପର୍କ ଅଛି; ଏ କଡ଼ି ବରଗା ସଙ୍ଗେ ମୋର ସମ୍ପର୍କ, ଏ ଲ୍ୟାମ୍ପର ମୋ ସଙ୍ଗେ ସମ୍ପର୍କ। ତୁମ ସଙ୍ଗେ ବି ମୋର ସେହିପରି ସଂପର୍କ।" ଶେଷ କଥାଟା କହି ସତ୍ୟ କିପରି ଦବିଗଲା ପରି ବୋଧହେଲା।

ସୁରମା ଏ ଉତ୍ତର ଶୁଣି ହସିବ ନା ବିରକ୍ତ ହେବ ? ସତ୍ୟ ଆଉ ବାକ୍ୟବ୍ୟୟ ନ କରି ହାରମୋନିୟମ୍‌ଟା କାଢ଼ି ବସିଲା । ସୁରମା ବାଧା ଦେଇ କହିଲା, "ନା ହାରମୋନିୟମ ଆମର ବାଜିବ ନାହିଁ ।" ସତ୍ୟ ପ୍ରଥମେ କିଛି ନ ମାନି ହାରମୋନିୟମ ବାହାର କରିବାକୁ ଚେଷ୍ଟାକଲା । ସେ ଭାବିଥିଲା, ମୁହୂର୍ତ୍ତକ ପରେ ସୁରମାର ଏ ଭାବ ଉଭେଇଯିବ, କିନ୍ତୁ ସୁରମାର ଜିଦ୍ ଓ ଦୃଢ଼ତା ଦେଖି ସେ ଅବାକ୍ ହୋଇଗଲା । ଏ ପର୍ଯ୍ୟନ୍ତ ସେ ସଙ୍ଗମେଳରେ ସୁରମାର ଚକ୍ଷୁପାତକୁ ସହଜରେ ଅତିକ୍ରମ କରି ଆସିଥିଲା, କିନ୍ତୁ ଏ କେତେଦିନ ଏକାକୀ ଥିଲାବେଳେ ସେ ଚାହାଣୀ ତାର ହୃଦୟକୁ ଭେଦ କରିପାରିଥିଲା । ବିଶେଷତଃ ଆଜିର ଚାହାଣୀରେ ତାର ଅନ୍ତର ସ୍ପନ୍ଦିତ ହେବାକୁ ଲାଗିଲା । ସେ କ୍ଷଣକାଳ ପାଇଁ ବିଚଳିତ ହୋଇପଡ଼ିଲା । କିଛି ସମୟ ଗୁମ୍‌ମାରି ଯାଇ ପୁଣି ପୂର୍ବ ସ୍ଫୂର୍ତ୍ତିରେ କହିଲା, ଏବେ ଖୁବ୍ ରଦି ବଙ୍ଗଳା ନଭେଲ ପଢ଼ା ଚାଲିଛି ନା କଣ ? ତମର ଯେ କଥାରେ, ଚାହାଣୀରେ ରୋମାନ୍‌ସ ଫୁଟି ଉଠୁଛି । କିନ୍ତୁ ସେ ବୁଝିଲା ନାହିଁ, ସୁରମାର ହୃଦୟରେ କି ବେହାଗ ଗୁମରି ଉଠୁଥିଲା ।

ସୁରମା ଏ ବିଦ୍ରୂପ ସହ୍ୟ କରି ପାରିଲା ନାହିଁ, ସେ କ୍ରୋଧରେ ଜଳିଉଠିଲା । ଏପରିକି କିଛି କାଳ ଯାଏ ବାକ୍ୟୋଚ୍ଚାରଣ କରିପାରିଲା ନାହିଁ । କ୍ଷଣକାଳ ପରେ କହିଲା, "ଏଠାରୁ ଏହିକ୍ଷଣି ବାହାରିଯାଅ ।" ଏହା କହି ସଙ୍ଗେ ସଙ୍ଗେ ସେ ଗୃହତ୍ୟାଗ କରି ଅନ୍ୟ କକ୍ଷକୁ ଚାଲିଗଲା । ସତ୍ୟ ଦଣ୍ଡେ ସେଠାରେ ଥକ୍‌କା ମାରି ଠିଆହୋଇ ରହିଲା, ପରେ ମୁଖରେ ଶିଶିର ମାରି ମାରି ବାହାରି ପଡ଼ିଲା ।

ରାତ୍ରିଟା ଗଲା, ପରଦିନ ସକାଳୁ ସୁରମା ନିଜର କକ୍ଷକୁ ଆସି ଦେଖିଲା, ଘରଟି ସୁସଜ୍ଜିତ ଅଛି; କେବଳ ହାରମୋନିୟମଟି କିଞ୍ଚିତ୍ ସ୍ଥାନଚ୍ୟୁତ ହୋଇଛି । ସେଇଟି ଯଥା ସ୍ଥାନରେ ରଖିଲା ପରେ ଚୌକିରେ ଆସି ବସିଲା । ସମ୍ମୁଖକୁ ଜଳ ଜଳ କରି ଚାହିଁ ରହିଥାଏ; କିନ୍ତୁ କୌଣସି ପଦାର୍ଥ ତାକୁ ଦେଖାଯାଉ ନ ଥାଏ । ସେ ଯେ ସେତେବେଳେ କଣ ଭାବୁଥାଏ, ତା ସେ ନିଜେ ଜାଣେ ନାହିଁ । କିଛିକ୍ଷଣ ଏହିପରି ଭାବରେ ବସିଲା ପରେ ସେ ଉଠି ଟେବୁଲ ପାଖରେ ଯାଇ ଠିଆ ହେଲା—ବହିଗୁଡ଼ିକ ସୁସଜ୍ଜିତ ଭାବରେ ଅଛି । ସେ ଟେବୁଲରେ ଦୁଇ ହାତ ଭରା ଦେଇ ବହିଗୁଡ଼ାକ ପ୍ରତି ଜଳ ଜଳ କରି ଚାହିଁ ରହିଲା; କିଛିକ୍ଷଣ ବିରକ୍ତଭାବରେ ସେଗୁଡ଼ାକ ଇତସ୍ତତଃ କରିବାକୁ ଲାଗିଲା । ଏ ସାଜସଜ୍ଜା ତାକୁ ଅସହ୍ୟ ବୋଧ ହେଲା । ଏଇ କେତେ ଘଣ୍ଟା ମଧ୍ୟରେ ତା ଭିତରେ ଯେ କେତେ ଝଡ଼ ତୋଫାନ ବହି ସମସ୍ତ ଇତସ୍ତତଃ କରି ପକାଇଛି, ବିଶୃଙ୍ଖଳ କରି ପକାଇଛି । ବାହାରର ଶୃଙ୍ଖଳା ତେଣୁ ତାର ଚକ୍ଷୁଶୂଳ ହୋଇଉଠିଲା ।

ସମୟ ଯେତିକି ଅତୀତ ହେବାକୁ ଲାଗିଲା, ସେ ନିଜକୁ ସେତିକି ଭାରାକ୍ରାନ୍ତ ବୋଧକଲା। ଗୋଟାଏ ଦାରୁଣ ଅଭାବର ଶୂନ୍ୟତା ତାର ଅନ୍ତରରେ ଅସହ୍ୟ ଗୁରୁଭାର ରୂପେ ଚାପି ବସିଥିଲା।

ସକାଳ ଗଲା, ଦ୍ୱିପ୍ରହର ଗଲା, ସନ୍ଧ୍ୟା ଗଲା; କିନ୍ତୁ ସତ୍ୟ ଆସିଲା ନାହିଁ। ଶେଷରେ ସେ ଠିକ୍ କଲା, କ୍ଷମା ମାଗି ସତ୍ୟ ପାଖକୁ ଖଣ୍ଡେ ପତ୍ର ଦେବ; କିନ୍ତୁ ସେ ସାହସ ତାର କାହିଁ? ସତ୍ୟର ଏପରି ଉଦାସୀନତା— ସେ ତାର ପତ୍ରକୁ କିପରି ଭାବରେ ଗ୍ରହଣ କରିବ କେଜାଣି? ବିଶେଷତଃ ଚିଠି କାହା ହାତରେ ଦେବ? ସେ କିଛି ଠିକ୍ କରି ପାରିଲା ନାହିଁ। ଶେଷରେ ତାକୁ ଗୋଟାଏ ବୁଦ୍ଧି ଦେଖାଗଲା। ସତ୍ୟ ନିଜର ବହି ଖଣ୍ଡେ ତା ଘରେ ଛାଡ଼ି ଯାଇଥିଲା। ସେ ଚିଠି ଖଣ୍ଡ ତାହାରି ମଧ୍ୟରେ ରଖି ଚାକର ହାତରେ ପଠାଇଦେବ। ଚାକର ଜାଣିପାରିବ ନାହିଁ ଚିଠି କଥା, କିନ୍ତୁ ସତ୍ୟ ବହି ଖଣ୍ଡ ଲେଉଟାଇଲା ମାତ୍ରେ ଚିଠି ପାଇବ।

ଚିଠି ଲେଖିବା ପାଇଁ ସୁରମା ଟେବଲ ପାଖରେ ବସିଲା; କିନ୍ତୁ କଣ ଲେଖିବ କିଛି ଠିକ୍ କରି ପାରିଲା ନାହିଁ। ଦୁଇ ଘଣ୍ଟା ଭାବି ଭାବି ଗୋଟାଏ ଧାଡ଼ି ଲେଖିଲା—

ତା........ରିଖ

"ବନ୍ଧୁ,

ମୁଁ ବଡ଼ ବିପନ୍ନା।

ସୁରମା"

ଏଇତକରେ ତାର ସମସ୍ତ କଥା କୁହା ହୋଇଗଲା—ସମସ୍ତ ଜ୍ୱାଳା ନିର୍ବାପିତ ହୋଇଗଲା। ସେ ଖଣ୍ଡେ ଛୋଟ କାଗଜରେ ଏତକ ଲେଖି ବହିରେ ରଖିଲା—ଆଉ ତାର ଆଖିରୁ ଧାର ଧାର ହୋଇ ଲୁହ ଝରିପଡ଼ିଲା।

ସୁରମାର ଚାକର ଯେତେବେଳେ ବହିଖଣ୍ଡ ସତ୍ୟକୁ ଦେଲା, ସତ୍ୟ କଣ ବିଚାରି କ୍ଷଣକାଳ ସ୍ତବ୍ଧଭାବରେ ଠିଆ ହୋଇ ରହିଲା, ପରେ କହିଲା। "ଆଚ୍ଛା ଟିକିଏ ରହ।" ସଙ୍ଗେ ସଙ୍ଗେ ଭିତରୁ ଦୁଇ ତିନି ଖଣ୍ଡ ବହି ଆଣି ଚାକର ହାତକୁ ବଢ଼ାଇ ଦେଇ କହିଲା, "ଏ ବହିତକ ସୁରମାଙ୍କୁ ଦବୁ। ତାଙ୍କର ଏ ବହି।" ଚାକରଟି ବହିତକ ନେଇ ଫେରିଲା।

\+ \+ \+

ସତ୍ୟ ସେଦିନ ଡାଏରୀରେ ଲେଖିଲା, "ଆଜି ସମସ୍ତ ଆଶା ଚୂର୍ଣ୍ଣ ହୋଇଗଲା— ଆଉ ମିଳନ ଅସମ୍ଭବ।" ଇତ୍ୟାଦି।

ରମଣର ଫେରିବା ଦିନ ଦେଖି ସତ୍ୟ ବାଟ କାଟିବାର ବ୍ୟବସ୍ଥା କଲା। ରମଣ

ଆସିଲେ ନିଶ୍ଚୟ ତାଙ୍କ ଘରକୁ ଟାଣିନେବ। ସେ ଆଉ କେଉଁ ମୁହଁରେ ସେଠାକୁ ଯିବ ? ରମଣ ଆସିବାର ପୂର୍ବଦିନ ସତ୍ୟ ଚାଲିଗଲା କୁଆଡ଼େ— ତାହା କେହି ବନ୍ଧୁ-ବାନ୍ଧବ ଜାଣନ୍ତି ନାହିଁ।

ସତ୍ୟ ବହୁ ସ୍ଥାନ ଭ୍ରମି ଭ୍ରମି ଶେଷରେ ଆଶ୍ରୟ ନେଲା ସାବରମତୀ ଆଶ୍ରମରେ। ଏହିଠାରେ ହିଁ ତାର ଜୀବନର ଗତି ବଦଳିଗଲା। ସେ ଏପର୍ଯ୍ୟନ୍ତ ଜୀବନଟାକୁ ଫୁଟକିମାରି ଉଡ଼ାଇ ଦେବ ବୋଲି ଭାବିଥିଲା। ଏହିଠାରେ ଶିକ୍ଷା କଲା ଯେ, ଜୀବନର ଗୋଟାଏ ବିଶେଷ ମୂଲ୍ୟ ଅଛି। ପ୍ରୟୋଜନ ଅଛି।

ପୃଥିବୀ ଇତିହାସର ଅଦ୍ୱିତୀୟ ଯୁଦ୍ଧ ଅଭିଯାନ ଦାଣ୍ଡି ପ୍ରାଙ୍ଗଣରେ ଲବଣ ସମର। ସତ୍ୟ ସତ୍ୟାଗ୍ରହୀ ହୋଇ ଗୁଣ୍ଡୁଚି ମୂଷା ପରି ଏହି ମହାସମରରେ ନିଜର ସ୍ୱଳ୍ପ ଶକ୍ତି ପ୍ରୟୋଗ କରିଦେଲା। ପୁଲିସର ନିର୍ମମ ଲାଠି ତାର ଅଙ୍ଗରେ ଶତ ଦାଗ କାଟିଦେଲା। ସେ ପ୍ରତ୍ୟେକ ଦାଗ ତାର ଅନ୍ତରକୁ ନିର୍ମଳ କଲା, ଜୀବନକୁ ଅଧିକ ଗୌରବମୟ କଲା।

ସତ୍ୟ ସେହି ଦୂର ପ୍ରବାସରେ ଶୁଣିଲା, ବାଲେଶ୍ୱରରେ ତୁମୁଳ ଆୟୋଜନ। ଦୁର୍ଭିକ୍ଷପିଷ୍ଟ ରକ୍ତମାଂସହୀନ କଙ୍କାଳ ଆଜି ସ୍ୱାଧୀନତା ପାଇଁ ସମରସଜ୍ଜା କରିଛି ! ସତ୍ୟର ଚକ୍ଷୁ ଛଳ ଛଳ ହୋଇ ଆସିଲା। ଓଡ଼ିଶାକୁ ସେ ଏତେ ଭଲ ପାଏ ବୋଲି ତ ତାର ଆଜିଯାଏ ଧାରଣା ନ ଥିଲା।

ବାଲେଶ୍ୱରରେ ଲୁଣ ମାରିବା ଅପରାଧରେ ସତ୍ୟର ଦଣ୍ଡାଦେଶ ହେଲା—ଛ' ମାସ ସଶ୍ରମ କାରାବାସ ! ସତ୍ୟର ଆଜି ମହା ଆନନ୍ଦ ! ସେ ଆଜି ଜୀବନର ସାର୍ଥକତା ପ୍ରଥମ ଅନୁଭବ କଲା। ସେ ଯେ ଆଜି କୋଟି ନିର୍ଯାତିତଙ୍କ ମଧ୍ୟରେ ନିଜକୁ ଜଣେ କରିପାରିଛି—କୋଟିପତିଙ୍କ ସଙ୍ଗେ ନିଜର ଆସନ ବିଛାଇ ପାରିଛି, କୋଟି ମୂକ କଣ୍ଠର କରୁଣ ଆର୍ତ୍ତ ହାହାକାର ସହିତ ନିଜର କ୍ଷୀଣ ସ୍ୱର ମିଳାଇ ପାରିଛି। ଗର୍ବରେ ତାର ବକ୍ଷ ସ୍ଫୀତ ହୋଇ ଉଠିଲା।

ଛ'ମାସ ପରେ ଯେତେବେଳେ ସତ୍ୟ ଖଲାସ ହେଲା, ତାକୁ ଜେଲ ଦୁଆରୁ ପାଛୋଟି ନେବାକୁ ମହା ଆୟୋଜନ ହୋଇଥିଲା। ସେହି ଜୟଧ୍ୱନି ମଧ୍ୟରେ ସୁରମାର କଥା ତାର ମନେ ପଡ଼ିଲା। ସେ ଜେଲ ମଧ୍ୟରେ ଏ କେତେ ଦିନ ତାରି କଥା ଭାବୁଥିଲା। ତାର ବିଶ୍ୱାସ, ଏହି ସମୟ ମଧ୍ୟରେ ସୁରମା ନିଶ୍ଚୟ ଏ ଆନ୍ଦୋଳନରେ ଯୋଗ ଦେଇଥିବ। ଉତ୍କଳର ଅସୂର୍ଯ୍ୟଂପସ୍ୟା ପୁରାଙ୍ଗନା ଯେତେବେଳେ ନିଜର ପ୍ରିୟ ଅନ୍ଧକାର କୋଣ ତ୍ୟାଗକରି ଜେଲ ଯିବାକୁ ପ୍ରସ୍ତୁତ, ସୁରମା କ'ଣ ଏପରି ଅବସ୍ଥାରେ ସ୍ଥିର ଥିବ ? ସୁରମାକୁ ସେ ଯେଉଁ ଅପମାନ ଦେଇଥିଲା, ସେଥିପାଇଁ ତା ନିକଟରେ ଜାନୁ ପାତି କ୍ଷମା ଭିକ୍ଷା କରିବାକୁ ତାର ପ୍ରାଣ ବିକଳ ହୋଇଉଠିଲା।

ପରେ ଖବର ନେଇ ବୁଝିଲା, ସୁରମା କେତେକ ମାସ ପୂର୍ବେ ରାଜକିଶୋର ସଙ୍ଗେ ବିବାହ କରିଛି। ରାଜକିଶୋର ବର୍ତ୍ତମାନ ମସ୍ତବଡ଼ ହାକିମ। ସୁରମାକୁ ବିବାହିତ ଅବସ୍ଥାରେ ଥରେ ଦେଖି ଆସିବାକୁ ସତ୍ୟର ବଡ଼ କୌତୂହଳ ଜାତ ହେଲା। ସେ ନିଜର ଖଦଡ଼ ଚାଦର ଖଣ୍ଡ କାନ୍ଧରେ ପକାଇ ବାହାରି ପଡ଼ିଲା। ଏବେ ଆଉ ଅତର ମାଖି, ଟେରି କାଟି, ସିଲ୍କ ପଞ୍ଜାବୀ ପିନ୍ଧି ଯିବାର ଦିନ ନାହିଁ। ସେ ନିଜର ରୁକ୍ଷ ଚେହେରା ନେଇ ଚାଲିଲା।

ସତ୍ୟର ଏ ମୂର୍ତ୍ତି ଦେଖି ରାଜକିଶୋରର ଚାକର ପ୍ରଥମରୁ ବିଦା କରିଦେବାକୁ ବସିଲା। ସେ କହିଲା "ସାହେବ ନାହାନ୍ତି।" "ସତ୍ୟ ଘରେ ଆଉ କିଏ ଅଛି?" ଆଜି ଖବର ନେଉ ନେଉ ସୁରମା ଆସି ପହଞ୍ଚିଗଲେ। ସୁରମା ସତ୍ୟକୁ ସେପରି ଦୃଷ୍ଟି ନ ଦେଇ ଚାକରକୁ ପଚାରିଲେ, "କଥା କଣ?" ଚାକର କହିଲା, "ଏ କିଏ ଆପଣଙ୍କୁ ଖୋଜୁଛନ୍ତି।" ସୁରମା ଟିକିଏ ନିରୀକ୍ଷଣ କରି କହି ଉଠିଲେ, "ଓହୋ! ଆପଣ ଯେ, ଆସନ୍ତୁ, ଆସନ୍ତୁ ଭିତରକୁ।" ସତ୍ୟ ଆସି ବୈଠକଖାନାରେ ବସିଲା। ଗୃହଟି ସାହେବୀ କାଇଦାରେ ସଜ୍ଜିତ ହେଉଛି।

ସୁରମା ଅନେକ କଥା ପକାଇଲେ—ବନ୍ଧୁମାନଙ୍କ କଥା, ନିଜ କଥା, ରାଜକିଶୋର କଥା। ସତ୍ୟ କେବଳ ସବୁ ଶୁଣୁଥାଏ। ଏଥର ସୁରମାଙ୍କର କହିବାର ପାଳି। ଶେଷରେ ସୁରମା ଡାକି ଉଠିଲେ, "ଆରେ ମଟର ବାହାର କର ରେ।" ତାପରେ ସତ୍ୟକୁ କହିଲେ, "ମତେ ବର୍ତ୍ତମାନ କ୍ଲବକୁ ଯିବାକୁ ହେବ—କହିଯାଇଛନ୍ତି। ଏବେ ଟିକିଏ ଟେନିସ ଖେଳୁଛି।" ପୁଣି ଅଳ୍ପ ମୁରୁକି ହସି କହିଲେ, "ଦିନଗୁଡ଼ାକ ବେଶ୍ ଫୂର୍ତ୍ତିରେ କଟୁଛି।"

ସତ୍ୟ ଫେରି ଆସିଲା—ମଟର ପେଁ କରି ସୁରମା ଚାଲିଗଲେ।

ସତ୍ୟ ସେଦିନ ସନ୍ଧ୍ୟାରେ ନିଜର ଘର ଖୋଲି ଦେଖିଲା—ସବୁ ସେହିପରି ଅଛି। ବହିଗୁଡ଼ିକ ଉପରେ ବହୁତ ଧୂଳି ବସିଛି। ସେ ଝଡ଼ାଝଡ଼ି କରି ଖଣ୍ଡେ ବହି ବାହାର କଲା; ସେ ଖଣ୍ଡ ଲେଉଟାଇଲା ବେଳେ ଖଣ୍ଡେ କାଗଜ ବାହାରିଲା। ସେଥିରେ ଲେଖା ହୋଇଛି—"ବନ୍ଧୁ! ମୁଁ ବଡ଼ ବିପନ୍ନା।" ସୁରମାର ହସ୍ତାକ୍ଷର। ଚିଠିର ତାରିଖ ଦେଖି ସତ୍ୟ ନିଜର ଡାଏରୀ ଖୋଲିଲା। ବହି ଫେରାଫେରିର ଉଲ୍ଲେଖ ଅଛି। ସତ୍ୟ କାଗଜ ଖଣ୍ଡକୁ କିଛିକ୍ଷଣ ଅନାଇଁ କଣ ଭାବିଲା। ଅଜ୍ଞାତରେ ତାର ଅଧରକୋଣରେ ଗୋଟିଏ କରୁଣ ସ୍ମିତହାସ୍ୟ ଫୁଟିଉଠିଲା।

ସହକାର, ୧୧/୧୦, ମାଘ ୧୩୩୮

ଜୀବନର ସମାଧି

ସକାଳ ହେଲା ସବୁଦିନ ପରି। ସବୁଦିନ ପରି ପଡ଼ିଶା କିରସ୍ତାନ ଘର କୁକୁଡ଼ାଟା ଡାକିଲା "ଚକ୍ରଧର ରଖ।" ମୁଁ ମୋର ବିଛଣା ଛାଡ଼ି ପ୍ରାତଃକୃତ୍ୟ ସମାପନ କରିବାରେ ଲାଗିପଡ଼ିଲି। ସାଢ଼େ ନ'ଟା ବେଳକୁ କଚେରୀକି ଯିବାକୁ ହେବ ସବୁ ଦିନ ପରି। ସବୁଦିନ ପରି ଦାନ୍ତ ମଜା, ପାଇଖାନା, ଗାଧୁଆ; ଯାହା ପୁଞ୍ଜାଏ ଖାଇ ସାଢ଼େ ନ'ଟା ବେଳେ କଚେରୀରେ କଲମ ଖଚ୍ ଖଚ୍ କରି ନଥି ନକଲ କରିବାକୁ ହେବ। ନ ହେଲେ ଟାଇପ୍ ମେସିନ୍ ଠକର୍ ଠକ୍ କରିବାକୁ ହେବ। ଏକାବେଳେ ବୈଚିତ୍ର୍ୟଶୂନ୍ୟ ନୀରସ ଜୀବନ। ଏ ଜୀବନର ସ୍ରୋତ ନୁହେ, ଗୋଟାଏ ଚମକ। ପରିବର୍ତ୍ତନ ନାହିଁ, ବୈଚିତ୍ର୍ୟ ନାହିଁ। ଏହିପରି ଗତିହୀନ ଅପରିବର୍ତ୍ତିତ ଭାବରେ ରହି ଜମାଟ ବାନ୍ଧିଗଲାଣି— ପଚିସଢ଼ି ଯିବାର ଉପକ୍ରମ।

ମୁଁ ଦାନ୍ତମୂଳେ ଚିମୁଟାଏ ଗୁଡ଼ାଖୁ ଦେଇ ଭାବେ, ଏହି ମୁହୂର୍ତ୍ତରେ ଜଗତରେ କେତେ ଘଟଣା ଘଟୁ ନ ଥିବ। କେଉଁଠାରେ ବୈଜ୍ଞାନିକ ନିବିଷ୍ଟ ଚିତ୍ତରେ ତତ୍ତ୍ୱାନୁସନ୍ଧାନରେ ରତ ଥିବେ—କେଉଁଠାରେ କବି ପ୍ରଭାତର ଆବାହନୀ ଗାନ କରୁଥିବେ, କେଉଁଠାରେ ବା ମୃତ୍ୟୁ ଶୋକର ବିକଳ କଳରୋଳ ଉଠୁଥିବ—କାହାର ହତ୍ୟା ପାଇଁ କେଉଁଠାରେ ଷଡଯନ୍ତ୍ର ଚାଲିଥିବ — ମାର୍କିନ ବାଳିକା ବ୍ୟୋମଯାନରେ ଆକାଶ ବିହାର କରୁଥିବ—କେଉଁ ପାହାଡ଼ୀ କନ୍ୟା ଅବା ମୃଗ ଶାବକ ସହ କ୍ରୀଡ଼ା କରୁଥିବ—କେତେ କଳ୍ପନାତୀତ ଘଟନା ଘଟୁଥିବ; କିନ୍ତୁ ମୁଁ ମୋର ଚିରାଚରିତ ରୀତି ଧରି ଚାଲିଛି।

ଠିକା ଚାକରାଣୀଟା ଦାଣ୍ଡ ଦୁଆରେ ଡାକ ପାରିଲା କବାଟ ଫିଟାଇ ଦେଲି। ସେ ଆସି ବାସନକୁସନ ଦି'ଖଣ୍ଡ ମାଜି ବସିଲା। ଏ ବୃଦ୍ଧା ଦାସୀଟି ଏହିପରି କେତେଘରେ କାମ କରି ପେଟ ପୋଷେ। ବେଳେବେଳେ ବୃଦ୍ଧା ଗୋଟାଏ ଗୋଟାଏ କଥା କହେ— ଖାଣ୍ଟି ସତ, ଶୁଣି ଆଶ୍ଚର୍ଯ୍ୟ ଲାଗେ। ମୂର୍ଖ ଲୋକ ଏସବୁ କଥା ଜାଣିଲା କିପରି ? ତାର ସୁଦୀର୍ଘ ଅନୁଭୂତି ଓ ଅଭିଜ୍ଞତାର ଫଳ ଏ। ବୃଦ୍ଧା ଯେଉଁମାନଙ୍କ ଘରେ କାମ କରେ,

କାହାରିକି ଭୟ କରିବାର ମୁଁ ଦେଖିନି। ପଚାରିଲେ କହେ, "ଡରିବି କିଆଁ ମ? ମୁଁ କଣ କାହାଠାରୁ ମାଗି ଖାଉଚି କି? ହକ କାମ କରୁଚି, ମୋ ଗଣ୍ଡାକ ଆଣୁଚି।" ବୃଦ୍ଧାକୁ ଦେଖିଲେ ମୋର ଦାସୀ ବୋଲି ମନେ ହୁଏ ନାହିଁ। ଜୀବନରେ କେତେ ଧକ୍କା, କେତେ ପ୍ରହାର ସହି ସହି ଆଜି ବୃଦ୍ଧା ଏପରି ହୋଇଛି। ବୃଦ୍ଧାର ବୟସ ବେଳେ କେତେ କଳଙ୍କ ତା ନାଁରେ ରଟିଛି। ସମାଜ ସଙ୍ଗେ, ସଂସାର ସଙ୍ଗେ ସଂଗ୍ରାମ କରି ବୃଦ୍ଧାର ଜୀବନରେ କେତେ କ୍ଷତ ରହିଯାଇଛି, କେତେ ସ୍ଖଳନ, କେତେ ପତନ ବୃଦ୍ଧାର ହୋଇଛି— ସେ ସବୁ କିନ୍ତୁ ତାର ଜୀବନରେ କଳଙ୍କ ନୁହେଁ— ଯୁଦ୍ଧର ବ୍ରଣ ଚିହ୍ନ! ତାର ଜୀବନର ଭୂଷଣ!

ବୃଦ୍ଧା ବାସନ ମାଜି ଦୁଆର ସଫାକରି ଦି'ଟା ପାଣି ରଖି ଦେଇ ଚାଲିଗଲା। ବାକି ସବୁକାମ ସ୍ତ୍ରୀଙ୍କ ଉପରେ। ଆହା, ବିଚାରୀଟିକି ମୋର ବଡ଼ ଖଟିବାକୁ ପଡ଼େ। ଏ ଏକେତ ରୁଗ୍ଣା, ତା ପରେ ଶିଶୁଟିର ମୃତ୍ୟୁ ପରେ ଏକାବେଳେ ଭାଙ୍ଗି ପଡ଼ିଛନ୍ତି। ଗୋଟାଏ ଚବିଶ ଘଣ୍ଟିଆ ଚାକର ରଖିଲେ ହୁଅନ୍ତା। କିନ୍ତୁ ମୋର ଟଙ୍କା କାହିଁ!

ମୁଁ ଦାନ୍ତମୂଳେ ଚିମୁଟାଏ ଗୁଡ଼ାଖୁ ଦେଇ ଭାବେ କେତେ କଥା, ତାର ଠିକଣା ନାହିଁ। ଏଣେ ଗୁଡ଼ାଖୁ ମିଶା ଲାଳ ମୋର ପାପୁଲି ଭିତର ଦେଇ କହୁଣୀ ପର୍ଯ୍ୟନ୍ତ ଗଡ଼ି ଆସେ—ସେଥି ପ୍ରତି ଲକ୍ଷ୍ୟ ନାହିଁ। ମୁଁ ଭାବେ କଲେଜରେ ପଢୁଥିବା ସମୟର କଥା। ନବୀନର ସ୍ୱପ୍ନମୟ ଲେଖା ପଢ଼ି ବିଚାରା କବିଟିକୁ କେତେ ନିର୍ଯ୍ୟାତନା ଆମେ ନ ଦେଇଚୁ। ବାସ୍ତବତା ସଙ୍ଗେ ତାର ଲେଖାର ଖାପ ଖୁବ୍ କମ୍। ସେଥିଲାଗି ତା ଉପରେ ଆମର ରାଗ। ଯେତେବେଳେ ମୋର ପ୍ରାଣ ମନ ସ୍ୱପ୍ନରେ ଭରପୂର ହୋଇ ଉଠିଥିଲା, ସେତିକିବେଳେ ବାସ୍ତବତା ପ୍ରତି ମୋର ଆଦର। ଯେତେବେଳେ ଜୀବନରେ ବସନ୍ତର ଚିର ପ୍ରବାହ ଛୁଟୁଥିଲା, ସେତିକିବେଳେ ନବୀନ ମୁହଁରୁ ମଳୟ ସ୍ପର୍ଶରେ ତାର ଶରୀରରେ ପୁଲକ ଆସିବା କଥା ଶୁଣିଲେ ହସ ମାଡ଼େ; କିନ୍ତୁ ଯେତେବେଳେ ମୋର ବାସ୍ତବ ଜଗତକୁ ପ୍ରଥମ ପ୍ରବେଶର ଉପକ୍ରମ, ବସନ୍ତ ତାର କାଉଁରୀ ସ୍ପର୍ଶ ମୋ ଅଙ୍ଗରେ ଛୁଆଁଇଲା। ମୁଁ କବି ପରି ବସନ୍ତକୁ ସମ୍ବୋଧନ କରି ଉଠିଲି—

"ହେ ମଳୟ! ଏ ଅସମୟରେ କାହିଁକି ମୋର ପ୍ରାଣକୁ ସ୍ପର୍ଶ କଲ? ତୁମର କୁହୁକ ସ୍ପର୍ଶରେ ନଦୀ ଢେଉ ତୋଳିଛି, ବନସ୍ପତି ମର୍ମ୍ମର ସ୍ୱନରେ ଗାନ ଧରିଛି, ପକ୍ଷୀ କଳନାଦ କରୁଛି, ମୃଗ ଦମ୍ପତି ଦକ୍ଷିଣା ପ୍ରତି ଉନ୍ମନ ହୋଇ ଅନାଇଛି। କିନ୍ତୁ, ମୁଁ ତ ତୁମକୁ ଅଭ୍ୟର୍ଥନା କରି ନାହିଁ। ଏପରି ଆକସ୍ମିକ ଭାବରେ ତୁମର କାହିଁକି ମୋ ପ୍ରତି କରୁଣା ଜାତ ହେଲା? ମୁଁ ଯେତେବେଳେ ସକଳ ସ୍ୱପ୍ନକୁ ତୁଚ୍ଛ ନିରର୍ଥକ ମନେ କରି ନିରାଟ ବାସ୍ତବ ଜୀବନ ଯାପନ କରିବାକୁ ତପସ୍ୟା ଆରମ୍ଭ କରିଛି, ତୁମେ ଉର୍ବଶୀ,

ଆସି ମୋର ପ୍ରାଣରେ ଏ କି ସ୍ୱପ୍ନର ମନ୍ଦାକିନୀ ପ୍ରବାହିତ କଲ—ମୋର ତପୋଭଙ୍ଗ କଲ ! ତୁମ ସ୍ପର୍ଶରେ ଏ କି ଗଭୀର ବେଦନା ମୋ ପ୍ରାଣରେ ବାଜି ଉଠିଲା ? ମୁଁ ନିଜର ରୂପ ଦେଖିବାକୁ ପାଇଲି। ମୋ ଚତୁର୍ଦ୍ଦିଗ ଆଜି ତୁମ ଲାଗି ଆନନ୍ଦରେ ନାଚୁଛି। ମୁଁ କିନ୍ତୁ ଏ ଆମୋଦର ରୋଳ ମଧ୍ୟରେ ମୋର ବ୍ୟଥାଟିକ ଉପଭୋଗ କରିବାରେ ବ୍ୟସ୍ତ। ମୁଁ ଏ ବେଦନା, ଏ ସ୍ୱପ୍ନ ସବୁରୁ ଅନାବଶ୍ୟକ, ଅଳୀକ ଅନୁମାନ କରି ଏଥିରୁ ଦୂରେଇ ଦୂରେଇ ଚାଲିଥିଲି ମୋର ଏକାନ୍ତ ପ୍ରୟୋଜନୀୟ ବାସ୍ତବତାର ପଥରେ; କିନ୍ତୁ ଆଜି ତୁମେ ମୋର ଚେତନା ଆଣି ଦେଲ। ମୁଁ ଆଜି ଜୀବନରେ ସ୍ୱପ୍ନର ସଭ୍ୟତା ପ୍ରଥମ ଉପଲବ୍ଧି କଲି।"

ମୁଁ ଗାଧୁଆ ପାଧୁଆ ଶେଷ କରି ଘଣ୍ଟା ଦେଖେତ ଆଠ ବାଜିବା ଉପରେ। ସ୍ତ୍ରୀ ସେତେବେଳ ଯାଏ ଶେଯ ଛାଡ଼ି ନାହାନ୍ତି। ସେହି ଅଷ୍ଟମ ଦିବସର ଶିଶୁଟିର ମୃତ୍ୟୁ ପରେ ପ୍ରିୟା ମୋର ଅତ୍ୟଧିକ ଭାବରେ ନିଦ୍ରାଳୁ ହୋଇ ପଡ଼ିଛନ୍ତି। କୌଣସି ବିଷୟରେ ଉତ୍ସାହ ନାହିଁ, ଗୋଟାଏ ଆଳସ୍ୟ, ଗୋଟାଏ ତନ୍ଦ୍ରା ତାଙ୍କୁ ଅଧିକାର କରି ରହିଛି। ଗୋଟିଏ କ୍ଷୁଦ୍ର ଶିଶୁର ମୃତ୍ୟୁରେ ଲୋକର ଏତେ ପରିବର୍ତ୍ତନ ହୋଇପାରେ; ମୋର ବିଶ୍ୱାସ ହୁଏ ନାହିଁ। କିନ୍ତୁ, ମୁଁ ଦେଖେ ପିଲାଟି କଥା ସ୍ତ୍ରୀଙ୍କ ମନେପଡ଼ିଲେ ଚକ୍ଷୁରୁ ତାଙ୍କର ଧାର ଧାର ଲୋତକ ଝରି ପଡ଼େ। ମୁଁ ତାଙ୍କୁ ଆଶ୍ୱାସ ବାଣୀ ଦିଏ। "ଏଇ ଛୋଟପିଲାଟି ପାଇଁ ଏତେ ବ୍ୟସ୍ତ ହେଲେ ଚଳିବ ?" ସେ କହନ୍ତି, "ତମ କାଗଜପତ୍ର ତମେ ଦେଖ।"

ମୁଁ ସ୍ତ୍ରୀଙ୍କ ଶେଯ ପାଖରେ ବସି ଡାକିଲି, "ଉଠିବନି ? କଚେରୀ ବେଳ ହେଇ ଯାଉଛି ପରା।" ସ୍ତ୍ରୀ ସଶବ୍ଦରେ ଗୋଟାଏ ନିଶ୍ୱାସ ଛାଡ଼ି—କର ଲେଉଟାଇ ପୁଣି ମୁହଁ ମାଡ଼ି ଶୋଇଲେ। ଏହି କୃଶାଙ୍ଗୀ ରୁଗ୍‌ଣାଙ୍କଠାରେ ମୋର ଯୌବନର ସକଳସ୍ୱପ୍ନ ସଫଳ ହୋଇଛି। ପାରସ୍ୟ ସୁନ୍ଦରୀ, ଇହୁଦୀଯୁବତୀ, କାଶ୍ମିରୀ ନାୟିକା—ମୋର ତରୁଣ ଜୀବନର ସକଳ ମାନସୀ ଏହି ସପ୍ତଦଶୀ ବୃଦ୍ଧାଙ୍କଠାରେ ଠୁଳ ହେଇଛନ୍ତି।

ସ୍ତ୍ରୀଙ୍କର କଙ୍କାଳସାର ପୃଷ୍ଠରେ ହସ୍ତ ସ୍ଥାପନ କରି ଡାକିଲି, "ଉମା !" ସ୍ତ୍ରୀଙ୍କର ପିତାମାତାଙ୍କ କୃପାରୁ ନାମ ଧରି ଡାକିବାର ସୁଯୋଗ ପାଇଛି। ନ ହେଲେ, ଚେମି, ଚନ୍ଦୁରୀ କିମ୍ବା ମାଗୁଣି ଯଦି ତାଙ୍କ ନାଁ ଦେଇଥାନ୍ତେ। 'ହଇ କିଏ' ଡାକିବା ବ୍ୟତୀତ ଆଉ ଉପାୟ ନ ଥିଲା।

ସ୍ତ୍ରୀ ମୋର ମଧୁର ସମ୍ବୋଧନର ଉତ୍ତରରେ ଖେଙ୍କାରି ଉଠିଲେ; "ଓହୋ, ଟିକିଏ ଶୁଆଇ ଦେବେନି ମଣିଷକୁ!"

"ତେବେ ଉପାସରେ କଚେରୀ ଯାଏଁ!"

"ସକାଳୁ ଏମିତି କଚେରୀ ବେଳ ହୋଇଯାଉଛି ?"

"ଉଠି ଘଣ୍ଟା ଦେଖିଲ, କେତେଟା ବାଜିଲାଣି !"

"ମୁଁ ଏତେ ଘଣ୍ଟା ଫଣ୍ଟା ଦେଖି ଜାଣେନି !"

"ତେବେ ମୁଁ କଚେରୀ ଚାଲିଲି ।" କହି ମୁଁ ଦ୍ୱାର ଆଡ଼କୁ ଅଗ୍ରସର ହେଲି । ସ୍ତ୍ରୀ ଉଠି ଦେଖନ୍ତି ତ, ଘର ତମାମ ସୂର୍ଯ୍ୟ କିରଣରେ ଆଲୋକିତ । ମତେ ନିରାଶରେ ଫେରିଯିବାର ଦେଖି କହିଲେ, "ସତେ ମ, କେତେ ଚଞ୍ଚଳ ଦିନ ହେଇଯାଉଛି ।"

ମୁଁ ତାଙ୍କୁ ଲେଉଟି ଚାହିଁ ଟିକିଏ ହସିଲି—ସେ ବି ଟିକିଏ ହସିଲେ । ସ୍ତ୍ରୀଙ୍କର ମୁଖ ମଳିନ ରୁଗ୍‌ଣ । ଏହି ମୋର ପ୍ରିୟା । ତାଙ୍କର ମଳିନ, ରୁଗ୍‌ଣ ମୁଖରେ ଜଗତର ସକଳ ସୁଷମା ମୁଁ ଆଜି ପାଇଛି । ମୋର ଅନ୍ତରର ସୌନ୍ଦର୍ଯ୍ୟ ପିପାସା ଏହିଠାରେ ନିର୍ବାପିତ ହୋଇଛି । ମୁଁ କ'ଣ ମୋର ବାସ୍ତବ ଚକ୍ଷୁରେ ସେ ସୌନ୍ଦର୍ଯ୍ୟ ଅବଲୋକନ କରେ ? ଜୀବନରେ ଟିକିଏ ସ୍ୱପ୍ନ ନଥିଲେ, ଟିକିଏ କଳ୍ପନା ନଥିଲେ ମନୁଷ୍ୟ କେବଳ ନିରାଟ ବାସ୍ତବତା ମଧ୍ୟରେ କିପରି ଯେ ବଞ୍ଚି ରହନ୍ତା, ଭାବି ପାରୁନାହିଁ । ମୁଁ ମୋର ସ୍ତ୍ରୀଙ୍କୁ ଭଲପାଏ କିନା କହିପାରୁ ନାହିଁ । କାରଣ ଭଲ ପାଇବାର ସଂଜ୍ଞାମତେ ମାଲୁମ୍ ନାହିଁ, ତେବେ ମୋର ଏହି ଅସହାୟ ସଙ୍ଗହୀନ ଜୀବନରେ ଏହି ରୁଗ୍‌ଣା ନାରୀହିଁ ଏକମାତ୍ର ନିଜର ଏକାନ୍ତ ଆପଣାର ।

କଚେରୀରେ ସବୁ କିରାନୀଙ୍କ ଭିତରେ ନାନା ଦୁଃଖସୁଖ ଗପଚାଲେ, କାମ ମଧ୍ୟ ଚାଲିଥାଏ । ଯେ ଯାହା ଜାଗାରେ ବସି କାମ କରୁଥାନ୍ତି; ତା ଭିତରେ କଥାବାର୍ତ୍ତା, ଥଟ୍ଟା ତାମସା ମଧ୍ୟ ଚାଲିଥାଏ । ଗଣେଶ ବାବୁଙ୍କ ଜାଗା ମୋର ପାଖାପାଖି । ଏ କେତେବର୍ଷ ଚାକିରୀ କରି ବେଶ୍ ପେଟଟିଏ ବାଗେଇଛନ୍ତି । ଗଳାବନ୍ଦ ମାଟିଆ କୋଟ୍‌ଟି ତାଙ୍କର ବଡ଼ପ୍ରିୟ । ଚାରି ଛମାସ ହେଲା କୋଟ୍‌ଟି ତିଆରି ହୋଇ ଏପର୍ଯ୍ୟନ୍ତ ସୁବିପୁଳ ବପୁକୁ ପ୍ରତିଦିନ ଜଡ଼ାଇ ଧରିଛି — ଗଛକୁ ଯେମିତି ବକଳା; କୋଟ୍‌ର ବେକପଛ କଲାର୍‌ରେ ଆଙ୍ଗୁଳେ ବହଳରେ ମଳି ଓ ତେଲଚିକିଟା ବସିଛି ଓ ସର୍ବାଂଶରେ କାଳି ଏବଂ ନାନା ରକମର ଦାଗ ଲାଗିଛି । ଆଉ କୋଟର ଉପର ବୋତାମ ଦିଓଟି କେବଳ ଲଗାହୁଏ, ବାକି ତଳଗୁଡ଼ିକ ସବୁ ଖୋଲା; ଆଉ ଲୁଗାଟି ପିନ୍ଧାହୁଏ ପେଟତଳକୁ । ସେଥିଲାଗି ବାବୁଙ୍କର ଅପୂର୍ବ ଲୋମଶ ଉଦରଟିର ପ୍ରତିଦିନ ଦର୍ଶନ ମିଳେ । ଏହି କୋଟ୍ ପକେଟରେ ପ୍ରତିଦିନ କେତେ ସୁକି, ଅଧୁଲି, ଟଙ୍କା ବାଁ ହାତିଆ ପଶେ !

ଗଣେଶ ବାବୁ ନିଜର ଲୋମଶ ଉଦରରେ ହାତ ବୁଲାଉ ବୁଲାଉ ପାନଖିଆ କଳାଦାନ୍ତ ଗୁଡ଼ିକ ଦେଖେଇ କହିଲେ, "ହଇହେ' ଏକାଳ ଲଟାରେ ପଶିଲା ନା କ'ଣ ହେ ? ଚାକର ଗୁଡ଼ାକ ପୁଣି ମୁହଁ ଉପରେ ଇମିତି ଜବାବ ଦେଲେଣି । ମୋ ଚାକର

ଟୋକାଟାକୁ ଆଜି ପଦେ ଗାଳି ଦେଲି—ମୁଁ ଡାକୁଛି ତାକୁ ଯୋତା ଦିଟାରେ ରଙ୍ଗ ଦେବାକୁ, ସେ ବସି ବାସନ ମାଜୁଛି। ମୁଁ ତାକୁ ଯେମିତି କହିଛି, "କିରେଶଳା' ତତେ କ'ଣ ଶୁଣା ଯାଉନି, ସେ ତ ମୋ ଉପରେ ନିଆଁବାଣ। କହୁଛି, ମୁଁ କଣ ତୁମଠୁଁ ମାଗି ଖାଉଛି ନା ଚୋରି କରୁଛି ଯେ ତମେ ମତେ ବେଜିତ୍ କରିବ। ଭାବୁଥିଲି ଏକା ଚାପଡ଼ାକେ ଟୋକାର ଗାଲ ଭାଙ୍ଗିଦବାକୁ, ପୁଣି ମନକୁ ହେଜିଲି, "ଚୁଚୁନ୍ଦ୍ରା ମାଇଲେ ହାତ ଗନ୍ଧାଏ।"

ମୁଁ କହିଲି, "ଆଜ୍ଞା, ଆପଣଙ୍କ ଗାଳି ଦବାଟା ଠିକ୍ ହେଇନି। ସେ ଯଦି ଦୋଷ କଲା ଆପଣ ତାର ଦରମା କାଟି ଦେବେ, ନହେଲେ ବରଖାସ୍ତ କରିଦେବେ, କିନ୍ତୁ ତାକୁ ବେଜିତ କରିବାଟା ଆପଣଙ୍କର ନିହାତି ଅନ୍ୟାୟ।"

"କେତେଟା ଚାକର ରଖି ଦରମା କାଟିଲଣି ନା ବରଖାସ୍ତ କଲଣି ଭଲା ?"

ମୋର କାନମୂଳ ପୋଡ଼ି ଉଠିଲା। କେତେକ ସହକର୍ମୀ ମଧ ଗଣେଶ ବାବୁଙ୍କ କଥାର ସମର୍ଥନ ସ୍ୱରୂପ ମୁରୁକି ହସା ଦେଲେ। ନିଜକୁ ଅତି ଅସହାୟ ବୋଧକଲି। କୌଣସିମତେ ନିଜକୁ ସମ୍ଭରଣ କରିନେଇ କହିଲି, "ମୁଁ ତ ଆଜ୍ଞା, ଗରିବ ଲୋକ। ଚାକର ବାକର ରଖି ପାରିବି କାହୁଁ ?"

"ଚାକର ଯେ ରଖେ ସେ ଜାଣେ ତାଙ୍କ ସାଙ୍ଗେ କିପରି ବ୍ୟବହାର କରିବାକୁ ହୁଏ। ତୁମେ ଅଦା ବେପାରୀ ହେଇ, ଲୁଣ ଜାହାଜ କଥା ପଚାରୁଛ କାହିଁକି ?"

ମୁଁ ଚୁପ୍ କରି ଗଲି। କାରଣ ତା ଛଡ଼ା ଆଉ ଉପାୟ ନଥିଲା। ମନେ ହେଲା, ଯେପରି ଗଣେଶବାବୁ ଅନେକ ଦିନର ରାଗ ମୋ ଉପରେ ଶୁଝାଇ ଦେଲେ। କିନ୍ତୁ, ରାଗ ରଖିବାର କୌଣସି କାରଣ ମୁଁ ଖୋଜି ପାଇଲି ନାହିଁ।

ଗଣେଶବାବୁ ପାନଡିବା ଖୋଲି ଖଣ୍ଡେ ଖିଲ ପାଟିରେ ଦେଲେ ଏବଂ ଡିବାଟି ସାବଧାନତା ସହକାରେ ବନ୍ଦ କଲେ। ମୁଁ ଗଣେଶ ବାବୁଙ୍କ ସଙ୍ଗେ ପୁଣି ଆଳାପ ଜମେଇବାକୁ ଅତି ନିର୍ଲଜ୍ଜ ଭାବରେ କହିଲି, "ଏ ଆଡ଼େ ଖଣ୍ଡେ ମିଳିବ ?" ମୋର ପାନ ଖାଇବା ଅଭ୍ୟାସ ନୁହେଁ। କେବଳ ଗଣେଶ ବାବୁଙ୍କ ସଙ୍ଗେ ସୌହାର୍ଦ୍ଦ୍ୟ ଜନ୍ମାଇବାକୁ ପୁଣି ଖୁସିଗପ ଆରମ୍ଭ କରିବାକୁ ମାଗିଲି।

ଗଣେଶ ବାବୁ କିନ୍ତୁ ମୁହଁଟା ଭାରି କରି କହିଲେ, "ନା, ନା, ପାନ ମୋର ବାଣ୍ଟିବାକୁ ନାହିଁ।" ତାପରେ ଅନ୍ୟଜଣେ ସମବୟସ୍କ ସହକର୍ମୀଙ୍କୁ କହିଲେ, "ଏବକାଳ ଟୋକାଏ ଉପରେ ଉପରେ ବେଶ୍ ବାବୁଗିରି କରିବାକୁ ଶିଖିଲେଣି, ଖଣ୍ଡେ ଧୋବ କମିଜ ଆଉ ଖଣ୍ଡିଏ ପଇଁଚାଳିଶ ଇଞ୍ଚିଆ ଧୋତି କୁଞ୍ଚ ଛାଡ଼ି ଦେଇ, ମୁଣ୍ଡଟା ଖଣ୍ଡେ ଖଣ୍ଡିଆ ପାନିଆରେ ସାଉଁଳି ଦେଇ ବାହାରକୁ ବାବୁ ଦେଖାଇ ହେଉଛନ୍ତି। ଫୁର୍ତ୍ତିରେ ଦିପଦ କଥା କହିଦେଇ ମନକୁ ମନ ଖୁବ୍ ପାଠୁଆ ବୋଲାଉଛନ୍ତି।"

ମୁଁ ବୁଝିଲି ଏ ବାକ୍ୟବାଣ କାହାକୁ ଲକ୍ଷ୍ୟ କରା ହୋଇଛି। ଆଉ ଜାଣିଲି, ମୋର ଧୋବଲୁଗା, ମୋର ଟେରିକଟା, ବିଶେଷତଃ ମୋର ଫୂର୍ତ୍ତିରେ କଥା କହିବା ଗଣେଶ ବାବୁଙ୍କର ଚକ୍ଷୁଃଶୂଳ ହୋଇ ଉଠିଛି।

ଗଣେଶ ବାବୁ ସହକର୍ମୀଙ୍କୁ ସ୍ୱେଚ୍ଛାପ୍ରବୃତ୍ତ ହୋଇ ପାନଖଣ୍ଡେ ଦେଲେ। କେତେ ଗପ ହସଖୁସି ଦୁହିଁଙ୍କ ଭିତରେ ଚାଲିଲା, ସେ ସବୁ ଶୁଣିବାକୁ ମୋର ସାହସ ହେଲା ନାହିଁ—କେଜାଣି ଆଉ କି ତୀବ୍ର ଶର ତା ମଧ୍ୟରେ ଖଞ୍ଜା ହୋଇଥିବ!

ଜୀବନ ଉପରେ ମୋର ଧିକ୍କାର ଆସିଲା! ଏହିପରି ଲୋକଙ୍କ ସଙ୍ଗେ ମୋର କାରବାର! ଜୀବନ ସାରା ଏହିମାନଙ୍କ ସଙ୍ଗେ ମୋର କାରବାର! ଜୀବନ ସାରା ଏହିମାନଙ୍କ ସଙ୍ଗେ ମତେ କାମ କରିବାକୁ ହେବ ପେଟ ପୋଷିବାପାଇଁ! ମୋର ସମସ୍ତ ଶରୀର କଣ୍ଟକିତ ହୋଇ ଉଠିଲା।

ଆଲିଖାଁ ଚପରାସିକି ଡାକିଲି କିଛି କାଗଜ ଓ କାର୍‌ବନ୍ ପେପର୍ ଦେଇ ଯିବାକୁ। ଅନେକ ଗୁଡ଼ାଏ ଟାଇପ କରିବାକୁ ସେ ଦିନ ଥାଏ। ଆଲିଖାଁ କିନ୍ତୁ ନ ଶୁଣେ। ଖୁବ୍ ଜୋର୍‌ରେ ପାଟି କରି ଡାକିଲି ଦି ଚାରି ଥର। ଅନ୍ୟମାନଙ୍କ କାମରେ ଯେ ବ୍ୟାଘାତ ଘଟିବ ମୋ ପାଟି ଶୁଣି ମୋର ଆଦୌ ଖିଆଲ ନାହିଁ। ପୂର୍ବ ଘଟନାରେ ମୁଣ୍ଡଟା ଏକାବେଳେ ଗୋଳମାଳ ହୋଇ ଯାଇଥାଏ।

ମୋ ଗର୍ଜନ ପରେ ଆଲିଖାଁର ସ୍ୱର ଶୁଣାଗଲା, "ଯାଙ୍କ ଘର ଚାକର ପରି କଣ ହାକିମି ଦେଖାଉଛନ୍ତି?"

ସଙ୍ଗେ ସଙ୍ଗେ ସିରସ୍ତାର ବଡ଼ ବାବୁଙ୍କର ମୋ ନିକଟରେ ଆବିର୍ଭାବ ହେଲା। ସସମ୍ଭ୍ରମରେ ଚୌକିରୁ ଉଠି ଠିଆ ହୋଇ ପଡ଼ିଲି। ବଡ଼ବାବୁ ତାଙ୍କର କରଡ଼ା ନିଶକୁ ଫୁଲାଇ ରୁକ୍ଷ ସ୍ୱରରେ କହି ଉଠିଲେ, "ଏଇଟା ଅଫିସ ନା ମାଛହାଟ? ନୂଆ ହାକିମ କିପରି କଡ଼ା ଶୁଣିଚ ତ?"

ସହକର୍ମୀମାନେ ସମସ୍ତେ ମୋ ଆଡ଼କୁ କୌତୂହଳ ହୋଇ ଅନାଇଁ ରହିଲେ। ମୋର ଶିର ତଳକୁ ହୋଇଗଲା, କେତେବେଳ ଯାଏ ମୁଣ୍ଡ ପୋତି ସେହିପରି ତଳକୁ ଅନାଇଁ ରହିଲି ମନେ ନାହିଁ। ତେବେ ପୁଣି ଚୌକିରେ ବସିବାବେଳେ ଦେଖିଲି, ସହକର୍ମୀମାନେ ଯେ ଯାହା କାମରେ ବ୍ୟସ୍ତ—ମୋ ପ୍ରତି କାହାର ଲକ୍ଷ୍ୟ ନାହିଁ। ବଡ଼ବାବୁ ତାଙ୍କର ସେହି ପୁରୁଣା ଚଷମାଟି ସୂତା ଖଣ୍ଡକରେ କାନରେ ବାନ୍ଧି କାଗଜପତ୍ର ଦେଖିବାରେ ଲାଗିଛନ୍ତି।

ମୁଁ ଟାଇପ୍ କରି ବସିଲି। କିନ୍ତୁ ବାରମ୍ବାର ଭୁଲ୍ ହେଲା, ତଳେ ଗୋଟାଏ ପିମ୍ପୁଡ଼ି ଚାଲୁଛି ତ ତାକୁ ଚାହିଁଛି। କାନ୍ଥରେ ଗୋଟିଏ ନାଲି ଦାଗ ଗୋଟିଏ ଓଟପରି

ଦେଖା ଯାଉଛି— ମୁଁ ତାକୁ ଚାହିଁଛି। ପୁଣି ଟାଇପ୍ ମେସିନ୍ ପ୍ରତି ଦୃଷ୍ଟି ଦିଏ, ମନ ବିଦ୍ରୋହୀ ହୋଇ ଉଠେ। ନାଃ, ଏ ଚାକିରୀ ଛାଡ଼ି ଦେବାକୁ ହେବ। ପର ମୁହୂର୍ତ୍ତରେ ମନେ ହୁଏ, ଚାକିରି ଛାଡ଼ିଲେ ବଞ୍ଚିବି କିପରି ? ଉମାଙ୍କର କି ଦଶା ହେବ ? ମୋର ହୃତ୍‌କମ୍ପ ଆସେ ! ପୁଣି ମନେହୁଏ, ସେଠାରୁ ଛାଟିପିଟି ପଳାଇ ଯିବାକୁ। ଦୀର୍ଘନିଶ୍ୱାସ ପକାଇ ବସିରହେ। ଘଣ୍ଟାକୁ ଚାହେଁ—ସାଢ଼େ ତିନିଟା। ଓଃ ଅନେକ ବେଳ ଅଛି। ପୁଣି ଟାଇପ୍ କରେ; ପୁଣି ଭୁଲ୍ ହୁଏ। କିନ୍ତୁ ଘଣ୍ଟା କଣ୍ଟା ଘୁଞ୍ଚେନାହିଁ !

ଘରକୁ ଫେରିବା ବେଳକୁ ପ୍ରାୟ ସନ୍ଧ୍ୟା। ବାଟଯାକ ନାନା କଥା ଭାବି ଫେରିଲି। ଭୋକରେ ପେଟ ଜଳୁଥାଏ— ସଂସାରର ନିଷ୍ଠୁରତାରେ ଅନ୍ତର ବିକଳ ହୋଇ ଉଠୁଥାଏ। ମୁଁ ମନେ ମନେ ଭାବେ। ଉମା କଣ ଖାଇବାକୁ ରଖିଥିବେ। କିଛି ନ ରଖିଥଲେ ତ ମହା ବିପଦ। କିଛି ଜଳଖିଆ ସାମଗ୍ରୀ ବଜାରରୁ ଅଣାଇବାକୁ କାହାକୁ ପାଇଲେ କି ନା। ଚାକରାଣୀଟା ଆସିଥିଲା କି ନା, ଇତ୍ୟାଦି।

ଆମ ଗଳି ମୋଡ଼ରେ କେତେବେଳେ ପହଁଚିଲିଣି ମୋର ଖିଆଲ ନାହିଁ। ପଡ଼ିଶା ଘର ରଘୁ ଦୌଡ଼ିଆସି କହିଲା, “ଉମା ଅପାଙ୍କୁ ବାତ ମାରୁଛି।” ମୁଁ ବିସ୍ଫାରିତ ଚକ୍ଷୁରେ କହି ଉଠିଲି, “ଏଁ ?, ଛାତି ମୋର ଦପ୍ ଦପ୍ ପଡ଼ିବାକୁ ଲାଗିଲା। ଘରଭିତରେ ପଶି ଦେଖିଲି, ସ୍ତ୍ରୀମାନଙ୍କର ମୋ ଦୁଆରେ ମହା କୋଳାହଳ। କିଏ କହୁଛି “ପାଣି ଆଣ, ନିଶାଦଳ ଆଣ।” କିଏ ବା କହୁଛି, “ତାର ବାଁ ପାଦ ବୁଢ଼ା ଆଙ୍ଗୁଠିକୁ ଶିଳପଟାରେ ଛେଚିଦିଅ।” କିଏ ବା ନିଜ ପିଲାକୁ ମୋ ଘରକୁ ନ ଆସିବା ପାଇଁ ତର୍ଜନ ଗର୍ଜନ କରୁଛି।

ମୁଁ ସମସ୍ତଙ୍କୁ ଆଡ଼େଇ ଭିତରକୁ ପଶିଲି। ଯାହା ଦେଖିଲି ଆଖି ମେଲା ରଖିବାକୁ ଇଚ୍ଛାହେଲା ନାହିଁ, କି ପଲକ ପକାଇବାକୁ ସାହସ ହେଲା ନାହିଁ। ପ୍ରିୟା ମୋର ଚିତ୍ ହୋଇ ଶୋଇଛି। କେଶଗୁଚ୍ଛ ମୁକୁଳା ପଡ଼ିଛି। ଚକ୍ଷୁର ଡୋଳା ଜଳକା ପରି ଦିଶୁଛି। ଅଧର କୋଣରେ ଧଳା ଧଳା ଫେଣ ଲାଗିଛି। ଆଉ ବେଳେ ବେଳେ ହାତଗୋଡ଼ ବାଡ଼େଇ ହେଉଛି। ଭୀଷଣ ଯନ୍ତ୍ରଣାରେ ପ୍ରିୟା ମୋର ଛଟପଟକରି ଉଠୁଛି ଯେପରି। ମୁଁ କାଠ ପିତୁଳା ପରି ଅନାଇଁ ରହିଲି।

ରଘୁ ମା ମୋ କାନ୍ଧରେ ହାତ ମାରି କହିଲେ, “ଏମିତି ବସି ରହିଲେ ଚଳିବ ? ଯାଅ ପୁଅ, ଡାକ୍ତର ଡାକିଆଣ।” ମୋର ଚେତନା ଆସିଲା। ମୁଁ ଉଠି ଦେଖିଲି, ସ୍ତ୍ରୀମାନଙ୍କର ସମାଗମ କ୍ରମେ କମି ଆସିଲାଣି। ରଘୁମାଙ୍କୁ ସ୍ତ୍ରୀଙ୍କ ପାଖରେ ବସାଇ ଦେଇ ମୁଁ ବାହାରିଲି ଡାକ୍ତର ଡାକିବାକୁ; କିନ୍ତୁ ସ୍ତ୍ରୀଙ୍କୁ ଏପରି ଛାଡ଼ି ଯିବାକୁ ମୋର ପାଦ ଚଳୁ ନଥାଏ। କରାଯାଏ କଣ ? ରଘୁମାଙ୍କୁ କହିଗଲି, “ମାଉସୀ। ଟିକିଏ ଦେଖିବ। ଯେମିତି ଆଙ୍ଗୁଠି ଛେଚା ଛେଚି କି ମୋଡ଼ା ମୋଡ଼ି କେହି ନ କରନ୍ତି।”

ଡାକ୍ତରବାବୁ ଆସି ଦେଖିଲେ। ଦେଖୁ ଦେଖୁ କହିଲେ, "ଏମିତି hysteria Case ଆମ ସମାଜରେ ବହୁତ ହେଉଛି। ତାର କାରଣ ଆମେ ସ୍ତ୍ରୀମାନଙ୍କୁ ବାହାରକୁ ଛାଡୁନା। ବାହାରର ଆଲୋକ ପବନ ଲାଗିଲେ ଏ ରୋଗ ହୁଏ ନାହିଁ। ଅନ୍ୟ ପାଶ୍ଚାତ୍ୟ ସମାଜ ସବୁ ଦେଖନ୍ତୁ, ଗୋଟାଏ ଏପରି Case ପାଇବେ ନାହିଁ। ଏମିତି କି ଆମ ବାଉରି କଣ୍ଡରା ଆଦି ନୀଚ ଶ୍ରେଣୀରେ ମଧ୍ୟ ଏ ରୋଗ ଦେଖିବାକୁ ମିଳିବନାହିଁ।" ମୋର ଆଉ ଧୈର୍ଯ୍ୟ ରହିଲା ନାହିଁ। ମୁଁ କହିଲି, "ଆଜ୍ଞା, ଟିକିଏ ଦେଖନ୍ତୁ ଭଲ କରି।"

ଡାକ୍ତର ବାବୁ ସ୍ତ୍ରୀଙ୍କର ହସ୍ତ ପରୀକ୍ଷା କରୁ କରୁ କହିଲେ, "ଏ ତ ସାଧାରଣ hysteria; ଆଉ ବିଶେଷ କଣ ? ମୁଁ prescription ଲେଖି ଦଉଛି। ଆଣନ୍ତୁ କାଗଜ କଲମ।

ଡାକ୍ତର ଦୋକାନକୁ କିପରି ଯାଇ କେତେ ସମୟରେ ମୁଁ ଔଷଧ ଆଣିଛି କିଛି ମନେ ନାହିଁ। କେବଳ ମନେଅଛି ଔଷଧ ଆଣିବା ବେଳେ ପଇସା ଦେବା କଥା— ଆଉ ଫେରିବା ପଥରେ ଜଣେ ସିଗାରେଟ୍ ଟାଣିଯାଉଥିବା କଥା। ମୁଁ ଔଷଧ ଆଣି ରଘୁମାଙ୍କୁ କହିଲି, "ମାଉସୀ, ଏଥର ଘରକୁ ଯାଆନ୍ତୁ।"

ଚେତନାଶୂନ୍ୟ ସ୍ତ୍ରୀଙ୍କ ଶଯ୍ୟା ପାର୍ଶ୍ୱରେ ବସି ଶୁଶ୍ରୂଷା କରିବାରେ ଲାଗିଲି, ଯେପରି ଯନ୍ତ୍ରଚାଳିତ !

ଉମା ସେହିପରି ପଡ଼ିଥାନ୍ତି। ସେହିପରି ଡୋଳା ବୁଲାଉଥାନ୍ତି। ବେଳେ ବେଳେ ହାତ ଗୋଡ଼ ପିଟି ହେଉଥାନ୍ତି। ମୁହଁରୁ ବାଟୁ ବାହାରି ପଡୁଥାଏ ମୃତ୍ୟୁ ସଙ୍ଗେ, ଯନ୍ତ୍ରଣା ସଙ୍ଗେ ସଂଗ୍ରାମ କରି। ଏ ଦୃଶ୍ୟ ଦେଖି ମୋର ଅନ୍ତର ମଧ୍ୟରୁ ଗୋଟାଏ ଶବ୍ଦ ବାହରିଲା।, "ଭଗବାନ୍ !" ପର ମୁହୂର୍ତ୍ତରେ ଭାବିଲି "ମୁଁ ପରା ନାସ୍ତିକ !" ଚକ୍ଷୁରୁ ଦର ଦର ଲୋତକ ଝରିପଡ଼ିଲା। ମୁଁ ଅନ୍ଧକାରର ଦେବତାଙ୍କୁ କହିଲି "କେଉଁ ଦମ୍ଭ ଅଭିମାନଟା ମୋର ରଖିଚ ଯେ ମୁଁ ନାସ୍ତିକତାକୁ ନେଇ ପୁଣି ଚାଲ ମାରିବି ? ତୁମେ ଯଦି ମିଥ୍ୟା ହୁଅ, ତେବେ ବି ତୁମେ ମୋର ନମସ୍ୟ। କେଉଁ ମିଥ୍ୟାଟାକୁ ମୋ ଦ୍ୱାରା ପୂଜା ନ କରାଇଚ ଯେ, ତୁମପରି ମିଥ୍ୟାକୁ ପ୍ରଣାମ କଲେ ମୋର ସତ୍ୟାନୁରାଗ ହ୍ରାସ ହୋଇ ଯିବ ! ହେ ମିଥ୍ୟା, ହେ ଶୂନ୍ୟ, ତୁମକୁ ଡାକିଲେ ଯଦି ମୋର ଏହି ଯାତନା କ୍ଳିଷ୍ଟ ହୃଦୟରେ ଆଶ୍ୱାସର ଅମୃତଧାରା ଝରିପଡ଼େ, ତେବେ ତୁମକୁ ଡାକିଲେ ମୋର କି ମାନହାନି ହୋଇଯିବ ପ୍ରଭୁ !"

ସହକାର, ୧୨/୦୮, ମାର୍ଗଶୀର ୧୩୩୯

ମିଶ୍ରଙ୍କ କୋପ

ସନ୍ଧ୍ୟା ହୋଇ ଆସୁଛି, ମିଶ୍ରେ ଆଣ୍ଠୁ ଉପରେ ଚିବୁକଟି ରଖି ଦାଣ୍ଡ ପିଣ୍ଡାରେ ବସିଛନ୍ତି। ସମ୍ମୁଖରେ ସୁବିସ୍ତୃତ ଧାନକ୍ଷେତ। ଦୂରରେ ଅନ୍ୟ ଗ୍ରାମର ବୃକ୍ଷରାଜି ନୀଳ ଆକାଶ ସଙ୍ଗେ ମିଶିଯାଇଛି। ପଶ୍ଚିମ ଆକାଶରେ ରକ୍ତ ମେଘସବୁ ହାତୀ, ଘୋଡ଼ା, ଓଟରାକ୍ଷସ, ଦାନବର ଆକାର ଧରି କ୍ରମେ ଗାଢ଼ତର ହୋଇ ଉଠୁଛନ୍ତି। ସନ୍ଧ୍ୟାର ଏହି କୃଷ୍ଣରଙ୍ଗ ଭୂମି ଉପରେ ଗୋଟିଏ ମାତ୍ର ତାଳଗଛ ଠିଆ ହୋଇ ରହିଛି। ସ୍ଥିର, ଅଚଞ୍ଚଳ ରଙ୍ଗମଞ୍ଚରେ ଯେପରି ଏକମାତ୍ର ଅଭିନେତା ସ୍ୱଗତରେ ନିଜର ଅନ୍ତର ବ୍ୟକ୍ତ କରୁଛି।

ଏହି ସମୟରେ କୁଳ କୁଆଡୁ ଆସି କହିଲା, "ନନା, ଆଜି ରାମଗଡ଼ରେ ବାଦୀପାଲା। ନୂଆଗାଁର ହାଡୁ ପାଢ଼ି ଆଉ ନବାବ ନଗରର ସୁଦାମ ଜେନା ଆସିଛି।"

"ଏଁ! ହାଡୁ ପାଢ଼ି ଆସିଚି? ଯିବା ତାହେଲେ! ଯା, ଯା କହିବୁ ଘରେ। ବେଗାବେଗି ରୋଷେଇବାସ କରିବେ।"

ପିତା ପୁତ୍ରଙ୍କର ବେଶ୍ ପଡ଼େ। ମିଶ୍ରଙ୍କର ଏକମାତ୍ର ସନ୍ତାନ କୁଳ। ଶିଶୁ ସମୟରୁ ଆଜିକି ଅଠର ଊଣେଇଶ ବର୍ଷ ହେବ, ମିଶ୍ରେ ଥରେ ହେଲେ ପୁତ୍ରକୁ ଛାଡ଼ି ଏକୁଟିଆ କୌଣସି ଯାତ୍ରା ତୀର୍ଥ କରି ନାହାନ୍ତି। ପୁତ୍ର ବରଂ ଥରେ ଅଧେ ଏକୁଟିଆ ଦେଖି ଆସିଛି ମେଲଣ, ପୁରୀଚନ୍ଦନ, ଝୁଲଣ ଆଦି। ବର୍ଷକ ଦିନରୁ ମିଶ୍ରେ କୁଳକୁ ଯାତ୍ରା ଦେଖିବାରେ ଅଭ୍ୟାସ କରାଇଛନ୍ତି। ମିଶ୍ରାଣୀ ଶିଶୁର ସର୍ବାଙ୍ଗରେ ହଳଦିବୋଳି, ତାଳୁରେ ଏପରି ଅତିରିକ୍ତ ତେଲ ମାଲିସ କରିଥାନ୍ତି ଯେ, କପାଳ, ଗାଲ ଏବଂ ପଛପାଖ ବେକ ପର୍ଯ୍ୟନ୍ତ ତେଲ ବୋହି ଆସିଥାଏ। ଆଖି ପତାରେ ଗୋଟାଏ ଆଙ୍ଗୁଳି ମୋଟାରେ କଜଳ ଗାର ଦୁଇ କାନ ପର୍ଯ୍ୟନ୍ତ ଟାଣି ଦେଇଥାନ୍ତି ଏବଂ ଲମ୍ବା ଏକ କଜଳ ଗାର ଶିଶୁର କପାଳରେ ଝଟକୁଥାଏ। ମିଶ୍ରେ ପୁତ୍ରକୁ ଖଣ୍ଡେ ଛିଟକନା ପିନ୍ଧାଇ ଦେଇ କାନ୍ଧରେ ବସାଇ ଯାତ୍ରା ଦେଖାଇ ନିଅନ୍ତି। ଆଜି ପର୍ଯ୍ୟନ୍ତ ମିଶ୍ରଙ୍କର ଯାତ୍ରା ଦେଖାଇ ନେବା ଅଭ୍ୟାସଟା ଅଛି।

କୁଳର ପାନ, ଭାଙ୍ଗ ଏବଂ ଅଫିମର ଯେ ଅଭ୍ୟାସ ଅଛି, ତା' ମୂଳରେ ସ୍ୱୟଂ ମିଶ୍ରେ। ସନ୍ଧ୍ୟାବେଳେ ଖଡ଼ିକାଟିରେ ଅଫିମ ଫୁରୁସେଇ ଖାଇଲାବେଳେ ଶିଶୁ କୁଳ

ଆସି କହେ, "ନନା, ଆପୁ।" ମିଶ୍ରେ ହସି ହସି ଉତ୍ତର ଦିଅନ୍ତି, ଖୁବ୍ ଅମଲୀ ହେଲେଣି ପୁଅ ଆମର।" ତାପରେ ସଯତ୍ନରେ ତା ତୁଣ୍ଡରେ ଟିକିଏ ଅଫିମ ଲଗାଇ ଦିଅନ୍ତୁ। ପୁଅକୁ ଟିକିଏ ନ ଦେଲେ ପାଚକ-ପାଣିଟା ମିଶ୍ରଙ୍କୁ ଭଲ ଲାଗେ ନାହିଁ। ଆଉ ମଧ୍ୟ ମିଶ୍ରଙ୍କ ପାଟିରୁ ପାନ ସିଠା କେବେ ତଳେ ପଡ଼େ ନାହିଁ। ପାଟିରେ ସିଠା ହୋଇଗଲେ ମିଶ୍ରେ ଶିଶୁ ପୁତ୍ରକୁ ଉପରକୁ ଟେକି ଧରି ମୁଖ ବ୍ୟାଦାନ କରନ୍ତି। ଶିଶୁ ନିଜର କ୍ଷୁଦ୍ର ଅଙ୍ଗୁଳିରେ ପିତାର ଦନ୍ତ ମୂଳରୁ ପାନ ସିଠା ଖୁଣ୍ଟି ଆଣି ନିଜର ମୁଖରେ ପୂରାଏ। ଶିଶୁର ଅଧର ଲାଲ ହୋଇଉଠିବା ସଙ୍ଗେ ସଙ୍ଗେ ମିଶ୍ରଙ୍କ ଛାତି ଫୁଲି ଉଠେ। ମିଶ୍ରେ ପୁତ୍ରକୁ କ୍ରୋଡ଼ରେ ବସାଇ ଟୁକୁମୂଷି' ଆଦି କେତେ ଗେଲ କରନ୍ତି। ଶେଷରେ ପୁତ୍ର ପାନସିଠାରେ ଏପରି ଭକ୍ତ ହୋଇ ଉଠିଲା ଯେ ପିତାପାନ ମୁଠା ମୁଖରେ ଦେବାର ଦେଖିଲେ ସେ ସିଠା ପାଇଁ ଅଳି କରେ। ଚରଚର କରି ପାନକୁ ଚୋବାଇ ସିଠା କରିବା ପର୍ଯ୍ୟନ୍ତ ମିଶ୍ରଙ୍କୁ ବାଟ ଦିଶେ ନାହିଁ। ମିଶ୍ରଙ୍କର ପାନ ଖାଇବାର ପରିଣାମ ଶେଷରେ ହେଲା କୁଳ ପାଇଁ ସିଠା ତିଆରି କରିବା।

କିନ୍ତୁ କୁଳକୁ ଏବେ ଆଉ ପାନସିଠା ଖାଇବାକୁ ହୁଏ ନାହିଁ। ସେ ଏବେ କଡ଼ାଏ କଡ଼ାଏ ପାନ, ଛଟାଙ୍କିଏ ଛଟାଙ୍କିଏ ଗୁଣ୍ଡି ପ୍ରତିଦିନ ଉଡ଼ାଇ ଦିଏ। କଡ଼ା ଗୁଣ୍ଡି ବହୁ ପରିମାଣରେ ଏକାଥରେ ପାର କରିବାର ଖ୍ୟାତି କୁଳର ସେ ଗାଁରେ ଅଛି।

କୁଳ ନିଜ ପାନ ଖର୍ଚ୍ଚ ଲାଗି ମିଶ୍ରଙ୍କଠାରୁ ଯଥେଷ୍ଟ ପାଏନାହିଁ। ସେଥିଲାଗି ପିତାଙ୍କୁ ଲୁଚାଇ ଘରୁ ଧାନମୁଗ ନେଇ ଦୋକାନରେ ନିଜର ବଟୁଆ ଭରିଦିଏ। ଧରାପଡ଼ିଲେ କିନ୍ତୁ ରକ୍ଷା ନାହିଁ। ମିଶ୍ରେ ସେତେବେଳେ ପୁତ୍ର ବାତ୍ସଲ୍ୟକୁ ଜଳାଞ୍ଜଳି ଦେଇ କୁଳର ହାଡ଼ଗୋଡ଼କୁ ସିଧା କରି ଦିଅନ୍ତି। କୁଳ ଯେମିତି କଡ଼ା ଗୁଣ୍ଡି ପାର କରିଦିଏ, ସେମିତି ନିର୍ଘାତ ପ୍ରହାର ମଧ୍ୟ ହଜମ କରିପାରେ। ଚାହାଳୀ ନଯିବା ଅପରାଧରେ କୁଳକୁ ବହୁବାର ମିଶ୍ରଙ୍କ ହାତରେ ତାଡ଼ନା ସହିବାକୁ ହୋଇଛି; କିନ୍ତୁ ଯଦି କେବେ ଅବଧାନ କୁଳକୁ ମାରିବା କଥା ମିଶ୍ରଙ୍କ କାନକୁ ଆସେ' ତେବେ ମିଶ୍ରେ ମୁସ୍ତେଜ। ମିଶ୍ରେ ଆଖି ଲାଲ୍ ଲାଲ୍ କରି କହନ୍ତି "ହାମରା ପୁଅକୁ ମାରେଗା। ଅବଧାନ ଟୋକାକୁ ଦେଖେଙ୍ଗେ" ଆଦି ନାନା ବୀର ରସାତ୍ମକ ଭାଷା ପ୍ରୟୋଗ କରି ମିଶ୍ରେ ଚୁଟୀ ମୁକୁଳା କରି ଅବଧାନ ଆଗରେ ପ୍ରସ୍ତେ ଡିଆଁଡେଇଁ କରନ୍ତି। ନିଜ ବ୍ରହ୍ମତ୍ୱର ଦ୍ୱାହିଦେଇ ଅବଧାନକୁ ସାରା କରିବେ ବୋଲି ପ୍ରତିଜ୍ଞା କରି ଆସନ୍ତି। କିନ୍ତୁ ଗାଁ ଜମିଦାରଙ୍କ ପିଲାଏ କୁଳକୁ ମାଡ଼ ଚଢ଼େଇଲେ ମିଶ୍ରଙ୍କର ତୁଣ୍ଡ ଫିଟେ ନାହିଁ।

ଗୋଟାଏ ପହିଲମାନ ଉତୁରିବାକୁ କୁଳର ଶ୍ରେଷ୍ଠ ଆକାଂକ୍ଷା। କିନ୍ତୁ ଖାଇବାକୁ ମୁଠାଏ ପେଟ ଭରି ମିଳେ ନାହିଁ, ସେ କିନ୍ତୁ ଆଶା ଛାଡ଼େ ନାହିଁ। ନାଗା ଖେଳ

ବାହାରିବା ବେଳେ ସେ ଖଣ୍ଡେ ଛଡ଼ର ଦୁଇ ମୁଣ୍ଡ ଦୁଇ ହାତରେ ଧରି କେତେବେଳେ ଗାଁ ଆଗରେ, କେତେବେଳେ ବା ବାଜାଦାରଙ୍କ ସାମନାରେ ମୁରାଟ ଦେଖାଇ ନାଚିଯାଏ। ନାଗା ଆଗରେ କୂଳର ଏ ଅଯାଚିତ ନାଚ କେହି ପସନ୍ଦ କରନ୍ତି ନାହିଁ। ତାର କିନ୍ତୁ ମାନ ଅପମାନ ନାହିଁ। ଅପରିଚିତ ସ୍ଥାନରେ ସେ ଏପରି କରିବାକୁ ଛାଡ଼େ ନାହିଁ। ଅନେକ ସ୍ଥଳରେ ଅପମାନ ମଧ୍ୟ ପାଏ।

ପିତା ପୁତ୍ର ସହଳ ସହଳ ଖିଆପିଆ ସାରି ବାହାରିଲେ ପାଲା ଦେଖି। ମିଶ୍ରଙ୍କ ପୁରୁଣା ମଠା ଚାଦର ଖଣ୍ଡ କୁଳ କୁଞ୍ଚି କାନ୍ଧରେ ପକାଇଲା। ମିଶ୍ରେ କୁଳ ନିର୍ବନ୍ଧ ଘରର ରଣପୁରୀ ଚାଦର ଖଣ୍ଡି ଆଚ୍ଛା କରି ଅଣ୍ଟାରେ ଭିଡ଼ି ତେଲ ଚିକିଟା ଗାମୁଛା ଖଣ୍ଡ ଚଉତି କାନ୍ଧରେ ପକାଇ ଚାଲିଲେ। ଚନ୍ଦ୍ରକିରଣରେ ମିଶ୍ରଙ୍କ ଚନ୍ଦନ ଟୋପାଟା ଦାଉଦାଉ ହୋଇ ଜଳୁଥାଏ। ମିଶ୍ରେ କେତେବେଳେ 'ମୃଗୁଣୀ ସ୍ତୁତି', କେତେବେଳେ 'ଚାଣକ୍ୟଶ୍ଳୋକ' ବୋଲି ବୋଲି ଚାଲିଥାନ୍ତି। କୁଳ ପଛେ ପଛେ ଚାଲିଥାଏ।

ମିଶ୍ରେ ପାଲାସ୍ଥଳୀରେ ଆସି ପହଞ୍ଚିଲେ। କିଏ ମିଶ୍ରଙ୍କୁ ପ୍ରଣାମ କଲା, ମିଶ୍ରେ ବି କାହାକୁ ନମସ୍କାର କରି ହସଖୁସି ହୋଇ ଲୋକଙ୍କୁ ଆଡ଼େଇ ଆଡ଼େଇ ଭିତରକୁ ପଶିଲେ। କୁଳ ଇତ୍ୟବସରରେ କେତେକ ସାଥୀ ପିଲାଙ୍କ ସାଙ୍ଗରେ ପଛରୁ ଖସିଯାଇଥାଏ। ମିଶ୍ରେ ପଛକୁ ଅନାଇଲା ବେଳକୁ କୁଳ ନାହିଁ। ମୃଦଙ୍ଗ, କରତାଳ, ଝାଞ୍ଜ ଆଦି ବାଜିଉଠିଲା। ଗାୟକ ଗିନିହଳକ ଡାହାଣ ହାତରେ ବାନ୍ଧି ଟୁଂ ଟ୍ରାଂ କରି ଚଅଁରଟା ବାଁ କାଖରେ ଜାକି 'ଆହା—ଆ—" ବୋଲି ଗୋଟାଏ ରାହା ଧଇଲେ କାନ ଉପରେ ବାଁ ହାତଟି ଦେଇ।

ତେଣେ କୁଳ କେତେକ ସାଥିଙ୍କ ସାଙ୍ଗେ ଗୋଟାଏ ପାନଗୁଆ ଦୋକାନରେ ପହଞ୍ଚିଲା। ପାଲା ଯୋଗେ ସେଠାରେ କେତେଗୁଡ଼ିଏ ପାନଗୁଆ ଦୋକାନ ବସିଥାଏ। କୋରା ଖଇ ଦୋକାନ ଯେ ନଥାଏ, ଏପରି ନୁହେଁ। କୁଳ ଲୁଗା ମଇଳା ହେଇଯିବ ବୋଲି ଡେରି ହେଇ ବସିଥାଏ। ସେଦିନ ସେ ତ କିଛି କରିଆ ଖଣ୍ଡେ ପିନ୍ଧି ନାହିଁ ଯେ ଯେଉଁଠି ଇଚ୍ଛା ସେଇଠି, ଚେକାଟାଏ ପକାଇ ବସି ପଡ଼ିବ। ତା ନିର୍ବନ୍ଧ ଘର ରଣପୁରୀ ଧୋବଲୁଗା ସେଦିନ ସେ ପିନ୍ଧି ଆସିଥାଏ। ସାଙ୍ଗ ଟୋକାଙ୍କ ଭିତରେ ତର୍କ ଚାଲିଲା, ବୈଷ୍ଣବ ପାଣି ଯାତ୍ରା ଭଲ କି ଗୋପାଳଦାସ ଯାତ୍ରା ଭଲ। କୁଳ ଗୋପାଳ ଦାସ ପକ୍ଷରେ ଲଢ଼ିଲା। ଟେକି ହୋଇ ବସି ଗପ କରୁ କରୁ କୁଳ ଗୋଡ଼ ବଥା କରିଗଲା। ସେ କାନ୍ଧରୁ ମଠା ଚାଦରଟିକୁ ତଳେ ପକାଇ ମାଡ଼ି ବସିଲା, ରାମ କହିଲା, "ଆରେ, ଯା ଯା—ବୈଷ୍ଣବ ପାଣି ଯେତେବେଳେ "ରସାଳ ସାଦୃକ୍ଷା" ଗୀତ ଖଣ୍ଡେ ଛାଡ଼ି ଦବ ସଭା ତଟସ୍ଥ ହୋଇ ଚାହିଁଥିବ।"

କୁଳ କହିଲା "ଦେଖିଚି ବୈଷ୍ଣବ ପାଣିକି। ଗୋପାଳ ଦାସ ପାଞ୍ଚ ଆଙ୍ଗୁଠିରେ ପାଞ୍ଚଟା ସୁନାମୁଦି ଘେନି ରଜା ପଟରେ ବାହାରି ପଡ଼ିଲେ, ସଭା ମଣ୍ଡି ଦେବ।"

ପାଲା କେତେବେଳୁଁ ଆରମ୍ଭ ହୋଇଗଲାଣି। ତର୍କଛାଡ଼ି ସାଥିପିଲାମାନେ ଗୋଟି ଗୋଟି ହୋଇ ପାଲା ନିକଟକୁ ଗଲେଣି। କୁଳ ରାମ ସଙ୍ଗେ ତର୍କ ଲଗେଇଚି। ସମସ୍ତେ ଚାଲି ଯିବାର ଦେଖି ସେ ଦୁହେଁ ବି ପାଟି କରି କରି ଦୋକାନ ପାଖରୁ ଉଠି ଚାଲିଲେ।

କୁଳ ଲୋକଙ୍କୁ ଆଡ଼େଇ ଆଡ଼େଇ ଗୋଟିଏ ସୁବିଧା ଜାଗା ଦେଖି ବସିବା ବେଳକୁ ତାର ମନେ ପଡ଼ିଲା—ଚାଦର ଖଣ୍ଡ ସେ ମାଡ଼ି ବସିଥିଲା। ଆଣିବାକୁ ଭୁଲି ଯାଇଛି। ସେ ଛାନିଆ ହୋଇ ନିଜର ଲୁଗାପଟା ଝାଡ଼ି ପକାଇଲା ଯେମିତି ଲୁଗାରେ ବିଛା ପଶିଛି ! ଅମୁହାଁ ହେଇ, କାହା ଗୋଡ଼ ମାଡ଼ି ପକାଇ କାହାକୁ ବିଷ୍ଟୁ ହୋଇ ଧାଇଁଲା ପାନ ଦୋକାନ ପାଖକୁ। କିଏ ଠେଲି ଦେଲା। କୁଳ ଉଠିପଡ଼ି କାହା ଉପରକୁ ଆଉଜିପଡ଼ି ଦୌଡ଼ିଲା। ଦୋକାନୀକୁ ପଚାରିବାରୁ ସେ ଲାଲ ଆଖି ଦେଖାଇଲା। ସାଥୀମାନଙ୍କୁ ଖୋଜି ଗୋଟି ଗୋଟି କରି ପଚାରିଲା। କିଏ ଦୁଃଖକଲା, କିଏ ଶାସନ କଲା। କିଏ ବା କହିଲା, "ମତେ କଣ ଚୋର କରି ପାଇଲୁ ?" କୁଳ ସେ ଖଣ୍ଡମଣ୍ଡଳ ଆଦି ଧନ୍ଦି ପକାଇଲା। ଏପରିକି ସେ ରାତି ଅଧରେ ଗଛ ଉପରେ ଚଢ଼ି ଖୋଜିବାକୁ ମଧ ଛାଡ଼ିଲା ନାହିଁ।

ଏହା ମଧରେ କିଏ ଜଣେ ମିଶ୍ରଙ୍କୁ ଏକଥା କହିଦେଲା। ସେତେବେଳକୁ ରାତି ତିନି ପହରରୁ ବଳି ଗଲାଣି, ପାଲା ଆସି ଶେଷ ପ୍ରାୟ। ମିଶ୍ରେ ଚାଦର ହଜିବା କଥା ଶୁଣି ଏକାବେଳେ ରାଗରେ କମ୍ପି ଉଠିଲେ। ପ୍ରଥମରୁ କୁଳ ତାଙ୍କ ପାଖରୁ ଖସି ଯାଇଥିବାରୁ ତ ବିରକ୍ତ ଥିଲେ। ବର୍ତ୍ତମାନ ଚାଦର ହଜାଇବା କଥା ଶୁଣି ମିଶ୍ରେ ଅଗ୍ନିଶର୍ମ୍ମା ! "କାହିଁ ସେ" ବୋଲି ମିଶ୍ରେ ଗର୍ଜ୍ଜି ଉଠିଲେ। ତାଙ୍କ ପାଟିରେ ଯେ ଲୋକେ ବିରକ୍ତ ହେଉଛନ୍ତି, ତାହା ଭାବିବାକୁ ତାଙ୍କର ବେଳ ନାହିଁ। କୁଳ କିଛିଦୂରରେ ଠିଆ ହୋଇଥିଲା—ଚୋର ପରି। ପିତାଙ୍କର ଏ ପ୍ରଚଣ୍ଡ ମୂର୍ତ୍ତି ଦେଖି ସେ ଦୌଡ଼ିଲା। "ରହ ରହ, ଯାଉଛୁ କୁଆଡ଼େ ?" ଗର୍ଜ୍ଜି ମିଶ୍ରେ କୁଳ ପଛରେ ଧାଇଁଲେ। କେତେକ ଲୋକ, "କଥା କ'ଣ, କଥା କ'ଣ," କହି ଠିଆ ହୋଇ ପଡ଼ିଲେ। ଏ ଗୋଳମାଳରେ ପାଲା କିଛି ସମୟ ପାଇଁ ବନ୍ଦ ହୋଇଗଲା। ପିତା ପୁତ୍ର କିନ୍ତୁ ଦୌଡ଼ା ଦୌଡ଼ି ହୋଇ ସେଠାରୁ ଚାଲିଲେ—ଲୋକେ ପୁଣି ପାଲାରେ ମନ ଦେଲେ।

ମିଶ୍ରେ ଦୌଡ଼ୁ ଦୌଡ଼ୁ କହିଲେ, "ଠିଆ ହଉଚୁ କି ପୁଣି ଦେଖିବୁ।" କୁଳ ନିରୁତ୍ତରରେ ଦୌଡ଼ୁଥାଏ। ଥରେ ଥରେ ପଛକୁ ଅନାଉଥାଏ, ପିତାର ଦୂରତ୍ୱ ଏବଂ ଗତି ଲକ୍ଷ୍ୟ କରିବାକୁ।

ମିଶ୍ରେ ଗୋଟାଏ ନିଃଶ୍ୱାସ ମାରି କହିଲେ, "ଆଚ୍ଛା, ଆଜି କେତେ ଦୌଡ଼ିବୁ ଦେଖିବା। ତୋ ପାନଖିଆ ଆଜି ଯଦି ନ ଛଡ଼ାଇଚି।" ପିତାଙ୍କର ପ୍ରତିଜ୍ଞା ଶୁଣି କୁଳ ପ୍ରାଣପଣେ ଦୌଡ଼ିଲା। ମିଶ୍ରେ ପଛରେ ବି ଝପଟିଲେ। ଚୁଟି ଫିଟି ପଡ଼ିଲାଣି, ବାନ୍ଧିବାକୁ ବେଳ ନାହିଁ। ଦୌଡୁ ଦୌଡୁ ମିଶ୍ରେ ଗୋଟାଏ ଖୁଣ୍ଟ ଝୁଣ୍ଟିଲେ। ପାଦ ଗୋଟା ଝିମ୍ ଝିମ୍ ହୋଇ ଉଠିଲା। ରାଗ ଓ ବିରକ୍ତିରେ ମିଶ୍ରଙ୍କର ସମସ୍ତ ଶରୀର କମ୍ପି ଉଠିଲା। ମିଶ୍ରେ କୁଳକୁ ନାନା ଅସଙ୍ଗତ ସମ୍ବୋଧନ କରି ଗାଳି ଦେବାକୁ ଲାଗିଲେ- ପୁଅକୁ ନେଇ ତାର ମାମୁ ସ୍ଥାନରେ ରଖିଲେ। କୁଳର ରକ୍ତ ଚିତା ଘେନିବେ ବୋଲି ପ୍ରତିଜ୍ଞା କରି ଦୌଡ଼ିଲେ। ପିତାଙ୍କର ବେଗ ଦେଖି କୁଳ ତୀର ପରି ଝପଟିଲା।

ଗହୀର ବିଲ। ଜନପ୍ରାଣୀର ସ୍ୱରଶବ୍ଦ ନାହିଁ। ଦୂରରୁ କେବଳ ପାଲାର ରାଗିଣୀ ଓ ଝାଞ୍ଜ ମୃଦଙ୍ଗର ଶବ୍ଦ ଶୁଣାଯାଉଛି। ଉପରେ ଚନ୍ଦ୍ର ଧରଣୀ ଉପରେ ତାର ସ୍ନିଗ୍ଧ ଦୃଷ୍ଟିପାତ କରିଛି। ସୁନୀଳ ଆକାଶ ତାର ଗମ୍ଭୀର ନୀରବତା ବିସ୍ତାର କରି ରହିଛି। କେବଳ ବିଲର ହିଡ଼ରୁ ଚଷାଭାଇ ରାବି ଉଠିଲା। ତାର ନିର୍ମଳ ସ୍ୱରଲହରୀ ଦେଇ, ତାର ଜ୍ୟୋତ୍ସ୍ନା ସଙ୍ଗୀତ ଶେଷ ରାତ୍ରିର ଶୀତଳ ବାୟୁରେ ଭାସିଗଲା। ତା ପରେ ସବୁ ସ୍ଥିର, ନୀରବ। ପୁଣି କେଉଁଠାରେ ଝିଙ୍କାରୀ ଡାକି ଉଠିଲା। ସ୍ୱର ତାର ତ୍ରସ୍ତ କାତର। ଦିଗ୍‌ବଳୟର ସେହି ସୁପ୍ରଶସ୍ତ ବିସ୍ତୃତି ଯେପରି ଅସୀମତା ମଧ୍ୟରେ ଲୁପ୍ତ ହୋଇ ଯାଇଛି। ଏହାରି ମଧ୍ୟରେ ଦୁଇଟି ମାନବ ନିଜର କୃଷ୍ଣ ଛାୟା ସହିତ ଧାବମାନ।

କୁଳ ମଝିରେ ମଝିରେ ମିଶ୍ରଙ୍କୁ ଫେରି ଚାହୁଁଛି, ତାଙ୍କୁ ଦୌଡ଼ିବାର ଦେଖିଲେ ଦୌଡୁଛି, ଚାଲିବାର ଦେଖିଲେ ଚାଲୁଛି। ମିଶ୍ରେ କୁଳ ପଛରେ ଧାଇଁଛନ୍ତି ଏକଲୟରେ, ଫେରିଯିବାକୁ ଅବସର ନାହିଁ।

ସମ୍ମୁଖରେ ଗୋଟିଏ ତୋଟା ଅନ୍ଧକାରର କି ନିଗୂଢ଼ ରହସ୍ୟ ଅନ୍ତରରେ ଲୁଚାଇ ରଖି ସ୍ଥିର ନିଶ୍ଚଳ ରହିଛି। କୁଳ ସେହି ତୋଟା ଆଡ଼କୁ ଧାଇଁଛି। ଏ ତୋଟା ଗୋଟାଏ ଭୂତର ଲୀଳାସ୍ଥଳୀ ବୋଲି ମିଶ୍ରଙ୍କୁ ଜଣା। ସେ କଥା ମନେ ପଡ଼ିବା ମାତ୍ରେ ମିଶ୍ରଙ୍କ ଛାତି ଦପ୍ କରି ଉଠିଲା। କୁଳ କିନ୍ତୁ ସେହି ଦିଗକୁ ମାଡ଼ି ଚାଲିଛି। ମିଶ୍ରେ ତାକୁ ଡାକି କହିଲେ "ଆରେ ହେ, ସେଆଡ଼େ ଯାଆନା, ମୁଁ କହୁଛି।" କୁଳ କାହିଁକି ଶୁଣନ୍ତା। ମିଶ୍ରେ କେତେ ରଗଡ଼ି ଝଗଡ଼ି ହେଲେ। କାହିଁରେ ହେଲା ନାହିଁ। ଚାହୁଁ ଚାହୁଁ କୁଳ ତୋଟା ମଧ୍ୟକୁ ପ୍ରବେଶ କଲା। ମିଶ୍ରେ ଅନୁନୟ କରି କହିଲେ, "ମୋ ସାନକୁହାଟି ଶୁଣଭଲା କୁଳ!" କୁଳ କିନ୍ତୁ ସେତେବେଳକୁ ତୋଟାର ଅନ୍ଧକାର ଗର୍ଭରେ ଲୀନ ହୋଇଗଲାଣି।

"ମୋ ପୁଅ କୁଆଡ଼େ ପଳାଉଚିଲୋ", ବୋଲି ହାଉ ହାଉ ପାଟିକରି ମିଶ୍ରେ ପୁତ୍ର ପଛରେ ଦୌଡ଼ିଲେ। ଶୁଷ୍କ ପତ୍ର ଉପରେ ଦୁଇଟି ମାନବର ଗୁରୁ ପଦକ୍ଷେପରେ ତୋଟାଟି ମୁଖରିତ ହୋଇ ଉଠିଲା। ମିଶ୍ରଙ୍କ ଆଗରେ ବିଲୁଆଟାଏ ଖସଖସ ହୋଇ ଚାଲିଗଲା ! ମିଶ୍ରେ ଥରି ଥରି ଗାୟତ୍ରୀ ମନ୍ତ୍ର ଜପି ଜପି ଧାଇଁଲେ।

ଟୋକାଟା କୁଆଡ଼େ ପଳାଇବ, କି କ'ଣ କରିବ, ମିଶ୍ରେ କୁଳର ପଦଶବ୍ଦ ଲକ୍ଷ୍ୟକରି ପ୍ରାଣପଣେ ଦୌଡ଼ୁଥାନ୍ତି। ଗାଁର ମାଧବସଙ୍ଗେ କଲିକତା ଯିବାକୁ କୁଳ କେତେଥର ମିଶ୍ରଙ୍କୁ କହିଛି। ମାଧବର ଫୁଲ କିନାରି ସରୁ ଧୋତି, ଗେଞ୍ଜି, ସୁନାଖିଲମରା ଦାନ୍ତ ଦେଖି କୁଳର ଖୁବ୍ ଇଚ୍ଛା କଲିକତା ଯିବାକୁ; କିନ୍ତୁ ମିଶ୍ରେ ତାକୁ ସବୁବେଳେ ନିବର୍ତ୍ତାଇଛନ୍ତି। କେଜାଣି ଅବା ଆଜି କୁଆଡ଼େ ପଳାଇବ, କି ନଈ ପୋଖରୀକି ଡେଇଁପଡ଼ିବ ! ଅନ୍ଧକାର ମଧ୍ୟରେ ମିଶ୍ରେ। "କୁଆଡ଼େ ଗଲୁରେ ବାପ" ଏପରି ଗୋଟାଏ ଚିତ୍କାର କରି ପୁତ୍ରର ଅନୁସରଣ କରୁଥାନ୍ତି। କୁଳର କିନ୍ତୁ ସ୍ୱର ଶବ୍ଦ ନାହିଁ।

ତୋଟାପାର ହେଇ ଦେଖିଲେ କୁଳ ସେହିପରି ଦୌଡ଼ିଛି। ଗୋଟାଏ ଆଶ୍ୱାସଭରା ନିଃଶ୍ୱାସ ମାରି ସ୍ନେହ ବିଜଡ଼ିତ କଣ୍ଠରେ କୁଳକୁ ଡାକିଲେ, "କୁଳ। ମୋ ବାପା—ଆ ଘରକୁ ଯିବା।" କୁଳ କିଛି ନ କହି ସେହିପରି ଚାଲିଥାଏ। ଏ ପର୍ଯ୍ୟନ୍ତ ତାର ସନ୍ଦେହ ଦୂର ହୋଇ ନଥାଏ। ମିଶ୍ରେ ମଧ୍ୟ ରହିଯିବାକୁ ସାହସ କରୁ ନଥାନ୍ତି, କାଳେ ପିଲାଟା ଦୃଷ୍ଟିର ଅଗୋଚର ହୋଇଯିବ। ବାଟରେ କେତେଥର ଝୁଣ୍ଟି, କେତେ କଣ୍ଟା ମାଡ଼ି, ପାଦ ଦରଜ ହୋଇଗଲାଣି। ମିଶ୍ରେ ସେଇ ପାଦରେ ଧାଇଁଥାନ୍ତି। ଅଧିକ କଷ୍ଟ ହେଲେ, ମଝିରେ ମଝିରେ କହନ୍ତି, "କୁଳ, ମୁଁ ତତେ ମାରିବିନି। ଦକ୍ଷିଣ କାଳିଙ୍କ ରାଣ; ତୁ ଆ।" କୁଳ ଫେରେ ନାହିଁ କି ମିଶ୍ରେ ତାର ପଶ୍ଚାଦ୍ଧାବନରୁ କ୍ଷାନ୍ତ ହୁଅନ୍ତି ନାହିଁ।

ଶେଷରେ ମିଶ୍ରେ ଯେତେବେଳେ ଦୌଡ଼ିବାକୁ ଏକାବେଳେ ଅକ୍ଷମ ହେଇ ପଡ଼ିଲେ, କୁଳକୁ ନିଜର କ୍ଷତପାଦ ଦେଖାଇ କହିଲେ, "ଦେଖିଲୁ ମୋ ପାଦ କିମିତି ବିନ୍ଧା ଛିଟିକା କରୁଛି। ମୁଁ ପରା ତୋ ପଛରେ ଆଉ ଯାଇ ପାରୁନି।" କୁଳ ଏତେ ସମୟ ପରେ ଉତ୍ତର ଦେଲା—"ମୁଁ କ'ଣ ତମକୁ ଡାକୁଚି, ମୋ ପଛରେ ଆସିବାକୁ। ମୁଁ ମୋର ଯୁଆଡ଼େ ଇଚ୍ଛା ସିଆଡ଼େ ଯିବି। ତୁମେ କିଆଁ ଆସୁଚ।"

ମିଶ୍ରଙ୍କର ସ୍ନେହ ସିନ୍ଧୁ ଉଚ୍ଛୁଳି ଉଠିଲା। "ମୋ ବାପ, ତୁ କୁଆଡ଼େ ଯିବୁରେ" କହି ମିଶ୍ରେ କାନ୍ଦି ଉଠିଲେ। କଥାବାର୍ତ୍ତା ଚାଲିଥାଏ। ସେତେବେଳକୁ ଉଷାର ଶୀତଳ ପବନ ବହିଲାଣି। ଦିଗ ଭାଗ ଧୂସର ଦେଖା ଗଲାଣି। ଅଦୂରରେ ପିପିଲି ବଜାର ଅସ୍ପଷ୍ଟ ଦେଖା ଯାଉଛି।

ମିଶ୍ରେ ଅଭିମାନ ସ୍ୱରରେ କହିଲେ, "କୁଳ, ତୁ ତେବେ ଲେଉଟିବୁନି ?"

"ତୁମେ ମତେ ମାରିବ।"

"ଆରେ ନାଇଁ, ଦକ୍ଷିଣ କାଳିଙ୍କ ରାଣ ପକାଇଲି ପରା!"

"ନା, ତୁମେ ମତେ ମାରିବ," କହି କୁଳ ଦୌଡ଼ିଲା। ମିଶ୍ରେ ଅଗତ୍ୟା ଦୌଡ଼ିଲେ। ପାଦ ଦୁଇଟି ବେଦନାରେ ଧକଧକ ହେଉଥାଏ। ଗୋଡ଼ କେତେବେଳେ ଖାଲରେ, କେତେବେଳେ ବା ଢିପରେ ପଡୁଥାଏ। ମିଶ୍ରେ ହଠାତ୍ ଗୋଟାଏ ହିଡ଼ ଝୁଣ୍ଟି ତଳେ ପଡ଼ିଗଲେ। "ଓହୋ, ଭଲପୁଅ ଜନ୍ମ କରିଥିଲି; ଜୀଅନ୍ତାରେ ମୋର ଶ୍ରାଦ୍ଧ କଲା।"

କୁଳ ଫେରି ଦେଖିଲା ପିତା ହିଡ଼ ପାଖରେ ପଡ଼ିଛନ୍ତି। ପ୍ରଥମେ ଭାବିଲା ତାକୁ ଧରିବା ପାଇଁ ଏ ଗୋଟାଏ ଫିକର; କିନ୍ତୁ ମିଶ୍ରଙ୍କର କାତର ସ୍ୱର ଶୁଣି ସେ ଯାଇ ତାଙ୍କୁ ଉଠାଇଲା। କୁଳ ମୁହଁକୁ ଚାହିଁ ମିଶ୍ରେ କହିଲେ "ଏତେ ବେଳକୁ ଦୟା ହେଲା ଆସିବାକୁ? ମୁଁ ମୋର ଏଠି ମରିଥାନ୍ତି କି ସଢ଼ିଥାନ୍ତି। ତୁ ତୋ ବାଟରେ ଗଲୁନି। ମତେ କ'ଣ କୁକୁର ବିଲୁଆ ପୁଞ୍ଜାଏ ଏଠୁ ଟଣାଓଟରା କରିଉଠାଇ ନଥାନ୍ତେ କି?" ପିତାଙ୍କ ଦେହ ଝାଡ଼ି ଦେଉ ଦେଉ କୁଳ ଆଖି ଛଳଛଳ ହୋଇଗଲା।

ସକାଳ ହେଲା। ପିତା ପୁତ୍ର ପିପିଲି ବଜାରରେ ଗାଧୁଆପାଧୁଆ କରି ଜଳଖିଆ ପତ୍ର କଲେ। କୁଳ ବେତ କଣ୍ଟାରେ ପିତାଙ୍କ ପାଦର କଣ୍ଟା କାଢ଼ି ଗୋଡ଼ରେ ତେଲ ମାଲିସ୍ କରିଦେଲା। ଘରକୁ ଫେରିବା ବେଳେ କୁଳ କହିଲା, "ନନା, ଖଣ୍ଡେ ବଟୁଆ କିଣନ୍ତି, ମୋ ବଟୁଆ ଖଣ୍ଡ ଚିରିଗଲାଣି।" ପିପିଲି ବଜାର ବଟୁଆ ପାଇଁ ପ୍ରସିଦ୍ଧ। ମିଶ୍ରେ ପୁଅର ମନ ମୁତାବକ ଖଣ୍ଡେ ବଟୁଆ କିଣିଦେଲେ। ତା ପରେ ବାଉଁଶବାଡ଼ି ଖଣ୍ଡଧରି ମିଶ୍ରେ ଛୋଟେଇ ଛୋଟେଇ ପୁତ୍ର ସହିତ ଘରକୁ ଫେରିଲେ। ପାଦ ଦୁଇଟି ମିଶ୍ରଙ୍କର ବଡ଼ କୋପ କରିଥାଏ।

■

ସହକାର, ୧୨/୦୯, ପୌଷ ୧୩୩୯

ବଞ୍ଚିତା

ବହୁ ସନ୍ତାନ ହାନିପରେ ତାର ଯେତେବେଳେ ଜନ୍ମ ହେଲା, କେହି ତା ଜୀବନର ଆଶା ରଖିନଥିଲେ। ସେ ଯେ ଅନ୍ୟ ସନ୍ତାନମାନଙ୍କର ସହଯାତ୍ରୀ ନ ହେବ କିଏ କହିବ ? ଆତ୍ମୀୟ ସ୍ୱଜନସବୁ ଆଶୀର୍ବାଦ କରନ୍ତି। "ମା ମୋର ଖାଲି ବଞ୍ଚିଥା।" ଏଇଟା ତା ପ୍ରତି ଆଶୀର୍ବାଦ ନୁହେ ଯେ, ଅଭିଶାପ। ଏପରି ଆଶୀର୍ବାଦରେ ବାଳିକାର କୌଣସି ସ୍ୱାର୍ଥ ନାହିଁ। "ତୁ ଖାଲି ବଞ୍ଚିଥା" ଅର୍ଥ "ମରିଯାଇ ତୁ ଆମର ଶୋକ ବୃଦ୍ଧି କରନା; ତୋ ଜୀବନରୁ ଆମେ ଆଉ କିଛି ଚାହୁଁନା, ବଞ୍ଚିରହିବାହିଁ ତୋ ଜୀବନର ଚରମ ସାର୍ଥକତା।"

ସେହିମାନଙ୍କର ଆଶୀର୍ବାଦ ଫଳିଲା; ସେ ଖାଲି ବଞ୍ଚି ରହିଲା। ଅନ୍ୟ ସନ୍ତାନମାନଙ୍କ ପରି ସେ ଆତ୍ମୀୟସ୍ୱଜନମାନଙ୍କୁ ହତାଶ କଲା ନାହିଁ। ତାକୁ ନେଇ ସମସ୍ତେ କ୍ରୀଡ଼ାର ପୁତ୍ତଳିକା କରି ଖେଳିଲେ। ସାତ ବର୍ଷ ବୟସରେ ବିବାହ ଦେଲେ। ନଅବର୍ଷରେ ବିଧବା କରାଇଲେ।

ତାର ରୂପସୌଷ୍ଠବ ଅତୁଳନୀୟ। ସେ କିନ୍ତୁ ରୂପ ଗୌରବରୁ ବଞ୍ଚିତା। ସୌନ୍ଦର୍ଯ୍ୟ ଲାଗି ତାର ପ୍ରଶଂସା ହୁଏ ନାହିଁ, ହୁଏ ଭର୍ତ୍ସନା। ତା'ର ସଙ୍ଗିନୀମାନେ ଯେତେବେଳେ ଭୋଜୀ ଉତ୍ସବନିରତା, ସେତେବେଳେ ତା'ର ନିର୍ଜଳା ଏକାଦଶୀ।

ଏକତ୍ର ଆଳାପ କଲାବେଳେ ତାର ତରୁଣୀ ସଙ୍ଗିନୀମାନେ ଯେବେ ତରଳ ଉଚ୍ଚହାସ୍ୟରେ ଗୃହସ୍ଥଳୀକୁ ମୁଖରିତ କରନ୍ତି, ତାର ଅଧର କୋଣରେ ଗୋଟିଏ ଅସ୍ୱଚ୍ଛନ୍ଦ ସ୍ମିତରେଖା ଦେଖାଦିଏ ନୟନକୋଣର ଅଶ୍ରୁବିନ୍ଦୁଠାରୁ ତାର ପାର୍ଥକ୍ୟ କିନ୍ତୁ କେତେ ?

ସଙ୍ଗିନୀମାନେ ପ୍ରସାଧନ ସାମଗ୍ରୀ ନେଇ ରୂପଲାବଣ୍ୟର ପୂଜାରେ ବ୍ୟସ୍ତ। ସେ କିନ୍ତୁ ତୁଳସୀ ପୀଠରେ ମାଳା, ତିଳକ, ଚନ୍ଦନ ଆଦି ନେଇ ଦେବପୂଜାରେ ନିଯୁକ୍ତ। ଯେଉଁ ଦେବତାଠାରୁ ତାର ଏ ଜୀବନରେ କିଛି ପାଇବାର ଆଶା ନାହିଁ, ଯାହା ଦ୍ୱାରା ସେ ସକଳ ପ୍ରକାରରେ ବଞ୍ଚିତା, ତାରି ପୂଜା ଲାଗି ସେ ପ୍ରାଣପାତ କରେ।

ସୁଷମା ସଞ୍ଚୟନ ଲାଗି ନଗରର କୋଳାହଳ ଛାଡ଼ି ବିଜନ ପଲ୍ଲୀକୁ ଆସେ, କବି। ବନର ଲତା ଗହଳରେ ସେ ବସିରହେ; ତରୁଣୀମାନେ ଜ୍ୟୋସ୍ନା ରଜନୀର ଛାୟା—ଛବିଳ ବନପଥ ଦେଇ ତା ସମକ୍ଷରେ ଚାଲିଯାନ୍ତି, ତାଙ୍କର ଲଘୁ ପଦବିକ୍ଷେପ କବିପ୍ରାଣରେ ଗୁରୁ ଆଲୋଡ଼ନ ଆଣେ। କବି ତା ମାସିକ ପତିକ୍ରାରେ ତାର ଖ୍ୟାତି ପ୍ରଚାର କରେ। ବିଧବାର ନିରାଡମ୍ବରତା କିନ୍ତୁ ତାକୁ କବିର ମୁଗ୍‌ଧ ଦୃଷ୍ଟିରୁ ବଞ୍ଚିତା କରି ରଖେ।

କବି ଯେତେବେଳେ ତାକୁ ପ୍ରଥମେ ଦେଖିଲା, ସେତେବେଳେ ସେ କାର୍ତ୍ତିକ ପ୍ରତ୍ୟୁଷର କୁହେଳି ଭେଦ କରି ମନ୍ଦିର ଅଭିମୁଖରେ ଚାଲି ଯାଉଥିଲା—ହାତରେ ତାର ଗଇଣ ଫୁଲର ଡାଲା। ଶୁଭ୍ର ବସ୍ତ୍ର ଉପରେ ତାର ମୁକ୍ତ କେଶଗୁଚ୍ଛ କବି ପ୍ରାଣକୁ ମୁଗ୍‌ଧ କଲା ନାହିଁ, କବି କାତର ଦୃଷ୍ଟିରେ କେବଳ ଅନାଇ ରହିଲା।

କିଛି ଦିନ ପରେ କବିର କଳ୍ପନାରୁ ପ୍ରକାଶିତ ହେଲା "ବଞ୍ଚିତା" ଶୀର୍ଷକ କବିତା।

ମାସେ ଯାଏ। ଦିମାସ ଯାଏ। ତାହା କିନ୍ତୁ, ମାସିକ ପତ୍ରିକାରେ ଆବିର୍ଭୂତ ହୁଏ ନାହିଁ। ସମ୍ପାଦକଙ୍କର ଗାଦିଗାଦି କାଗଜପତ୍ର ମଧ୍ୟରେ ସେ ନିଜକୁ ଲୁଚାଇରଖେ।

କବି ନଗରକୁ ଫେରିଆସେ। ପଲ୍ଲୀପ୍ରବାସର ରଚନା ପୁସ୍ତକ ଆକାରରେ ପ୍ରକାଶ କରେ—"ପଲ୍ଲୀପ୍ରଣୟ"। "ବଞ୍ଚିତା" କିନ୍ତୁ ସେଥିରୁ ହୁଏ ବଞ୍ଚିତା। କବିର କବିତା ଖାତା ମଧ୍ୟରେ ସେ ଆତ୍ମଗୋପନ କରେ—ସକଳ ଆବେଗ ଅଭିଯୋଗ ବକ୍ଷରେ ବହନ କରେ।

■

ସହକାର, ୧୩/୦୫, ଭାଦ୍ର-୧୩୩୯

ଆରମ୍ଭ ଓ ଶେଷ

ଶ୍ରାବଣର ଶ୍ୟାମଳ ଶସ୍ୟରାଜି ଉପରେ କେଉଁ ଦୂର ବିଲରୁ ପବନ ବୋହି ଆଣିଲା ଗୋଟିଏ ସ୍ୱର, "ସୋବନା ରେ ହେ.....ହେ.....।" ଧରମା ଆଣ୍ଠୁ ମାଡ଼ି ବିଲ ବାଛୁଥିଲା। ଏ ଡାକ ଶୁଣି ମୁଣ୍ଡ ଟେକି ଚାହିଁଲା, କୁଆଡୁ ଶବ୍ଦଟା ଆସୁଛି। ଶବ୍ଦଟି ପବନ ସଙ୍ଗେ ମିଳାଇଗଲା। ଧରମା ଦେଖିଲା ମଣି ଘାସ ଗୋଛାଏ ମୁଣ୍ଡାଇ ସେ ବାଟେ ଯାଉଛି। ସେ ଡାକ ବିଷୟରେ ସମସ୍ତ କୌତୂହଳ ଭୁଲିଯାଇ ମଣିକୁ ନିଜ ପାଖକୁ ଡାକିଲା।

ମଣି କହିଲା, "ନାହିଁ, ଯାଉଛି—ବାଛୁରୀଟା ପରା ଉପାସରେ ପଡୁଥିବ।"

"ଶୁଣିବୁନି? ହଉ ଯା।"

"ବାପା ପରା ହେଇଟି ଗେଣ୍ଡାଳିଆ ପଦାରେ ବିଲ ବାଛୁଚି" କହି ମଣି ଗେଣ୍ଡାଳିଆ ପଦା ଆଡ଼କୁ ହାତ ଦେଖାଇଲା।

"ଟିକିଏ ଶୁଣିଗଲେ କ'ଣ ବାପା ବାଡ଼େଇପକେଇବ?"

"କଣ କହ", ମଣି ହିଡ଼ ଉପରେ ଠିଆହେଲା। ଧରମା ବିଲରୁ ବାହାରିଆସି ମଣି ପାଖରେ ଚୁପ୍ ହୋଇ ଠିଆହେଲା କେବଳ। କଣ କହିବ କିଛି ଠିକ୍‌କରି ପାରିଲା ନାହିଁ। ସେ ଯେ ମଣିକି ଭଲପାଏ, କିପରି ତାହା ତାକୁ ଜଣାଇବ? ମଣି କହିଲା "କଣ କହିବୁ ପରା, କହୁନୁଁ?"

ଧରମା କଣ୍ଠଟା ଟିକିଏ ସଫା କରିନେଇ "ହେ ମଣି—" କହି ରହିଗଲା। ମଣି କଣ ଗୋଟାଏ ଅପୂର୍ବ କଥା ଶୁଣିବ ବୋଲି ଚକିତ ଦୃଷ୍ଟିରେ ଧରମାର ମୁଖକୁ

ଅନାଇଁ ରହିଲା। ଧରମା ଅସଂଲଗ୍ନ ବାକ୍ୟଟିକୁ ପରେ ସଜାଡ଼ିନେଇ କହିଲା, "ତୁ ମତେ ବାହାହବୁ ?"

ବାକ୍ୟଟି ଶେଷ ହେବା ସଙ୍ଗେ ସଙ୍ଗେ ମଣି ନିଜର ମୁଖଭାବକୁ ବଦଳାଇ ନେଲା। ଧରମା ଉତ୍ତର ପ୍ରତ୍ୟାଶାରେ ଚାହିଁ ରହିଥାଏ। ମଣି ପାଟି ଭିଡ଼ି ବଡ଼ ବଡ଼ ଡୋଳା ବାହାରକରି ଧରମାକୁ ତରାଟି ଚାହିଁଲା ବେଳକୁ ଖେଁ କରି ହସିପକାଇଲା। ଆଉ କି ସେଠାରେ ସେ ରହେ। ଘାସ ଗୋଛାଟା ଧରି ଏକମୁହାଁ ସେଠାରୁ ପଳାଇଲା। ଧରମା ପଛରୁ ଯେତେ ଡାକିଲା ଆଉ କିଛି ଶୁଣିଲା ନାହିଁ।

ମଣିକି ଏପରି ଗୋଟାଏ କଥା ପଚାରିବ ବୋଲି ଧରମା ଅନେକ ଦିନୁଁ ବିଚାରିଥିଲା। ଆଜି ଏତେଦିନ ପରେ ପଚାରିଲା। ନିଜର ପ୍ରଶ୍ନର ଯେଉଁ ଉତ୍ତର ପାଇଲା ତାହା ସନ୍ତୋଷଜନକ କି ନୁହେଁ ସେ ତାହା ଭାବିଲା ନାହିଁ। କୌଣସି ନିର୍ଦ୍ଦିଷ୍ଟ ଉତ୍ତର ପାଇବା ଉଦ୍ଦେଶ୍ୟରେ ତ ସେ ପଚାରୁ ନ ଥିଲା। ପଚାରିବାହିଁ ତାର ଉଦ୍ଦେଶ୍ୟ। ତାହା ଯେ ସେ ଆଜି କରିପାରିଛି, ସେଥିଲାଗି ମନରେ ପରମ ତୃପ୍ତି ଅନୁଭବ କଲା।

ଧରମା ମଣିର ପଡ଼ୋଶୀ। ପିଲାଟିଦିନୁ ସେ ମଣିକି ଦେଖି ଆସୁଛି। ତା ସଙ୍ଗେ ଖେଳାଖେଳି କରିଛି। ଏବେ କିନ୍ତୁ ମଣି ବଡ଼ ହୋଇଯିବାରୁ ତା' ସାଙ୍ଗେ ସେମିତି ମିଶାମିଶି କରି ପାରୁନାହିଁ, ପୁଣି ଧରମା ସଙ୍ଗେ ତାର ବିବାହ ହେବା କଥାଟା ବାପ ମା'ଙ୍କର ଗୁପ୍ତ ପରାମର୍ଶରୁ ଜାଣିପାରି ସେ ଟିକିଏ ଲଜ୍ଜାଶୀଳ ହୋଇପଡ଼ିଛି।

ଧରମା ଘରେ ଆଉ କେହି ନାହିଁ, ବୁଢ଼ୀ ମାଆଟି ବ୍ୟତୀତ। ଚଷା ଘରର ପିଲା ସେ, କାମଦାମ କରି ବେଶ୍ ଚଳିଯାଏ। ତାର ଘର ବାଡ଼ିଟିରେ ଗଛପତ୍ର, ପନିପରିବା ଲଗାଇ ସେ ଅତି ସୁନ୍ଦର କରିଛି। ଏ ଛୋଟ ବଗିଚାଟି ଦେଖିଲେ ତାର ପେଟ ପୂରିଯାଏ। ଏଥିରେ କାମ କରୁଥିଲାବେଳେ ସେ ଭୋକ ଶୋଷ ଭୁଲିଯାଏ। ବୁଢ଼ୀମା ଦୁଇ ଚାରିଥର ବିରକ୍ତ ହୋଇ ନ ଡାକିଲେ ସେ କାମ ଛାଡ଼େନାହିଁ।

ଏହି ଘର ବଗିଚାରେ ମଣିକି ନେଇ କିପରି ଆନନ୍ଦରେ ରହିବ ତାହାର କଳ୍ପନା କରି ଧରମାର ମନ ଖୁସି ହୋଇଯାଏ। ସେ କାମରୁ ଉଛୁର କରି ଫେରିବ। ମଣି ବ୍ୟସ୍ତ ହୋଇ ତେଲ ଗାମୁଛା ଦେଇଯିବ ଚଞ୍ଚଳ ଗାଧୋଇ ଆସିବାକୁ। ସେ କିନ୍ତୁ ସେହିକ୍ଷଣି ତେଲ ଲଗାଇବ ନାହିଁ, ଖାଲି ମଣିର ମୁହଁକୁ ଚାହିଁ ରହିବ। ମଣି ବ୍ୟତିବ୍ୟସ୍ତ ହୋଇ ଉଠିବ, କେତେ ରାଣ ନିଅମ ପକାଇ ତାକୁ ଗାଧୋଇବାକୁ ପଠାଇଦେବ। ଆଉ ତ ବେଶି ଦିନ ନୁହେଁ, ଏଇ ମାର୍ଗଶିର ମାସରେ ବିବାହ ହେବାର କଥା।

ଜମିଦାରଙ୍କଠାରୁ ସେ ଗାଁର ଗୁମାସ୍ତାଙ୍କ ପାଖକୁ ଖବର ଆସିଲା, ତାଙ୍କର ବଗିଚା ପାଇଁ ଗୋଟିଏ ମାଳୀ ପଠାଇବାକୁ। ଏ ଦିଗରେ ଧରମାର ସୁଖ୍ୟାତି ଅଛପା ନଥିଲା।

ଧରମାର ହାତ ତିଆରି ଫଳମୂଳ ଗୁମାସ୍ତାଙ୍କ ମୁହଁରେ ଥରେ ଅଧେ ବାଜିଛି। ସେଥିଲାଗି ତାଙ୍କର ଦୃଷ୍ଟି ଆଗ ପଡ଼ିଲା ଧରମା ଉପରେ। ଧରମା ଜମିଦାରଙ୍କ ବଗିଚା କାମପାଇଁ ଉପଯୁକ୍ତ ଲୋକ। ଧରମାର କୌଣସି ଆପତ୍ତି ଅଭିଯୋଗ ଶୁଣାଗଲା ନାହିଁ। ତାକୁ ଯିବାକୁ ହବ କୌଣସି ପ୍ରକାରେ। ଶେଷରେ ନିଜର ବଗିଚାଟିକୁ ନାରଖାର କରି ଛାଡ଼ି ଅନ୍ୟର ବଗିଚା ପ୍ରତି ନିଜର ଆଦର ଯତ୍ନ ଢାଳିଦେବାଲାଗି ଧରମାକୁ କଟକ ଯିବାକୁ ହେଲା।

ଯିବାଦିନ ସକାଳେ ମଣିକି ବାଡ଼ିପାଖେ ଏକା ଦେଖି ଧରମା କହିଲା, "ମଣି, ଯାଉଚି, ମନେ ପକାଉଥିବୁ।" ଯିବାଆଗରୁ ମଣିକି କହିଯିବ ବୋଲି ଧରମା ତାକୁ ଅପେକ୍ଷା କରିଥିଲା। ମଣି ମଧ ତାକୁ ଯିବା ଆଗରୁ ଦେଖିବ ବୋଲି ବାଡ଼ିପାଖରେ ବୁଲାବୁଲି କରୁଥିଲା। ସେ ନିଜର ହୃଦୟାବେଗ ସଂଯତ କରିନେଇ ଧରମାକୁ ଧୀର ସ୍ୱରରେ ପଚାରିଲା କେବେ ପୁଣି ଆସିବ? ଆଗେ ଯେପରି "ତୁ, ତା କରୁଥିଲା, ଏବେ କେଜାଣି କାହିଁକି ସେପରି କରିପାରିଲା ନାହିଁ।"

ଧରମା କହିଲା, "ଏକାବେଳେ ତ ବାହାଘର ବେଳକୁ ଆସିବି।" ବାହାଘର କଥା ଶୁଣି ମଣି ଆଜି ଆଉ ଆଖି ଦେଖାଇଲା ନାହିଁ, ରାଗର ଛଳନା କଲାନାହିଁ। କେବଳ ମୁଣ୍ଡଟି ପୋତି ତଳକୁ ଚାହିଁ ରହିଲା। ଧରମା କହିଲା "ତତେ ଛାଡ଼ି ମୁଁ କେମିତି ରହିବି? ଦିନେ ତ ନ ଦେଖିଲେ ମନଟା ମୋର ଛଟପଟ ହଉଥାଏ। ସେ ପରବାସରେ କେମିତି ଏତେଦିନ ରହିବି? ବେବର୍ତ୍ତା ବାବୁଙ୍କୁ ଯେତେ କହିଲି କିଛି କଣ ଶୁଣିଲେ? ମନେ ପକାଉଥିବୁ ମଣି, ଯାଉଛି।" ତାର ହୃଦୟର ସମସ୍ତ ଆବେଗ ଏକାବେଳେକେ ଅଜାଡ଼ି ହୋଇପଡ଼ିଲା। କିନ୍ତୁ ମଣିର କୌଣସି କଥା କୁହାହେଲା ନାହିଁ। ତାହାର ଅନ୍ତରର ସବୁ ଭାବ, ଆବେଗ କଣ୍ଠ ନିକଟରେ ଭିଡ଼ବାନ୍ଧି ରହିଲେ। ସେଥିଭିତରୁ ପ୍ରତ୍ୟେକଟି ପ୍ରଥମେ ପ୍ରକାଶ ଲାଭ କରିବାକୁ ଠେଲାଠେଲି ଆରମ୍ଭ କଲେ। ଭାବରାଶିର ଏ ତୁମୁଳ ସଂଘର୍ଷ ଭେଦକରି ବହୁକଷ୍ଟରେ ଗୋଟାଏ କଥା ଖସିଆସିଲା, "ଚଞ୍ଚଳ ଆସିବ ଟିକେ?" ଧରମା ଚାଲିଲା, ମଣି ସେଠାରେ ଠିଆହୋଇ ରହିଲା।

କଟକର ଦୋକାନ, ବଜାର, ଗାଡ଼ିଘୋଡାର ଗହଳ ଭିତରେ ଧରମାର ଶ୍ୱାସରୁଦ୍ଧ ହୋଇଆସିଲା। କାହାରି ସହିତ କାହାରି ପରିଚୟ ନାହିଁ, ନିଜ ନିଜ କାମନେଇ ସମସ୍ତେ ବ୍ୟସ୍ତ। ଏତେ ଲୋକ, ଏତେ ଗହଳ, କିନ୍ତୁ ପଦେ ଦୁଃଖ ସୁଖ ହେବାକୁ ଲୋକଟିଏ ପାଇବନାହିଁ। ଏଠି ଲୋକ ରହନ୍ତି କେମିତି। ଧରମା କଳନା କରିପାରିଲା ନାହିଁ। ଗାଁ ଦାଣ୍ଡରେ ଥରେ ଚାଲିଗଲେ କେତେ କଥା କେତେ କିଏ ପଚାରିଯିବେ। କାହାରି ଟିକିଏ ମୁଣ୍ଡ ବିନ୍ଧୁଥିଲେ କି ମନ ଟିକିଏ ଊଣା ହୋଇଥିଲେ ଗାଁର ଜାଣି ବିରାଡ଼ିଟି ସୁଦ୍ଧା ଆସି ପଚାରିଯିବ। ଏଠି କଣ କାହାରି କିଛି ଦୁଃଖ ନାହିଁ। ଏ ଗହଳ

ଭିତରେ କାହାରିକି ସେ ନିଜପରି ଲକ୍ଷହୀନ ଦେଖିପାରେ ନାହିଁ। ସମସ୍ତେ ଯେପରି କର୍ମତତ୍ପର, ସମସ୍ତଙ୍କର ଯେପରି କାମର ଖୁବ୍ ଜରୁରୀ! କି କାମରେ ଏମାନେ ସବୁ ଏମିତି ବ୍ୟସ୍ତ। ଏଠି କଣ ଜମିବାଡ଼ି, ବିଲ ବଗିଚା ଅଛି ଯେ, କାମ କରି ଦିନ କଟାଇଦେବ। ଗାଁରେ ମନଟା ଭଲ ନ ଲାଗିଲେ କି କିଛି କାମ ନଥିଲେ ସାହି ଭିତରେ ଟିକିଏ ବୁଲିଆସ! ଯା ତା' ପାଖ ହୋଇ ଘରକୁ ଫେରିଲାବେଳକୁ ଓଳିଏ ଦିନ ହେଲାଣି, ଛାତ ଉପରୁ ଦୁଃଖ ବୋଝଟା ବି କେତେବେଳେ ତା ସହିତ ଖସି ଯାଇଥିବ। ଏ ସହର ଜାଗାରେ ଲୋକ କାଳ କଟାନ୍ତି କେମିତି। ଖାଲି ଏହିପରି ହୁ ହୁ ହୋଇ ଦୌଡ଼ଧାପଡ଼ କରି!

ଜମିଦାରଙ୍କ ଉଆସ ଚାରିପାଖରେ ବଗିଚା। ଏହି ବଗିଚାର ଗୋଟିଏ କୋଣରେ ଧରମାର କୁଟୀର। ଧରମା ନଗର—ଦାନବର ଆକ୍ରମଣରୁ ରକ୍ଷା ପାଇବା ପାଇଁ ଏହି କୁଟୀର ମଧ୍ୟରେ ନିଜକୁ ଲୁଚାଇ ରଖେ। ଏହାରି ଭିତରେ ହିଁ ସେ ନିଜକୁ ପାଇପାରେ। ଅନ୍ୟ ସମୟରେ ସହରର ଗହଳ, ଗୋଳମାଳ ମଧ୍ୟରେ ସେ ନିଜକୁ ଏକାବେଳେ ହଜାଇ ଦେଇଥାଏ। ତା' ଭିତରେ ନିଜକୁ ଆବିଷ୍କାର କରିବା ଅସମ୍ଭବ। ଏହି କୁଡ଼ିଆଟି ଭିତରେ ତାର ଘରକଥା ମନେପଡ଼େ। ମଣିର ସେହି ଶେଷ କଥାଟି କାନରେ ବାଜିଉଠେ "ଚଞ୍ଚଳ ଆସିବ ଟିକେ?" ଧରମାର ଆଖି ଛଳଛଳ ହୋଇଯାଏ।

ଧରମା ଆସିବାର ଅଳ୍ପ ଦିନ ହୋଇଛି। ସେ କାମ ସାରି ଲିଚୁଗଛ ମୂଳଟିରେ ବସିଛି। ସେହିବାଟେ ସିଧିଆ ଓ ଚାନ୍ଦ ଚାଲିଗଲେ। କିଛିଦୂର ଯିବା ପରେ ଚାନ୍ଦ ଧରମାକୁ ଦେଖାଇ କହିଲା, "ସିଧିଆଭାଇ, ଜାଣିଛୁ, ଏ ମଫସଲରୁ ଆସିଚି ବଗିଚା କାମ ଲାଗି।" ସିଧିଆ, "ହଁ, ଜାଣିଚି" କହି ଉଆସ ଭିତରକୁ ଚାଲିଗଲା। ଧରମା ଚାନ୍ଦକୁ ଏଥିମଧ୍ୟରେ ଦୁଇ ତିନିଥର ଦେଖିଛି। ତାକୁ ବୋଧ ହୋଇଛି ଚାନ୍ଦ ଯେମିତି ଗୋଟାଏ କିନ୍ନରୀ। ଆଜି ତା' ମୁହଁରେ ନିଜ କଥା ଶୁଣି ଧରମାର ତା'ପ୍ରତି କୌତୂହଳ ବଢ଼ିଲା। "ଏ କାହିଁକି ମୋ କଥା କହିଲା" ପ୍ରଶ୍ନଟା ବାରମ୍ବାର ତା' ମନରେ ଉଦିତ ହେଲା।

ଏ ମଧ୍ୟରେ ସିଧିଆ ସହିତ ଧରମା ଥରେ ଅଧେ କଥାବାର୍ତ୍ତା ହୋଇଯାଇଛି। ଆଉ ସେ ବୁଝିଛି ଯେ ସିଧିଆ ଜମିଦାରଙ୍କର ଇତର ସାଧାରଣ ଚାକର ନୁହେଁ—ସେ କେବଳ ବାବୁଙ୍କର ସୂକ୍ଷ୍ମ କାମତକ ତୁଲାଏ। ଲୁଗାକୁଞ୍ଚା, ପାନଭଙ୍ଗା, ହୁକାସଜ ଆଦି ସବୁ ପ୍ରକାର ସୌଖୀନ କାମ ସେ କରେ। ନିଜେ ମଧ୍ୟ ଥାଏ ବେଶ୍ ଫୂର୍ତ୍ତିରେ। ତାହାର ଟେରିକଟା, ଯୋତା କୁର୍ତ୍ତା ଆଦି ଦେଖିଲେ କେହି କହିବ ନାହିଁ ଯେ ସେ ଜଣେ ସାମାନ୍ୟ ଚାକର। ଏକରକମର ଗୋଟିଏ ଅଧା ବାବୁ ସେ।

ଆଉ ଚାନ୍ଦ? ସେ ବୃନ୍ଦା ଧାଇର କନ୍ୟା। ଆଉ ଚାକର, ନୌକର ମହଲରେ ଉର୍ବଶୀ। ଜମିଦାରଙ୍କ ଆଦେଶକୁ ପଛକୁ ପକାଇ ମଧ୍ୟ ସମସ୍ତେ ତା'ର ଆଦେଶ ପାଳନ କରିବାକୁ ତତ୍ପର। ଚାନ୍ଦର ଆଦେଶ ଯେ ସେମାନଙ୍କ ପକ୍ଷରେ ଅନୁଗ୍ରହ! ତାହାର ଆଦେଶ ପାଳନ କରିବାକୁ ସେମାନଙ୍କ ମଧ୍ୟରେ ତୀବ୍ର ପ୍ରତିଯୋଗିତା। ତାହା ଯାହା ଭାଗ୍ୟରେ ଜୁଟେ, ସେ ନିଜକୁ କୃତାର୍ଥ ମନେକରେ। କିନ୍ତୁ ସିଧିଆ ପାଖରେ ଚାନ୍ଦର ଆଦେଶ ଖଟେନାହିଁ। ଚାନ୍ଦ ତାକୁ ମନେ ମନେ ଖାତିର କରେ। ସିଧିଆ ବରଂ ଚାନ୍ଦ ଉପରେ ମୁରବୀପଣିଆ ଜାରି କରେ। ଆଉ ତାରି ସହିତ ଚାନ୍ଦ ସାଧାରଣତଃ ଖୁସିବାସି, କଥାବାର୍ତ୍ତା ହୁଏ। ସେଥିଲାଗି ଅନ୍ୟ ଚାକରମାନେ ଆକ୍ଷେପ କରିଥାଆନ୍ତି। ସିଧିଆ ପ୍ରତି ଚାନ୍ଦର ଏ ପକ୍ଷପାତିତାରେ ତାଙ୍କର ଈର୍ଷା ଜାତ ହୁଏ। କିନ୍ତୁ ଚାନ୍ଦର ମୁହଁ ଉପରେ କିଛି ଗୋଟାଏ କହିଦେବାକୁ ସେମାନଙ୍କର ସାହସ ହୁଏ ନାହିଁ। ଚାନ୍ଦ ଯଦି କହିବ, "ହେ ଦାମା, ଏ ଲୁଗାତକ ଯିବୁଟି ଧୋଇ ଆଣିବୁ।" ଦାମା ଧଡ଼ପଡ଼ ହୋଇ ଲୁଗାତକ ଧରି ଧୋଇ ଆଣିବାକୁ ଯିବ। ଏହା ଚାନ୍ଦର ନୁହେଁ, ସ୍ୱୟଂ ଯୌବନର, ସ୍ୱୟଂ ସୌନ୍ଦର୍ଯ୍ୟର ଆଦେଶ! ତାକୁ ଲଙ୍ଘନ କରିବାକୁ କେଉଁ ବର୍ବରର ଛାତି ପତେଇବ?

ଚାନ୍ଦ ଧରମା ସମ୍ମୁଖରେ ନାନାରଙ୍ଗରେ ଚାଲିଯାଏ। ଧରମା ତାକୁ କେବଳ ଦୂରରୁ ଦେଖେ। ତା ସହିତ କଥାବାର୍ତ୍ତା କି ହସକୌତୁକ କରିବା ଧରମାକୁ ଅସଂଭବ ବୋଧହୁଏ। ସେ ଯେ ଆକାଶର 'ଚାନ୍ଦ' ତାକୁ ଖାଲି ଦେଖିବାହିଁ ସାର, ପାଇବାର ଆଶା ସେଠାରେ ନିରର୍ଥକ। ଧରମା ଦୂରରୁ ତାର ରୂପଜ୍ୟୋତ୍ସ୍ନାରେ ମୁଗ୍ଧ ହୁଏ— କେବଳ ସେତିକି ତାହାର ପ୍ରାପ୍ୟ ମନେକରି ସେ ସନ୍ତୁଷ୍ଟ ରହେ।

ଦିନେ ସନ୍ଧ୍ୟାରେ ଧରମା କିଛି ଫଳ ତୋଳି ଉଆସରେ ଦେବାକୁ ଯାଉଛି, ଚାନ୍ଦ ବିଜୁଳି ପରି ପଛରୁ ଆସି କହିଲା, "ହେ ମୋତେ ଦିଟା ଦବୁନି?" ତାମ୍ବୁଲସେବୀ ରକ୍ତ ଅଧରରେ ତାହାର ଇନ୍ଦ୍ରଧନୁର ହାସ୍ୟ, ଧରମାର ସର୍ବାଙ୍ଗରେ ଗୋଟାଏ ବିଦ୍ୟୁତ୍ ଖେଳାଇ ଦେଲା। ସେ ନିର୍ବାକ ହୋଇରହିଲା। ଅଳକାପୁରୀର ରାଣୀ ଆଜି ଭିକ୍ଷାର ଥାଳ ଧରି ଧରମାର ଦୁଆରେ ଉଭା! ସେ ସବୁଠାରୁ ଭଲ କେତେଟା ଫଳ ଚାନ୍ଦର ପଣତରେ ରଖିଦେଲା।

ଏହା ପରଠାରୁ ଚାନ୍ଦ ସହିତ ତାର ପ୍ରତିଦିନ ଥରେ ଅଧେ ଦେଖା ସାକ୍ଷାତ ହୁଏ। ସମୟ ଅସମୟରେ ଚାନ୍ଦ ଆସି ତା ଘରୁ ପାନ ଖଣ୍ଡେ ଖାଇଯାଏ। ଏବେ ଯେତେବେଳେ ଦେଖିବ, ଧରମା ପାଖରେ ପାନ ସରଞ୍ଜାମ ଭରା। ବେଳ ଅବେଳରେ ଚାନ୍ଦ ଆସି ପହଞ୍ଚିଯିବ, ପାନ ଖଣ୍ଡେ ଅଧେ ନ ଥିଲେ ସେ ମନରେ କଣ ଭାବିବ? ପାନ ସରଞ୍ଜାମ ଭିତରେ ମସଲା ଆଦି ଯେ କିଛି ନ ଥାଏ ଏପରି ନୁହେଁ। ଗୁଜୁରାତି,

ଅଳେଇଚଠାରୁ ଆରମ୍ଭ କରି ତାମ୍ବୂଳବିହାରୀ ପର୍ଯ୍ୟନ୍ତ ସବୁ କିଛି କିଛି ଥାଏ।

ପ୍ରଥମେ ବଜାରକୁ ବାହାରିବାକୁ ଧରମାକୁ ଯେପରି ବୋଧ ହେଉଥିଲା, ଏବେ ତାହା ଆଉ ନାହିଁ। ବଜାର ଭିତରେ ଥରେ ବୁଲି ଆସିଲେ ମନର ସବୁ ଦୁଃଖ ଦୁର୍ଭାବନା କୁଆଡ଼େ ଉଭେଇଯାଏ। କୋଉଠି ବାଜା ବଜାଇ ବାଇସ୍କୋପ କାଗଜ ବଣ୍ଟା ହେଉଛି ତ କେଉଁଠି କେଳାନାଚ, କେଉଁଠି ଭୁଜବିଦ୍ୟା—ଏପରି କେତେ ନାଟ ତାମସା! ସବୁଠାରୁ ଧରମାକୁ ଭଲଲାଗେ ଗୋଟିଏ ଜାଗା। ଗୋଟିଏ ଛକ ଉପରେ ଜଣେ ହରଙ୍ଗି ପୋଷାକ ପିନ୍ଧି ମୁହଁରେ ଚୂନ କଳା ବୋଳି ପାଦରେ ଘୁଙ୍ଗୁର ବାନ୍ଧି ନାଚି ନାଚି ଅତର ବିକୁଥାଏ। ତାର ନାଚ, ତାର ଗୀତ ଲାଗି ଧରମା ଅନେକ ସମୟରେ ତାହା ପାଖରେ ଠିଆହୋଇ ରହେ। ଏ ଅଦ୍ଭୁତ ଜୀବଟି ଧରମାର ଅସୀମ କୌତୂହଳ ଜାତ କରାଏ। ପିଲାଦିନେ ଜାନୁଘଣ୍ଟ ପରଶୁରାମକୁ ଦେଖି ତାକୁ ଯେପରି ବୋଧ ହେଉଥିଲା, ଏ ଲୋକଟି ଏବେ ତାକୁ ସେହିପରି ରହସ୍ୟମୟ ବୋଧହୁଏ। ଖାଲି ନାଚ ଦେଖି ଧରମା ଫେରିଆସେ ନାହିଁ। ଦିନେ ଦିନେ ଅଣାଏ ଦି'ଅଣା ଅତର ମଧ୍ୟ କିଣିଆଣେ।

ଚାନ୍ଦ ଧରମାର ଘରକୁ ପଶିଆସି ଚାରିଆଡ଼େ ଆଗ ଆଖି ବୁଲାଇନିଏ। ଅତର ଶିଶି ଉପରେ ଆଖିପଡ଼ିବା ମାତ୍ରେ ତାକୁ କରଗତ କରି କହେ, "ହଇରେ, ଅତର ଆଣିଚୁ ମତେ ଦବୁନି?"

"ତୋରି ପାଇଁ ତ ଆଣିଚି", କହି ଧରମା ହସି ହସି ଚାନ୍ଦକୁ ଧରିବାକୁ ହାତ ବଢ଼ାଏ। "ରହୁନୁ, ଦେଖ— ମୋର କେତେ କାମ ଅଛି ପରା," କହି ଚାନ୍ଦ ଛାଟିପିଟି ହୋଇ ଅତର ଶିଶି ନେଇ ପଳେଇ ଯାଏ।

ଚାନ୍ଦ କ୍ରମେ ନିଜର ପ୍ରତିପତ୍ତି ଧରମା ଉପରେ ବିସ୍ତାର କରି ବସିଲା। ଧରମା ଅଣ୍ଟାରେ ପଇସା ମାରିଥିବାର ଦେଖିଲେ, ଚାନ୍ଦ କଅଁଳେଇ କରି ଡାକେ, "ଧରମା ଭାଇ, ମୋ ପାଖକୁ ଆଇଲୁ।" ଧରମା ଖୁସିହୋଇ ତା ପାଖକୁ ଲାଗି ଲାଗି ଯାଏ କୋଟିନିଧି ଯେପରି ତାକୁ ମିଳିବ। ଚାନ୍ଦ ତାର ଅଣ୍ଟାରୁ ପଇସାତକ ଖସାଇ ନିଏ। ଧରମା ବାଧା ଦିଏନାହିଁ। କେବଳ ହସି ହସି କହେ "ହେ ନେ' ନା' ମୋର ସେତିକି ପାଣ୍ଟିଟି। ପାନ ଗୁଆ ସରିଲାଣି, ବିଡ଼ି ବଣ୍ଡଲିଏ ଆଣିବି।"

ଚାନ୍ଦ ଚାଲି ଯାଉଯାଉ ଫେରିପଡ଼ି ଚାହେଁ। ତାହାର ମୁଣ୍ଡରୁ ଲୁଗା ଖସିପଡ଼େ। "ପାନ ଗୁଆ କାଲି ଆଣିବୁ" କହି ହସି ହସି ସେ ଚାଲିଯାଏ। ଧରମା ମୁଗ୍ଧ ଦୃଷ୍ଟିରେ ତାର ଗତିକୁ ଅନୁସରଣ କରେ। ସମ୍ମୁଖସ୍ଥ ହେନା ବୁଦାଟାରେ ପବନ କୋଳାହଳ ଉପୁଜାଇ ବହିଯାଏ। ଡାଳିମ୍ବ ଗଛଟି ଥର ଥର କମ୍ପିତ ହୁଏ—ମାଳତୀଲତା ତାହାର

ଶୁଭ୍ର ହାସ୍ୟ ଝଡ଼ାଇ ଦିଏ।

ଧରମା ଯଦି ପଚାରେ, "ଚାନ୍ଦ, ମୋତେ ବାହା ହେବୁ?" ଚାନ୍ଦ କହେ "କାହିଁକି ହେବିନି, ମୁଁ କଣ ମନା କରିଛି?" ଧରମା ଅଭିମାନ ସ୍ୱରରେ କହେ "ସତ କହୁଛୁ? ତୋର ତ ସିଧିଆ ସାଥିରେ ଭାବ।" ଚାନ୍ଦ ନିବିଷ୍ଟ ଭାବରେ ନଖ ଛିଣ୍ଡାଉ ଛିଣ୍ଡାଉ କହେ, "କୋଉ ସିଧିଆ ସେ?"

ଧରମା ଚାନ୍ଦକୁ ନେଇ କିପରି ଘର କରିବ ସେହି କଥା ଭାବେ। ଗାଁକୁ ସେ ଯିବନାହିଁ। ଚାନ୍ଦ ତ ମୋଟେ ମଫସଲ ଜାଗାରେ ଚଳିପାରିବ ନାହିଁ। ସେ ଯେଉଁ ଜାଗା, ଦରକାରବେଳେ ଖଣ୍ଡେ ପଚା ପାନ ବି ମିଳିବ ନାହିଁ ସେଠାରେ। ସେ ଏହି ସହରରେ ରହିବ। ଏହି କୁଡ଼ିଆ ପାଖରେ ଦି' ବଖରା ଘର ତୋଳିବ। ସେ ଏ ବଗିଚା କାମ କରି ଚାନ୍ଦକୁ ବେଶ୍ ପୋଷିପାରିବ।

ଏ ମଧ୍ୟରେ ଗାଁରୁ କେତେଥର ଚିଠି ଆସିଲାଣି, ମଧୁ ପ୍ରଧାନ ଆଉ ତା ଝିଅକୁ ବିବାହ ନ ଦେଇ ରହିପାରିବ ନାହିଁ। କାଳ ଅଶୁଦ୍ଧ, ଦୁଇ ବର୍ଷ ପଡୁଛି। ଚିଠିଉପରେ ଚିଠି ଆସିଲା। ଧରମା ବେଉରା ପଠାଇଲା— ଛୁଟି ମିଳୁନାହିଁ।

ବେଳେବେଳେ ମଣିକଥା ମନେ ପଡ଼ିଲେ, ଧରମାର ଛାତି ଦପ୍‌କରି ଉଠେ। କିନ୍ତୁ ଆଉ କାହା ସହିତ ମଣିର ଯେ ବିବାହ ହୋଇପାରେ, ଏପରି ସେ ଭାବିପାରିନାହିଁ। ତାହାର ବିଶ୍ୱାସ, ମଣି ତା'ପାଇଁ ଚିରକାଳ ଜାଗର ଜାଳି ଚାହିଁଥିବ, ଆଉ ସେ ଚାନ୍ଦକୁ ନେଇ ଏଠାରେ ଆନନ୍ଦରେ ଥିବ। ମଣି ତାହାର ଏହା ପୃଥିବୀର ଅତି ସତ୍ୟ, ଅତି ବାସ୍ତବ। କିନ୍ତୁ ଚାନ୍ଦ? ସେ ଆକାଶର! ସେ ତାହାର କଳ୍ପନା, ତାର କବିତା! ମଣି ଅନ୍ୟକୁ ବିବାହକରି ରହିବାର ନିଷ୍ଠୁର ସତ୍ୟଟାକୁ ସେ ଅତି ସାବଧାନତା ସହିତ ଅନ୍ତରାଳରେ ରଖି ଚାଲିଥାଏ। ମନଭିତରେ ପ୍ରବେଶ କରିବାକୁ ତାକୁ ସୁଯୋଗ ଦିଏନାହିଁ। ଚାନ୍ଦର ସାନ୍ନିଧ୍ୟ ଏସବୁ ଭାବିବାକୁ ତାକୁ ଅବସର ଦିଏନାହିଁ।

ସିଧିଆ ଏ ମଧ୍ୟରେ ଚାନ୍ଦକୁ ଜଣାଇ ଦେଇଛି ଯେ, ଧରମା ସହିତ ଏ ସମ୍ପର୍କର ପରିଣାମ ଭଲ ନୁହେଁ। ଚାନ୍ଦ କିନ୍ତୁ ତାକୁ ଅଭୟ ଦେଇଛି, ତାର ଧରମା ସହିତ କୌଣସି ପ୍ରକାର ସଦ୍‌ଭାବ ନାହିଁ। ସିଧିଆ ଏଥିରେ ସନ୍ତୁଷ୍ଟ ନହୋଇ ଚାନ୍ଦକୁ ଦିହ ଛୁଆଇଁ ନିୟମ କରାଇଲା, ଯେପରି ଚାନ୍ଦ ଆଉ ଧରମା ପାଖକୁ ନଯାଏ। ଚାନ୍ଦ କିନ୍ତୁ ତା'ର ପ୍ରତିଜ୍ଞା ଅକ୍ଷରେ ଅକ୍ଷରେ ପାଳନ କରିପାରେ ନାହିଁ। ଫଳମୂଳ, ପାନ, ଅତରର ମୋହ ସେ ଏତେ ସହଜରେ କିପରି ତ୍ୟାଗ କରିବ? ସିଧିଆକୁ ଲୁଚି ସେ ଧରମା ପାଖକୁ ଚାଲିଆସେ।

ସିଧିଆକୁ ଏପରି ଭୟ କରିବାର କାରଣ ଚାନ୍ଦ ନିଜେ ମଧ୍ୟ ଜାଣେ ନାହିଁ।

ତାହାଠାରେ ସେ କୌଣସିପ୍ରକାରେ ଋଣୀ ନୁହେଁ। ଯଦି କେବେ କିଛି ଗୋଟାଏ ସିଧିଆକୁ ମାଗେ, ସିଧିଆ କହେ, "ଭାରି ତ ଅମଲି ହେଲୁଣି, ନାଁ ? ଆଚ୍ଛା ଦେଖିବା।"

ସିଧିଆର କାନ୍ଧରେ ହାତ ରଖି ଚାନ୍ଦ କହେ, "ନାଇଁମ ସିଧିଆଭାଇ, ଗେଲରେ ମାଗୁଥିଲି ନାଁ।"

ସିଧିଆକୁ ବିରକ୍ତ ନ କରିବା ପାଇଁ ଚାନ୍ଦ ସବୁବେଳେ ସତର୍କ ଥାଏ। ତାକୁ ଉଆସ ଭିତରେ କୋଉଠି ନ ଦେଖିଲେ ଚାନ୍ଦ ଧରମା ପାଖକୁ ଆସେ। ନହେଲେ ନାହିଁ। ସିଧିଆର ଦିହଛୁଇଁ ସେଇ ନିଅମ କରିଛି।

ସେଦିନ ସିଧିଆକୁ ବାହାରିଯିବାର ଦେଖି ଚାନ୍ଦ ଧରମା ପାଖକୁ ଖସି ଆସିଲା। ଦେଖିଲା, ଧରମା କାମଦାମ ବନ୍ଦକରି ଶୋଇଛି।

"କିରେ ଧରମାଭାଇ, କାହିଁକି ଶୋଇଛୁ ?" ପଚାରିଦେଇ ଚାନ୍ଦ ପାନଭାଙ୍ଗି ବସିଲା। ଧରମା କହିଲା "ମୁଣ୍ଡଟା କାହିଁକି ଭାରି ବିନ୍ଧୁଚି ଲୋ ଚାନ୍ଦ !"

"କାହିଁ ବା" କହି ଚାନ୍ଦ ପାନ ଭଙ୍ଗାରେ ଲାଗିଲା। କିଛି ସମୟ ପରେ ଧରମା କହିଲା, "ଚାନ୍ଦ, ଦେଖି ଟିକିଏ ଚୂନ ଦେଲୁ; ମୁଣ୍ଡରେ ଲଗାଇଦେଲେ ଅବା ଭଲ ପଡ଼ିଯିବ।" ଚାନ୍ଦ କିଛି ଚୂନ ଧରମା ହାତକୁ ବଢ଼ାଇ ଦେଲା। ଧରମା କହିଲା, "ଟିକିଏ ମୁଣ୍ଡରେ ମୋରି ଲଗାଇ ଦଉନୁଁ।"

କୌଣସି ପ୍ରକାରେ ଚୂନ ଟିକକ ଲଗାଇଦେଇ ଚାନ୍ଦ ଚାଲିଯିବାକୁ ବସିଛି, ଧରମା କହିଲା "ଚାନ୍ଦ ଟିକିଏ ଚିପିଦେବୁ ମୁଣ୍ଡଟା ? ଭାରି ବିନ୍ଧୁଛି।"

"ଆଉ—ମୋର କେତେ କାମ ପଡ଼ିଛି," କହି ଚାନ୍ଦ ଚାଲିଗଲା। ପରଦିନ ସନ୍ଧ୍ୟାରେ ବର୍ଷା ଅଳ୍ପ ଅଳ୍ପ ହେଉଥାଏ। ସିଧିଆ ଯାଇଥାଏ ବଜାରକୁ। ଚାନ୍ଦ ଏହି ସୁଯୋଗରେ ଧରମା ପାଖକୁ ଖସି ଆସିଲା। ସେ ଦିନତମାମ ତାର ପାନଖଣ୍ଡେ ଖିଆ ହୋଇନାହିଁ। ଚାନ୍ଦକୁ ଦେଖି ଧରମା ଗମ୍ଭୀରଭାବରେ ବସି ରହିଲା। ଚାନ୍ଦ ଏହାର କାରଣ ଠଉରେଇ ନେଇ କହିଲା, କାଲି ଯୋଉ କାମରେ ଧରମାଭାଇ, ତୋ ପାଖରୁ ଗଲାବେଳଠଉଁ ରାତି ବାରଟାଯାକେ କାମ।

ଧରମାକୁ ନୀରବ ଦେଖି ଚାନ୍ଦ ପୁଣି ପଚାରିଲା, "ତୋର ଆଜି ପୁଣି ମୁଣ୍ଡ ବଥଉଚି କିରେ ?" ଧରମା ସଂକ୍ଷେପରେ ଉତ୍ତରକଲା 'ନାଁ'।

"ଘରେ କାହିଁକି ଆଲୁଅ ନାହିଁ" କହି ଚାନ୍ଦ କିରାସିନି ଡିବିରିଟା ଲଗେଇ ଦେଖିଲା, ଫଳମୂଳ ସେଦିନ ଘରେ କିଛି ନାହିଁ। ଏପରିକି ପାନଖଣ୍ଡେସୁଦ୍ଧା ନଥିଲା। ଚାନ୍ଦ ଆଜିର ଏ ନୂଆକଥା ଦେଖି ଆଶ୍ଚର୍ଯ୍ୟ ହେଲା। କିନ୍ତୁ ମନର ଭାବକୁ ଲୁଚାଇ ସ୍ୱାଭାବିକ ସ୍ୱରରେ ପଚାରିଲା "ପାନ ଆଜି ନାହିଁକି ?"

"ନା, ଆଜି ବଜାରକୁ ଯାଇନିଁ।" ଏ ଉତ୍ତରରେ ଚାନ୍ଦ ସନ୍ତୁଷ୍ଟ ହେବାର ନୁହେଁ। ସେ ଧରମାକୁ ଘର ଭିତରକୁ ଡାକିଆଣି ପାଖରେ ବସାଇଲା। ଏତେ ଆଦର ସେ କାହାରି ପ୍ରତି ଦେଖାଇ ନଥିଲା। ଧରମା କିନ୍ତୁ ସେହିପରି ଗମ୍ଭୀର ହୋଇ ବସିରହିଲା।

ଧରମା କାନ୍ଧରେ ହାତମାରି ସେ କହିଲା, "ଧରମାଭାଇ, ପାନଖଣ୍ଡେ ଦେଲୁନି ନୁହେଁ ? ହଉ ନ ଦେ"।

ଧରମା ଆଉ ତୁନିହୋଇ ରହିପାରିଲା ନାହିଁ। ସେ କହିଲା, "ସିଧିଆକୁ ପାନ ମାଗୁନୁ। ମୁଁ କାହିଁକି ତତେ ପାନ ଦେବି ?"

ଏପରି କଥା ଚାନ୍ଦ ଆଉ କାହାରିଠାରୁ ଶୁଣିନଥିଲା। ଧରମାଠାରୁ ଏପରି ଅବମାନନା। ସେ ଉଠି ଠିଆହେଲା। ଏହି ସମୟରେ ତାହାର ତୀକ୍ଷ୍ଣ ଦୃଷ୍ଟି ପଡ଼ିଲା ବାହାରେ। କାହାର ଗୋଟାଏ ଛାଇ ଦୁଆର ଆଗରେ ଚାଲିଗଲା। ସେ ଛାୟାରୁ ଅନୁମାନ କରିପାରିଲା ତାହା ସିଧିଆର। ସିଧିଆ ଚାନ୍ଦକୁ ସେଠାରେ ଥିବାର ଜାଣି ଲୁଚି ଲୁଚି ଆସିଛି ନିଶ୍ଚୟ। ଭୟରେ ତାର ସର୍ବାଙ୍ଗ ଥରିବାକୁ ଲାଗିଲା। ସିଧିଆ ତାକୁ ସେଠାରେ ଦେଖି କଣ ଭାବିବ ? ସେପରା ଦିହ ଛୁଆଇଁ ନିଅମ କରାଇଥିଲା ? ଚାନ୍ଦ ରାଗରେ ଜଳିଉଠି ହଠାତ୍ ଚିତ୍କାର କଲା, "କହୁନୁ; କାହିଁକି ମତେ ଏଠିକି ଡାକିଲୁ ?"

ଧରମା ଆଶ୍ଚର୍ଯ୍ୟ ହୋଇ ବିସ୍ଫାରିତ ନେତ୍ରରେ ଅନାଇ ରହିଲା। ଏ କଥାର କୌଣସି ଅର୍ଥ ବିଚାରା ବୁଝିପାରିଲା ନାହିଁ। କ୍ଷଣକରେ କହିଲା, "ଏଁ, ତତେ କିଏ ଡାକିଲା ?" ଚାନ୍ଦ ନିଜର ଅଙ୍ଗୁଳି ଦୁଇଟି ଧରମାର ଚକ୍ଷୁପ୍ରତି ନିର୍ଦ୍ଦେଶକରି କମ୍ପିତ କଣ୍ଠରେ ଗର୍ଜିଉଠିଲା, "ତୁଇ।" ସିଧିଆ ଅନ୍ତରାଳରୁ ଆସି ପହଞ୍ଚିଗଲା ଧରମା ତାକୁ ସାକ୍ଷୀକରି କହିଲା, "ଦେଖିଲ ସିଧିଭାଇ କେତେ ମିଛ କହୁଛି ?" ଚାନ୍ଦ ଶତଗୁଣରେ ଏହାର ପ୍ରତିଧ୍ୱନି କଲା "ମିଛ କହୁଚି ?" କ୍ରୋଧରେ ତାହାର ସମଗ୍ର ମେରୁଦଣ୍ଡ ଥରିଗଲା। ଝରଝର ହୋଇ ତାର ଚକ୍ଷୁରୁ ଲୋତକବିନ୍ଦୁ ଝରି ପଡ଼ିଲା। ସେ ମୁଖରେ ପଣତ ଦେଇ ଫୁଲିଫୁଲି କାନ୍ଦିବାକୁ ଲାଗିଲା।

ଧରମା ସୁବୋଧ ଶିଶୁଟିପରି କହିଲା, "ଦେଖ ତ ସିଧିଭାଇ।"

ସିଧିଆ କହିଲା, "ହଉ ତୋ ଭଲଲୋକ ପଣିଆ ଜଣାଗଲା ଯେ, ଏଠାଛାଡ଼ି ସାଙ୍ଗେ ସାଙ୍ଗେ ପଳା, ନହେଲେ ଫେର ଦେଖିବୁ।" ସିଧିଆ ସହିତ ଚାନ୍ଦ ଚାଲିଗଲା। ଧରମା ନିର୍ବାକ୍ ନିଶ୍ଚଳ ହୋଇ ବସିରହିଲା। ଚାନ୍ଦର ବିଳାପରୁଦ୍ଧ କଣ୍ଠସ୍ୱର ତାର କାନରେ ବାଜିଲା, "ମତେ ଏତେକଥା ଶୁଣାଇଲା' ମରିବ ଯେ ସେ—।"

ଜମିଦାରବାବୁଙ୍କ କାନକୁ ଏକଥା ଗଲା। ସେଦିନ ଧରମାକୁ କାମରୁ ବରଖାସ୍ତ କରାଗଲା।

X X X

ପୁଣି ସେହି ଶ୍ରାବଣର ଶାଗୁଆ ଧାନକ୍ଷେତ୍ର। ଧରମା ତାହାରି ଭିତରେ କାମ କରୁଛି। ଧାନବୁଦା ଗୁଡ଼ିକର ତଳେ ତଳେ ଜଳସ୍ରୋତ ଖଳଖଳ ହସି ବକ୍ରଗତିରେ ବହିଯାଉଛି। ତାକୁ ଖୋଜି ବାହାର କରିବା ଲାଗି ପବନ ଧାନଗଛଗୁଡ଼ିକୁ ପ୍ରବଳ ବେଗରେ ଆଲୋଡ଼ିତ କରିଯାଉଛି। ପାଣି ପବନରେ ଏହି ନୀରବ ଲୁଚକାଳି ଖେଳ ଭିତରେ ମାନବ କଣ୍ଠର ସେହି ରହସ୍ୟମୟ କ୍ଷୀଣ ସ୍ୱରଟି ଶୁଣାଗଲା, "ହେ ହେ।" ଧରମା ମୁଣ୍ଡ ଟେକି ଚାହିଁଲା। ସ୍ୱରଟା କୁଆଡୁ ଆସି କୁଆଡ଼େ ଭାସିଗଲା ସେ କଳନା କରି ପାରିଲା ନାହିଁ। ତା ଆଖିରେ ପଡ଼ିଲା ମଧୁ ପଧାନ, ପଛରେ ମଣି। ମଣି ମୁଣ୍ଡଟି ତଳକୁ ପୋତି ପିତାର ଅନୁଗମନ କରୁଛି। ପାଦରେ ତାର ଅଳତା, ହାତରେ ସିନ୍ଦୂରଫରୁଆ ଓ କଜଳପାତୀ। କିଛି ଦିନ ପୂର୍ବେ ସେ ସ୍ୱାମୀ ଗୃହରୁ ଆସିଥିଲା, ଆଜି ପୁଣି ସେଠାକୁ ଫେରି ଯାଉଛି। ସେ ଧରମା ଆଡ଼କୁ ଚାହିଁଲା ନାହିଁ। ସେହିପରି ମୁଣ୍ଡଟି ପୋତି ଚାଲିଗଲା। ସେ ତ ଆଉ ସେହି ମଣି ହୋଇନାହିଁ, ସେ ଏବେ ଗୋଟିଏ ଗୃହର ଲକ୍ଷ୍ମୀ! ଧରମା ଏ ପରିବର୍ତ୍ତନ ଦେଖି ଆଶ୍ଚର୍ଯ୍ୟ ହେଲାନାହିଁ। ତାର ତ ଚାରିପାଖରେ ପରିବର୍ତ୍ତନର ଲୀଳା। ତାର ଘରଟି ଭାଙ୍ଗି ଯାଇଛି, ବଗିଚାଟି ନାରଖାର ହୋଇଛି, ବୁଢ଼ୀ ମା ଆଉ ଏ ଜଗତରେ ନାହିଁ- ପରିବର୍ତ୍ତନର ସ୍ରୋତରେ ସମସ୍ତେ ଆଗେଇ ଚାଲିଛନ୍ତି। ସେ ଏକା ପଛରେ ପଡ଼ିରହିଛି। ପୁଣି ସେହି ରହସ୍ୟମୟ କଣ୍ଠସ୍ୱରଟି ଭାସିଆସିଲା। ଧରମା ଭାବନା ଛାଡ଼ି କାମରେ ଲାଗିଲା।

■

ଯୁଗବୀଣା, ୦୧/୦୫, ମଇ ୧୯୩୩

ମୃତ୍ୟୁର ବିବେଚନା

ମାଧବ ଉଚ୍ଚା ଚୌକିଟିରେ ବସି ଚାଳକୁ ଚାହିଁ ରହିଥିଲେ । ଚାଳ ଭିତରେ ଜଳା ଫାଙ୍କ ଦେଇ ସୂର୍ଯ୍ୟକିରଣ ଗୃହଟିର ନାନା ସ୍ଥାନରେ ପଡ଼ିଛି । ଗୃହଟି ଛବିଳ ହୋଇ ଉଠିଛି । ଏହିସବୁ ରଶ୍ମିସ୍ରୋତ ମଧ୍ୟରେ ଅସଂଖ୍ୟ ଧୂଳିକଣାର ସନ୍ତରଣଲୀଳା । କିରଣରେଖା ନିଜ ଭିତରେ ସେମାନଙ୍କୁ ପ୍ରକାଶ କରିବାକୁ ଯାଇ ସେମାନଙ୍କ ଭିତରେ ନିଜେ ପ୍ରକାଶିତ ହୋଇପଡ଼ିଛି; ନିଜ ଭିତରେ ସେମାନଙ୍କୁ ଧରିବାକୁ ଯାଇ ସେମାନଙ୍କ ଭିତରେ ନିଜେ ଧରା ପଡ଼ିଯାଇଛି ।

ଚାଳ ଆସି କାନ୍ଥ ସହିତ ଯେଉଁଠାରେ ମିଶିଛି, ସେହିଠାରେ ଗୋଟିଏ ଝିଟିପିଟି ଛପି ରହିଛି । ପୋକ ଆଦି ନିକଟରେ ପାଇଲେ ତାର ଅଚଳ ଅବୟବ ଅତୀବ ସଚଳ ହୋଇ ଉଠୁଛି । ନାନା କୀଟପତଙ୍ଗ ଉଦରସାତ୍ କରି ସେ ନିଜର ଶରୀରଟିକୁ ବେଶ୍ ପରିପୁଷ୍ଟ କରିବା ଉଦ୍ୟମରେ ଅଛି । ମାଧବ ଏହି କେତେଟା ଦିନ ଲକ୍ଷ୍ୟ କରି ଦେଖିଛନ୍ତି ଜୀବଟି ନିଜକୁ ଦୁଇଗୁଣ ମୋଟା କରି ସାରିଲାଣି ।

ସେଠାରୁ କିଛି ଉପରେ ଚାଳରେ ଗୋଟିଏ ବୁଢ଼ିଆଣୀ ଜାଲ ଫାନ୍ଦିଛି । ସେ ଜାଲରେ କେତେ ପୋକ, ମାଛି ସବୁ ଝୁଲୁଛନ୍ତି । ସମସ୍ତଙ୍କର ପ୍ରାଣବାୟୁ ବୁଢ଼ିଆଣୀ ନିଃଶେଷିତ କରିନେଇଛି ।

ମାଧବ ବସି ନିଜର ଦିନ ଅଭାବଗ୍ରସ୍ତ ଜୀବନ ବିଷୟରେ ଭାବୁଛନ୍ତି । ଏ ଅବ୍ୟବସ୍ଥିତ ଭାବରେ କେତେଦିନ ଆଉ ରହିବେ ? ଏ କେତେଦିନ ସ୍ତ୍ରୀଙ୍କର କେତେକ ଅଳଙ୍କାର ବିକ୍ରୀକରି ସେ ଅନ୍ନ ସଂସ୍ଥାନର ବ୍ୟବସ୍ଥା କରୁଛନ୍ତି, କେତେଦିନ ଆଉ ଏପରି ଚଳାଇବେ ? ଧାର ଉଧାର ଯାହାକିଛି କରିଛନ୍ତି, ତାହା ଏପର୍ଯ୍ୟନ୍ତ ପରିଶୋଧ କରି ପାରିଲେ ନାହିଁ । ବାହାରକୁ ବାହାରିବାର ସାହସ ତାଙ୍କର ଏକାବେଳେ ଲୋପ ହୋଇଛି । ସେ ନିଜକୁ ସବୁବେଳେ ଗୃହ ମଧ୍ୟରେ ସଙ୍କୁଚିତ କରି ରଖିଛନ୍ତି ।

ରମା ଶିଶୁଟିକୁ ଧରି ପହଞ୍ଚିଲେ । ଦ୍ୱାରରେ ପଦଶବ୍ଦ ଶୁଣି ମାଧବ ଚମକି ଉଠିଲେ । ରମା ବ୍ୟଙ୍ଗ ସ୍ୱରରେ କହିଲେ, "ଚମକି ପଡ଼ିଲ ଯେ ? ସକାଳୁ ଏମିତି ମନ ଲଗାଇ

କି କାମଟା କରା ହଉଥିଲା କି, ଆସିଲା ମାତ୍ରେକେ ଚମକି ଉଠୁଚି ? ଛାତିରେ ଛେପ ପକାଇ ଦିଅ ମାଁ।"

ସ୍ତ୍ରୀଙ୍କଠାରୁ ଏପରି କଟୁବାକ୍ୟ ଶୁଣି ମାଧବ ନିର୍ବାକ ହୋଇ ଚାହିଁ ରହିଲେ।

ରମା କହିଲେ, "ତିନି ଚାରିଦିନ ହେଲା ଡାକ୍ତର କି କବିରାଜକୁ ଦେଖାଇବାକୁ କହି କହି ପାଟି ଯେ ମୋର ଥକି ଗଲାଣି, ତେବେ ବି କିଛି ଶୁଣିଲ ନାହିଁ। ଦେଖିଲ କେତେ ସରି ହେଲାଣି ପିଲାଟା ହଗି ହଗି। ମୁଁ ଆଉ ପାରିବିନି, ରଖ ତୁମେ ପିଲାକୁ।" ରମା ବିରକ୍ତ ହୋଇ ଶିଶୁଟିକୁ ପିତାର ପାଦତଳେ ବସାଇଦେଲେ। ଶିଶୁଟି ବିକଳହୋଇ କାନ୍ଦି ଉଠିଲା—ରକ୍ତହୀନ ତାର ମୁଖ—ଚକ୍ଷୁ ତାର ନିସ୍ତେଜ।

ମାଧବ ବ୍ୟସ୍ତ ହୋଇ ଚଉକିରୁ ଉଠିପଡ଼ି କହିଲେ, "ଆଃ କାହିଁକି ପିଲାଟାକୁ କନ୍ଦଉଚ କହ। ମଣିଷକୁ ଟିକିଏ ଶାନ୍ତିରେ ରଖିଦେବନି।"

ରମା ଖେଙ୍କାରି ଉଠିଲେ, "ଆହୁରି ଶାନ୍ତିରେ ରହନ୍ତ ? ପିଲାଟା ତ ଏତେସରି ହେଲାଣି, ତେବେ ବି ତୁମ ମନରେ ଚିନ୍ତା ପଶିଲା ନାହିଁ।"

ମାଧବ ଧୀର ସ୍ୱରରେ କହିଲେ, "ହଉ ହେଲା ଯେ, ଏବେ ପିଲାକୁ ଧର, ତାର ଦୋଷ କଣ ? ତାକୁ କନ୍ଦଉଚ କାହିଁକି ?

ରମା ଦ୍ୱିଗୁଣ ବିରକ୍ତ ହୋଇ କହିଲେ, "ମୁଁ କନ୍ଦଉଚି ନାଁ ତୁମେ ତାକୁ ମାରି ସାରିଲଣି ? ଡାକ୍ତର ଡାକିବ ତ ଡାକ, ନଇଲେ ତୁମେ ତାକୁ ନେଇ ଯାହା କରିବ କର। ମୁଁ ଏତେ କଷ୍ଟ ଆଉ ସହି ପାରିବିନି।"

ମାଧବ କରୁଣ ସ୍ୱରରେ କହିଲେ, "ତୁମେ ଏକା କଷ୍ଟ ସହୁଛ, ମୁଁ କଣ ଆଉ ଫୂର୍ତ୍ତି କରୁଛି ?"

ରମାଙ୍କର ସ୍ୱର ଟିକିଏ ନରମ ହୋଇ ଆସିଲା, "ନୁହେଁ ତ ଆଉ କ'ଣ। ତୁମର ତ ଜମା ଚିନ୍ତା ନାହିଁ। ଗଲ ଡାକ୍ତରକୁ ଟିକିଏ ଡାକି ଆଣିଲ ଏଇ ଲାଗେ।"

ଡାକ୍ତର ଡାକିବା କଥା ଶୁଣି ମାଧବ ଟିକିଏ ଗୁଣୁଗୁଣୁ ହୋଇ କହିଲେ, "ହଉ ଦେଖିବା, ତମେ ଆଗ ତାକୁ ବୁଝେଇଲ ଦେଖି। କେମିତି ଲୁହଲାଳ ହୋଇ କାନ୍ଦୁଚି ଦେଖିଲ।"

ରମା ବିରକ୍ତ ହୋଇ କହିଲେ, "ପୁଣି ସେଇକଥା। କେତେବେଳେ ଆଉ ଦେଖିବ—ପିଲାଟା ମଲେ ?" କହି ରମା ଜିଭ କାମୁଡ଼ି ପକାଇଲେ। ନିଜ ମୁଖରୁ ବାହାରିଥିଲେ ସୁଦ୍ଧା କଥାଟା ତାଙ୍କର କର୍ଣ୍ଣରେ ତୀବ୍ର ଆଘାତ କଲା। ସେ ସ୍ୱାମୀଙ୍କୁ ଠେଲି ଠେଲି କହିଲେ, "ଯାଅ, ତୁମକୁ ମୋ ରାଣ, ଏଇଲାଗେ ଡାକ୍ତର ଡାକିଆଣ।"

"ଓହୋଃ, ଡାକ୍ତର ଡାକ୍ତର ହୋଇ ମଣିଷକୁ ରଖିଥୋଇ ଦେବନି। ସେ ଯେଉଁ

ହୋମିଓପାଥି ଔଷଧ ଆଣିଥିଲି ତାକୁ ତ ଖାଇବାକୁ ଦେଲନାହିଁ। କି ସୁନ୍ଦର ଭଲ ହୋଇ ଯାଇଥାନ୍ତା ! ଏବେ ତ ଘରେ ଗୋଟିଏ ବୋଲି ପଇସା ନାହିଁ ଡାକ୍ତର ଡାକିବି କୁଆଡୁ ? ବଜାରରୁ ଧାରହୋଇ ସଉଦା ଆସୁଚି ଜାଣ ତ ?"

"ଏତିକି ବେଳକୁ ତମର ପଇସା ନଅଣ୍ଟ ? ନିଜର ଖାଇବା ଚଳିବା ପାଇଁ ତ ଦୋକାନରୁ ଧାର ଆଣୁଛ, ପିଲାଟା ଦିହପାଇଁ ଟଙ୍କାଏ ମସାଏ ତୁମକୁ ଧାର ମିଳୁନି ?" ମୁଁ ଏଇଲାଗେ କୋଉଠୁ ଧାର କରିବି କହି କହି ମାଧବ ନିଜର କେଶରେ ଅଙ୍ଗୁଳି ସଞ୍ଚାଳନ କରିବାକୁ ଲାଗିଲେ।

ରମା ସ୍ୱାମୀଙ୍କ ଉପରେ ଦୃଷ୍ଟି ନିବଦ୍ଧ କରି କହିଲେ, "ଯିବନି ତା' ହେଲେ।" ତାଙ୍କର ଏ କଥାରେ ଗୋଟାଏ ସ୍ଥିର ଅଥଚ ମାରାତ୍ମକ ଉଦ୍ଦେଶ୍ୟ ନିହିତ ଥିଲାପରି ବୋଧ ହେଲା। ମାଧବ ଏକାନ୍ତ ଅସହାୟ ଭାବରେ କହିଲେ, "ଓହୋ, କାହିଁକି ମୋ ସାଙ୍ଗରେ ଲଗାଇଚ ହୋ ?"

ଡାକ୍ତର ନାଁ ପଡ଼ିଲେ ମାଧବଙ୍କର ହୃତ୍‌କମ୍ପ ଜାତହୁଏ। କିଏ ସେ ଡାକ୍ତର, କିପରି ଲୋକ ସେ ହୋଇଥିବେ; ତାଙ୍କ ସହିତ କଣ ସବୁ କଥାବାର୍ତ୍ତା କରିବେ, ଅପରିଚିତ ଲୋକ ସେ, ଇତ୍ୟାଦି ଭାବନାରେ ତାଙ୍କର ମନପ୍ରାଣ ବ୍ୟାକୁଳ ହୋଇଉଠେ। କେବଳ ଡାକ୍ତର ନୁହେଁ, ଯେ କୌଣସି ଅପରିଚିତ ପାଖକୁ ଯିବାକୁ ତାଙ୍କୁ ସଙ୍କୋଚ ବୋଧହୁଏ। ସେଥିଲାଗି ଏପର୍ଯ୍ୟନ୍ତ ଗୋଟିଏ ଚାକିରୀ କିମ୍ବା ଟିଉସନଟିଏ ବି ତାଙ୍କ ଭାଗ୍ୟରେ ଜୁଟିଲା ନାହିଁ।

ଛାତ୍ରାବସ୍ଥାରୁ ମାଧବଙ୍କର ଏଇ ଢଙ୍ଗ। ବୁଲିଯିବାବେଳେ ସମ୍ମୁଖରେ କେତେକ ସହାଧ୍ୟାୟୀଙ୍କୁ ଆସିବାର ଦେଖିଲେ ମାଧବ ସେହିଠାରୁ ବିପରୀତ ଦିଗରେ ବାଟକାଟିବେ। ମୁହାଁମୁହିଁ କାହାରିକି ସେ ଚାହିଁ ପାରିବେ ନାହିଁ। ଲୋକ ଗହଳରେ ମୁଣ୍ଡଟେକି ଚାଲିବାର ସାହସ ତାଙ୍କଠାରେ ନାହିଁ। ଯାହାକୁ କହନ୍ତି 'ଚୋର ପଟିଆ' ସେଇ ଧରଣର ପିଲା ସେ। ସେଥିଲାଗି ସହାଧ୍ୟାୟୀମାନଙ୍କଠାରୁ ଅଶେଷ ଯାତନା ତାଙ୍କୁ ସହିବାକୁ ହୋଇଥାଏ। ଦୁର୍ବଳ ମାଧବ ସବୁ ନୀରବରେ ସହ୍ୟ କରିଯାନ୍ତି। କାହାରି ମୁହଁ ଉପରେ ଗୋଟାଏ ଉତ୍ତର ଦେବା ସେ ଜାଣନ୍ତି ନାହିଁ। କେବଳ ଜାଣନ୍ତି, ଛାତ୍ରାବାସର ଏକାକୀ କକ୍ଷରେ ଅଶ୍ରୁପାତ କରି। ଉନ୍ମାଦିତ ଜନତାଠାରୁ ଦୂରରେ ରହିବା ତାଙ୍କର ପ୍ରକୃତି ଏବଂ ଅନ୍ୟମାନଙ୍କର ଉପହାସ ବିଦ୍ରୂପରେ ସେ ଅଧିକ ଲଜ୍ଜାଶୀଳ, ନିରୀହ ହୋଇପଡ଼ନ୍ତି।

ଏହି ଦୋଷ ଯୋଗରୁ ରମା ତାଙ୍କ ଉପରେ ବହୁବାର ବିରକ୍ତ ହୋଇଛନ୍ତି। ଏଇ ଗୋଟିଏ ଦୋଷ ହିଁ ତାଙ୍କର ସକଳ ଦୁଃଖ ଦୁର୍ଦ୍ଦଶାର କାରଣ। ଡାକ୍ତର ପାଖକୁ ଯିବାକୁ ପଛେଇବାର ଦେଖି ରମା ବିରକ୍ତ ହୋଇ ଉଠିଲେ।

"ମୁଁ ତୁମ ସାଙ୍ଗରେ ଲଗେଇଚି ? ହଉ ମୁଁ ମରିଗଲେ ତୁମ ବାଟରୁ କଣ୍ଟା ଯିବ। ମୁଁ ମରେ, ପିଲାଟା ମରୁ। ତୁମେ ମୋର ମୁଣ୍ଡି ସାହାଡ଼ା ବସିଥାଅ।" କଥାଗୁଡ଼ାକ ତାଙ୍କର ହୃଦୟ ଚିରି ବାହାରୁଥିବା ପରି ଜଣାପଡୁଥିଲା। କହିବା ସଙ୍ଗେ ସଙ୍ଗେ ସେ ନିଜର ବକ୍ଷରେ ଦାରୁଣ ଭାବରେ ଆଘାତ କରିବାକୁ ଲାଗିଲେ। ବକ୍ଷ ଉପରେ ସ୍ତୂପୀକୃତ ଯାତନାକୁ ନିଷ୍କାସନ କରିବାଲାଗି ଗୋଟାଏ ପ୍ରଚେଷ୍ଟା। ମାଧବ ଅବାକ୍‌ହୋଇ ଠିଆ ହୋଇଥିଲେ। ଏହା ଦେଖି ସେ ସଙ୍ଗେ ସଙ୍ଗେ ସ୍ତ୍ରୀଙ୍କର ହାତଧରି ବାଧା ଦେବାକୁ ଚେଷ୍ଟା କଲେ।

ରମା ଚିତ୍କାର କରି ଉଠିଲେ, "ଛାଡ଼ ମତେ, ମୁଁ ଆଜି ମରିବି, ମରିବି, ମରିବି।" ସେ ବାରମ୍ବାର କାନ୍ଥରେ ମସ୍ତକ ଆଘାତ କଲେ। କପାଳ ଫୁଲିଗଲା ରକ୍ତଧାର ଝରିପଡ଼ିଲା। ଶେଷରେ ଚେତନା ହରାଇ ସେ ପଡ଼ିଗଲେ। ମାଧବ ପ୍ରସ୍ତର ମୂର୍ତ୍ତିଟି ପରି ଦଣ୍ଡାୟମାନ ରହିଲେ। ଏ ଗୋଳମାଳ ଶୁଣି ପ୍ରତିବେଶୀ କେତେକ ସ୍ତ୍ରୀ ପୁରୁଷ ପଶି ଆସିଲେ। ଏସବୁ ଦେଖି ସମସ୍ତେ ଆଶ୍ଚର୍ଯ୍ୟ ହୋଇଗଲେ। ମାଧବ ପରି ନିରୀହ ଲୋକର ଏ ପୁଣି କି କାଣ୍ଡ। ଦିନୁ ମା' ମାଉସୀ କହିଲେ, "ହଇରେ ପୁଅ। ତୁ ପରା ପୁରୁଷ ପିଲା।" ରାଗରେ ତାଙ୍କ ମୁହଁରୁ ଆଉ କଥା ବାହାରିଲା ନାହିଁ। ସେ ରମାକୁ ଓ ପିଲାଟିକୁ ଆଉ କେତେ ଜଣ ସ୍ତ୍ରୀ ଲୋକଙ୍କ ସାହାଯ୍ୟରେ ନିଜ ଘରକୁ ନେଇଗଲେ।

ମାଧବ ରହିଲେ ଘରେ ଏକା। କେତେକ ଭାବନା ଆସି ଜୁଟିଲା। ଜୀବନଟା ଯାକ କେବଳ ଲାଞ୍ଛନା, ବିଦ୍ରୂପ, ଉପହାସ। ଜୀବନର ଦୁର୍ବହ ଭାରଟା ବହି ସେ କୌଣସିମତେ ଏତେଦୂର ଆସିଛନ୍ତି। କୌଣସିଠାରେ ପ୍ରତିଷ୍ଠା ନାହିଁ। ପ୍ରତି ପଦକ୍ଷେପରେ କେବଳ ହତାଶା, ହାହାକାର! ଜୀବନ ସହିତ ସବୁବେଳେ କେବଳ ରଫା କରିବା ତାଙ୍କର ଅଭ୍ୟାସ। ପ୍ରତି ପଦକ୍ଷେପରେ ନିଜତ୍ୱକୁ ଏପରି ଭାବରେ ପରାସ୍ତ କରି, ଅପମାନିତ କରି କେତେଦିନ ଆଉ ଚଳିବ? ଆଉ ଆପୋଷରେ ଜୀବନ ସହିତ ଚଳିହେବ ନାହିଁ।

ତାଙ୍କର ମନେ ପଡ଼ିଲା, ପଟାସିୟମ ସାଇନାଇଡ୍ ବୋତଲ କଥାଟି। ଅତି ଯତ୍ନରେ ତାକୁ ଏ ପର୍ଯ୍ୟନ୍ତ ସାଇତିଛନ୍ତି। ତା'ର ସଦ୍‌ବ୍ୟବହାରଲାଗି ଉପଯୁକ୍ତ ସମୟ ଉପସ୍ଥିତ। ବୋତଲଟି ଟ୍ରଙ୍କରୁ ବାହାର କରି ସମ୍ମୁଖରେ ରଖିଲେ। କଲେଜରେ ପଢ଼ିବାବେଳେ ସେ ବହୁ ଅନୁରୋଧ ଅନୁନୟ ପରେ ନରେନ୍‌ଠାରୁ ଏହା ଆଦାୟ କରିଥିଲେ। ନରେନ୍ ଥିଲା କଲେଜରେ ତାଙ୍କର ଏକମାତ୍ର ବନ୍ଧୁ। ସେ ପଢୁଥିଲା ବିଜ୍ଞାନ। ଏ ପଢୁଥିଲେ ଦର୍ଶନ। ସେତିକିବେଳେ ନରେନ୍‌ଠାରୁ ଏହା ପାଇଥିଲେ। ଏହା ପାଇବା ପାଇଁ ଯେ ସେ ନରେନ୍‌ର କେତେ ଅନୁସରଣ କରିଛନ୍ତି; ତାର ଠିକ୍

ନାହିଁ। ବହୁବାର ବ୍ୟତିବ୍ୟସ୍ତ ହେବାପରେ ଶେଷରେ ନରେନ୍ ବୋତଲଟା ମାଧବଙ୍କ ହାତରେ ଗୁଞ୍ଜି ଦେଇ କହିଲା 'ସାବଧାନ'। ସେ ବୋତଲଟି ପ୍ରତି ସସ୍ନେହ ଦୃଷ୍ଟି ପକାଇଲେ। ଏଇ ପଟାସିୟମ ସାଇନାଇଡ୍, ଜଗତରେ ଏହାଠାରୁ ଆଉ ଉତ୍କଟତର ବିଷ ଆବିଷ୍କୃତ ହୋଇ ନାହିଁ। ଏହାରିଦ୍ୱାରା ଆଜି ଜୀବନର ସମସ୍ତ ହିସାବ ନିକାଶ କରିଦେବାକୁ ହେବ।

ସେ କାଗଜ କଲମ ଆଣି ରମାଙ୍କ ନିକଟକୁ ଗୋଟିଏ ଚିଠି ଲେଖି ବସିଲେ। ନାନା ଚିନ୍ତା ବିଦ୍ୟୁତ୍ ପରି ତାଙ୍କର ମସ୍ତିଷ୍କରେ ପ୍ରବେଶ କରି ତାଙ୍କୁ ଅସ୍ଥିର କରି ପକାଇଲା। ବର୍ତ୍ତମାନ ସେ ସୁସ୍ଥ ସବଳ ହୋଇ ବସିଛନ୍ତି। ଚିଠି ଲେଖି ସାରିବା ସାଙ୍ଗେ ସାଙ୍ଗେ ସବୁ ଶେଷ ହୋଇଯିବ। ମୁହୂର୍ତ୍ତକ ପରେ ସେ ଆଉ ଜଗତରେ କେହି ନୁହନ୍ତି। ଜୀବନକୁ ସ୍ୱେଚ୍ଛାରେ ବରଣ କରି ନଥିଲେ ବୋଲି ତାର ଅଭିଜ୍ଞତା ଏପରି ତିକ୍ତ ହୋଇ ପଡ଼ିଲା। କିନ୍ତୁ ତୁମର ଅଭିଜ୍ଞତାକୁ ସେ ଆଜି ମଧୁମୟ କରିବେ ନିଜର ସାଦର ଅଭ୍ୟର୍ଥନାଦ୍ୱାରା। ମୃତ୍ୟୁକୁ ସେ କଦାପି ତାଙ୍କ ଦ୍ୱାରକୁ ଆସି ରକ୍ତଚକ୍ଷୁ ଦେଖାଇବାର ସୁଯୋଗ ଦେବେ ନାହିଁ। ଆପେ ଆପେ ସହାସ୍ୟ ମୁଖରେ ମୃତ୍ୟୁର ଦ୍ୱାରରେ ସେ ଉପସ୍ଥିତ ହେବେ।

ମାଧବ ରମାକୁ ଚିଠି ଲେଖିଲେ—

ସ୍ନେହର ରମା,

ମୁଁ ଦେଖିଲି, ଆମ ଦୁହିଙ୍କ ମଝିରେ ଗୋଟାଏ କିଛି ଅନ୍ତରାୟ ଅବସ୍ଥିତ ଥାଇ ଆମର ମିଳନାନନ୍ଦରେ ବାଧାଦେଉଛି। ତାକୁ ଆବିଷ୍କାର କରି ଦେଖିଲି, ତାହା ଆଉ କିଛି ନୁହେଁ; ତାହା ମୋର ଜୀବନ। ଆମର ମିଳନକୁ ପୂର୍ଣ୍ଣତର ଭାବରେ ଅନୁଭବ କରିବାଲାଗି ମତେ ଆଜି ଏଇ ଜୀବନଟାକୁ ତ୍ୟାଗ କରିବାକୁ ହେଉଛି। ତୁମକୁ ଦୁଃଖ ଦେବାଲାଗି ମୁଁ ଏପରି କରୁଛି ଭାବି ମୋ ପ୍ରତି ଅବିଚାର କରିବ ନାହିଁ। ରମା ମୁଁ ବଞ୍ଚିରହି କେବଳ ତୁମରି ଗଳଗ୍ରହ ହୋଇଥିଲି, ତୁମର ଦୁଃଖର ଭାରକୁ ଗୁରୁତର କରି ପକାଇଥିଲି। ମୋର ବିଶ୍ୱାସ, ଏ ଜୀବନ ଅବସାନରେ ତୁମର ସେ ଭାର ବହୁପରିମାଣରେ ଲାଘବ ହୋଇଯିବ। ମୁଁ ଅଭିମାନରେ ଏପରି କହୁନାହିଁ, ରମା ! ମୋର ଏହା ଧ୍ରୁବ ବିଶ୍ୱାସ।

ତୁମର ଦୁଃଖ ଦୁର୍ଦ୍ଦଶାର ଗୋଟିଏ ମାତ୍ର କାରଣ, ତାହା ମୋର ସ୍ୱାମୀତ୍ୱ। ମୋର ଏ ସବୁ ଦୁରବସ୍ଥା ପାଇଁ କେବଳ ମୋର ସ୍ୱାମୀତ୍ୱ ଦାୟୀ। ସେଥିପାଇଁ ମୁଁ ତାକୁ ଦୂରୀଭୂତ କରିଦେଉଛି। ମୋର ଏପରି ସ୍ୱାମୀତ୍ୱ ମଧ୍ୟ ତୁମର ଶହଣୀୟ ହୋଇଥିଲା। ମୋ ପରି ଅପଦାର୍ଥକୁ ପାଇ ମଧ୍ୟ ତମେ ସନ୍ତୁଷ୍ଟ ଥିଲ। ସେ ତୁମର ଗୁଣ। ମୋର ମୃତ୍ୟୁରେ ତୁମେ ମର୍ମାହତ ହେବ ଭାବି ସବୁ ବୁଝାଇ ଲେଖୁଛି।

ମୋର ବିଶ୍ୱାସ, ଏ ମୃତ୍ୟୁ ଆମର କିଛି କ୍ଷତିକରି ପାରିବ ନାହିଁ, ବରଂ ଆମର ନିକଟତର ମିଳନରେ ସାହାଯ୍ୟ କରିବ। ସଂସାରର ତୁଚ୍ଛ ଘଟଣା ମଧ୍ୟରେ ବାସ୍ତବତାର ସଂକୀର୍ଣ୍ଣ ବେଷ୍ଟନୀ ମଧ୍ୟରେ ଆମର ମିଳନ ବହୁ ପରିମାଣରେ କ୍ଷୁଣ୍ଣ ହେଉଥିଲା। ଆଜି ସେ ସବୁ ବାଧା ବନ୍ଧନର ଉଚ୍ଛେଦ କରୁଛି ମୋର ମୃତ୍ୟୁରେ। ଜୀବନର ସୀମା ମଧ୍ୟରେ ଅସୀମ ଆତ୍ମଗୋପନ କରିଛି ବୋଲି ଶୁଣିଛି ମାତ୍ର। ସେ ଅସୀମକୁ ଏହା ମଧ୍ୟରୁ ଆବିଷ୍କାର କରିବାର ସୂକ୍ଷ୍ମବୁଦ୍ଧି ମୋର ନାହିଁ। ମୁଁ ଦେଖୁଛି, ଜଗତରେ କେବଳ ଜୀବନର ସଂଗ୍ରାମ ଲାଗିଛି। ଜୀବନର ଗତିର ଏହି ପ୍ରତିଯୋଗିତାରେ ପ୍ରତ୍ୟେକ ଅପରକୁ ଅତିକ୍ରମ କରି ଯିବାକୁ ସର୍ବଦା ତତ୍ପର। ନିଜ ନିଜର ସ୍ୱାର୍ଥ ପାଇଁ ପ୍ରତ୍ୟେକ ଅନ୍ୟକୁ ନିଷ୍ପେଷିତ କରିଦେବାକୁ ତିଳେ ମାତ୍ର କୁଣ୍ଠିତ ନୁହେଁ। ସ୍ୱାର୍ଥପାଇଁ ଏପରି କରିବା ଲଜ୍ଜାକର ନୁହେଁ। ସାମାଜିକ ନୈତିକତାର ବିରୁଦ୍ଧ ନୁହେଁ ଏହା। ବରଂ ଏ ସଂଗ୍ରାମରେ ଯେ ଯେତିକି ଯଶସ୍ୱୀ, ତାର ସମ୍ମାନ ସମାଜରେ ସେତିକି ଅଧିକ।

ଏହି ରଣକ୍ଷେତ୍ରରେ କିଏ ପତିତ ହେଲା, କିଏ ଯଶାକାଂକ୍ଷୀ ମାନବର ରଥଚକ୍ରରେ ନିଷ୍ପେଷିତ ହେଲା, ତାର ସମ୍ବାଦ ରଖିବାକୁ କାହାର ସମୟ ଅଛି? ପ୍ରତ୍ୟେକ ଯେ କେବଳ ଊର୍ଦ୍ଧ୍ୱଶ୍ୱାସ ହୋଇ ଧାବମାନ ହେଉଛି। ତାର ଗତି ପଥରେ କିଏ ପତିତ ହେଉଛି, କାହାର ଅସ୍ଥିମାଂସରେ ସେ ନିଜର ବନ୍ଧୁର ପଥ ସମତଳ କରି ଚାଲିଛି, ଏ ସବୁର ହିସାବ ରଖିବା ତ ତାର ଉଦ୍ଦେଶ୍ୟ ନୁହେଁ—ତାର ଉଦ୍ଦେଶ୍ୟ କେବଳ ଦ୍ରୁତତର ଗତି। ତାର ଏ ଗତିର ଅବସାନ କେଉଁଠି? ଲକ୍ଷ୍ୟସ୍ଥଳ କିଏ? ତାହା ମଧ୍ୟ ଜାଣିବାକୁ ତାର ଅବସର ନାହିଁ, କେବଳ ଏହି ଗତିହିଁ ତାର ଏକମାତ୍ର ସାଧନା— ଏକମାତ୍ର ଉଦ୍ଦେଶ୍ୟ।

ସମୟରେ କେହି କେହି ଅଙ୍ଗୁଳି ନିର୍ଦ୍ଦେଶ କରି ଏହି ଧାବିତ ଜନତାକୁ ଆହ୍ୱାନ କରିଛି, ତାର ପଦତଳେ ନିଷ୍ପିଷ୍ଟ ରକ୍ତାକ୍ତ ବ୍ୟକ୍ତି ପ୍ରତି ଦୃଷ୍ଟି ଫେରାଇବାକୁ। କ୍ଷୁଧାର୍ତ୍ତ ପାଇଁ ନିଜେ ଅନଶନ କରି, ରକ୍ତାକ୍ତ ପାଇଁ ନିଜର ଅଙ୍ଗରେ କଣ୍ଟକ ବିଦ୍ଧ କରି ସେ ଏହି ଧାବିତ ଜନତାକୁ ଆହ୍ୱାନ କରିଛି। କିନ୍ତୁ ଜନତା ତାହା ପ୍ରତି ଭ୍ରୂକ୍ଷେପ କରିନାହିଁ। ଅବଜ୍ଞା କରିବାକୁ କୁଣ୍ଠିତ ହୋଇ ନାହିଁ, ଗତିପଥରେ ଏସବୁ ପ୍ରତିବନ୍ଧକକୁ ମାନି ଚଳିବା ତାର ଧର୍ମ ନୁହେଁ। ଏହାକୁ ଅତିକ୍ରମ କରିବା ତାହାର ଧର୍ମ। ଜୀବନର ଏହି ରଣଭୂମିରେ ମୋର ଜାନୁ ଭଙ୍ଗ ହୋଇଛି, ମୁଁ ପଙ୍ଗୁ। ଏପରି ଭାବରେ ଜୀବିତ ରହିବା କି ଲଜ୍ଜାକର ବିଷୟ! ମୋପରି ଅକର୍ମାର ଏହି କର୍ମତତ୍ପର ଜଗତରେ ସ୍ଥାନ ନାହିଁ। ମୋର ବଞ୍ଚିବାର କୌଣସି ଯଥାର୍ଥତା ମୁଁ ଦେଖିପାରୁନାହିଁ। ସେଥିଲାଗି ମୋର ଏହି ଅବାନ୍ତର ଅବସ୍ଥିତିକୁ ଆଜି ବିନଷ୍ଟ କରି ଦେଉଛି। ଦୁଃଖ କରିବ ନାହିଁ ପ୍ରିୟେ, ମୋର ଅନ୍ତିମ ଅନୁରୋଧ। ବିଦାୟ!

ମାଧବ ଆଖି ପୋଛିଲେ। ତାପରେ ନରେନ୍ ପାଖକୁ ଖଣ୍ଡିଏ ଛୋଟ ଚିଠି ଲେଖି ଦୁଇଟିଯାକ ଚିଠି ଟେବୁଲ ଉପରେ ରଖିଲେ। କି ଗୋଟାଏ ଅଜ୍ଞାତ ଭୟରେ ତାଙ୍କର ଅନ୍ତର ସଙ୍କୁଚିତ ହୋଇଉଠିଲା। ପୁଣି ମନେ ମନେ ଭାବିଲେ କାହାପାଇଁ ଏତେ ମମତା ? ଜୀବନ ପାଇଁ ? ତାକୁ ଯେ ଆଜି ବିସର୍ଜନ ଦେବାକୁ ହେବ।

\+ + +

ମାଉସୀ ରମାଙ୍କୁ ସୁସ୍ଥ କରାଇଲେ, କପାଳରେ ଔଷଧ ମାଲିସ କରିଦେଲେ, ଡାକ୍ତର ଡକାଇ ପିଲାଟିର ଔଷଧ ପତ୍ରର ବ୍ୟବସ୍ଥା କରାଇଦେଲେ। କିନ୍ତୁ ରମା ଯେତିକି ଶାରୀରିକ ସୁସ୍ଥତା ଲାଭକଲେ, ମାନସିକ ଅସ୍ୱସ୍ତି ତାଙ୍କର ସେତିକି ବଢ଼ିଲା। ମାଧବ ଏକାକୀ ଘରେ କ'ଣ କରୁଥିବେ, ଜାଣିବାଲାଗି ତାଙ୍କ ପ୍ରାଣ ବ୍ୟାକୁଳ ହୋଇ ଉଠିଲା, କିନ୍ତୁ ତାଙ୍କ ଖବର ନେବାକୁ ସେ ମାଉସୀକୁ କହିପାରିଲେ ନାହିଁ। ସେ ଯେ ମାଧବଙ୍କ ଉପରେ ଆଜି ଖଡ଼୍‌ଗହସ୍ତା !

ରମାଙ୍କୁ ଭାତଥାଳି ପାଖରେ ବସିଥିବାର ଦେଖି ମାଉସୀ କହିଲେ, "ମାଆଟି ପରା, ପୁଞ୍ଜାଏ ଖାଇଦେ। ଏମିତି କ'ଣ କଳିଗୋଳ ହୁଏନି। ଏଥିପାଇଁ ଏତେ କାନ୍ଦଣା କାହିଁକି ? ସେମିତି ଲୋକର ତ ହାତ ଧରିଚୁ ଲୋ ମା। କର୍ମକୁ ଆଦରି ରହିବାକୁ ତ ହେବ।

ରମା ଉତ୍ତର ଦେଲେନାହିଁ, କେବଳ ଲୋତକ ବର୍ଷଣ କରିବାକୁ ଲାଗିଲେ। ମାଉସୀ ଶାସନ କରି କହିଲେ, "ଛି ଏତିକି ବାୟାଣୀପରି ହୁଅନ୍ତି ? ହାରେ ଦଇବ, ମୋର ସୁନାଝିଅକୁ ଏମିତି କୁଳାଙ୍ଗାରଟା ହାତରେ ବାନ୍ଧିଦେବାକୁ ତୋର ଥିଲା। ପୁରୁଷ ପିଲା କରି ତା ମା ତାକୁ କେମିତି ଜନ୍ମ କରିଥିଲା କେଜାଣି।"

ରମା ଆଉ ସମ୍ଭାଳି ପାରିଲେ ନାହିଁ। ମାଉସୀଙ୍କ ପାଦ ଧରି କାନ୍ଦିଉଠିଲେ, "ଆଉ ତାଙ୍କୁ ଗାଳି ଦିଅନା। ମାଉସୀ, ତୁମ ପାଦ ଧରୁଚି।" ମାଉସୀ ଅବାକ୍ ହୋଇ ରହିଲେ। ଏ ପରା ସ୍ୱାମୀସହ କଳହ କରି ପଳାଇ ଆସିଥିଲା !

ରମା କହିଲେ, "ମୋତେ ଆଉ ଖାଇବାକୁ ବଳାଅ ନାହିଁ ମାଉସୀ। ତାଙ୍କୁ ଟିକିଏ ଯାଇ ଦେଖ।"

ମାଉସୀ କହିଲେ, "କାହାକୁ ମ ? ଦୁଧଖିଆ ପିଲା ହେଉଚି କି ସେ। ତା କଥା ସେ କରିବ ନାହିଁ କି ?" "ନାଇଁ ମାଉସୀ, ତୁମେ ତାଙ୍କୁ ଜାଣନାହିଁ। ସେଇଠି ସେମିତି ବସିଥିବେ। ଭୋଳାନାଥ ଗୋଟିଏ ସେ। ସକାଳୁ ଆଜି ତୁନି ହୋଇ ବସି କ'ଣ ଭାବୁଥିଲେ; ମୁଁ ଚଣ୍ଡାଳୁଣୀ ଯେ କଷ୍ଟ ଦେଇଛି ତାଙ୍କ ମନରେ"—କହି ରମା ଫୁଲି ଫୁଲି କାନ୍ଦିବାକୁ ଲାଗିଲେ।

ମାଉସୀ ଶୂନ୍ୟ ଅଙ୍ଗନରେ ପ୍ରବେଶ କରି ଦେଖିଲେ ଗୃହର ଦରଜାଟି ଭିତରଆଡୁ ବନ୍ଦ। ସେ ଦୁଇ ଚାରିଥର କବାଟରେ ଆଘାତ କଲେ। କିନ୍ତୁ କୌଣସି ଉତ୍ତର ନାହିଁ। ଗୋଟାଏ ଅଜ୍ଞାତ ଭୟରେ ତାଙ୍କର ପ୍ରାଣ ଅଧୀର ହୋଇଉଠିଲା। ସେ କ'ଣ କରିବେ ଆଉ କାହାରିକି ଡାକିବେ କି ନାହିଁ ଏପରି ଦୋଦୋପାଞ୍ଚ ହେଉହେଉ ନରେନ୍ ଘର ବାହାରୁ ଡାକି ଡାକି ଆସି ପହଞ୍ଚିଲେ। "ମାଧବ ଅଛୁରେ, ତୋର ଟେଲିଗ୍ରାମ ଆସିଛି ନେ। ସୁବର୍ଣ୍ଣପୁରର ସ୍କୁଲ ମାଷ୍ଟରିଟା ତୋରି ହେଲାରେ।" ମାଧବଙ୍କ ଅବସ୍ଥିତିରେ କୌଣସି ସ୍ଥିରତା ନ ଥିବାରୁ ନରେନ୍ ଠିକଣାରେ ତାଙ୍କର ସବୁ ଚିଠିପତ୍ର ଆସେ।

ମାଉସୀ ନରେନ୍‌କୁ ଦେଖି ସାହସ ପାଇ କହିଲେ; ଦେଖିଲେ ପୁଅ, ଘର ଭିତରୁ କବାଟ ଦିଆଯାଇଛି। ସ୍ୱର ଶବଦ କିଛିନାହିଁ। ଆଜି ସକାଳେ ରମା ସାଙ୍ଗେ କଳିଗୋଳ ହୋଇଥିଲା। ସେତିକିବେଳୁ ଏ ଘରେ। ନରେନ୍ ଡାକି ଡାକି କୌଣସି ଉତ୍ତର ପାଇଲା ନାହିଁ। କବାଟରେ ଜୋରରେ ଆଘାତ କରିବାରୁ ଭଙ୍ଗା କବାଟଟି ଖୋଲିଗଲା। ସେ ଭିତରେ ପଶି ଦେଖିଲା, ମାଧବ ଶୋଇଛନ୍ତି, ପାଖରେ ଶୂନ୍ୟ ବୋତଲଟା ପଡ଼ିଛି। ବୋତଲଟିକୁ କିଛିକ୍ଷଣ ଦେଖିବା ପରେ ସେ ଟେବୁଲ ଉପରୁ ନିଜ ନାମରେ ଚିଠିଟି ଆଣି ପଢ଼ିଲେ—ରମାଙ୍କୁ ତୋର ଅଭିଭାବକତ୍ୱରେ ଛାଡ଼ିଯାଉଛି। ବିଦାୟ।

ନରେନ୍ ହୋ ହୋ ହୋଇ ହସି ମାଧବଙ୍କୁ ହଲାଇ ଉଠାଇବାର ଚେଷ୍ଟା କଲା। ମାଧବ ଆଖି ମଳିମଳି ଉଠି କହିଲେ, "ଏଁ—କଣ?" କିଛି ସମୟ ପରେ ଆଶ୍ଚର୍ଯ୍ୟଭାବରେ ପଚାରିଲେ, "ଏଁ ମୁଁ ମରିନାହିଁ? ମୁଁ ଯେ ପଟାସିୟମ ସାଇନାଇଡ୍ ଖାଇଥିଲି।" ମାଧବ ଭାବିଲେ ପ୍ରକୃତରେ ତାଙ୍କର ମୃତ୍ୟୁ ହୋଇଛି। କିଏ ଜାଣେ ମୃତ୍ୟୁପରେ ଲୋକ ସମସ୍ତଙ୍କର ସଙ୍ଗଲାଭ କରିପାରୁଥିବ ଅବା। କେବଳ ଜୀବନ୍ତ ମାନବ ବୋଧହୁଏ ମୃତ୍ୟୁର ସଙ୍ଗଲାଭ କରିପାରେ ନାହିଁ। ସେ ନିଜ ଆଗରେ ଯେଉଁମାନଙ୍କୁ ଦେଖୁଛନ୍ତି, ସେମାନେ ବୋଧହୁଏ ତାଙ୍କୁ ଦେଖିପାରୁ ନାହାନ୍ତି। ନରେନ୍ ହସି ହସି କହିଲା, "ତୁ କଣ ଏମିତି ସେମିତି ମରିଚୁ। ତୁ ଏକାବେଳେ ପୁରାମାତ୍ରାରେ ମରିଚୁ। ତୁ ପଟାସିୟମ ସାଇନାଇଡ୍ କୋଉଠୁ ପାଇଲୁରେ?" "ତୁ ପରା ମୋତେ ଦେଇଥିଲୁ କଲେଜରେ।" "ଓ ହୋ ତାକୁ ଖାଇ ତୁ ମରିବାକୁ ବସିଥିଲୁ? ସେଇଥିରେ ଏପରି କୁମ୍ଭକର୍ଣ୍ଣ ନିଦ୍ରା! ରକ୍ଷା ହେଇଛି ମହାନିଦ୍ରା ହୋଇନାହିଁ। ଆରେ ଓଲୁ, ମୁଁ ତତେ ପଟାସିୟମ ସାଇନାଇଡ୍ ଦିଅନ୍ତି? ମୁଁ ଦେଇଥିଲି ପଟାସିୟମ୍ ବ୍ରୋମାଇଡ୍।"

"ତେବେ ମତେ ତାହା ଦେଇନଥିଲୁ? ମୁଁ ଖାଇବାପରେ ଭାବୁଥିଲି କାହିଁକି

ମୃତ୍ୟୁ ହେଉନାହିଁ। ସାଙ୍ଗେସାଙ୍ଗେ ହେବାର କଥା। ଏମିତି ଭାବୁ ଭାବୁ କେତେବେଳେ ନିଦ ଆସିଗଲା।"

"ତତେ ଦେଇଥିଲେ ତୁ ଆଉ ବାକି ରଖିଥାନ୍ତୁ ? ବନ୍ଧୁ ଜାୟାଙ୍କ ହାତର ସୁନାଚୁଡ଼ି ବାହାର କରାଇ ମୋ ହାତରେ ଦୁଇପଟ ସୁନାର କଙ୍କଣ ପିନ୍ଧାଇ ଥାଆନ୍ତୁ।"

ରମା ଏ ମଧ୍ୟରେ ଆସି ପହଞ୍ଚିଲେ, ଏ କାଣ୍ଡ ଦେଖି ତାଙ୍କର ବକ୍ଷସ୍ଥଳ ଦୁଲ୍‌ଦୁଲ୍ କରି କମ୍ପିତ ହେଉଥିଲା। ନରେନ୍ କହିଲା, "ଏଇନେ, ତୋର ଟେଲିଗ୍ରାମ୍‌ଟା; ସୁବର୍ଣ୍ଣପୁର ହାଇସ୍କୁଲକୁ ଯେଉଁ ଦରଖାସ୍ତ ଦେଇଥିଲୁ ତାହା ମଞ୍ଜୁର ହୋଇଛି। ଶୀଘ୍ର ସେଠାରେ ଯୋଗଦେବାଲାଗି ତୋର ଜିନିଷପତ୍ର ବନ୍ଧାବନ୍ଧି କରି ଆଜି ଗାଡ଼ିରେ ବାହାରିପଡ଼।"

■

ଯୁଗବୀଣା, ୦୧/୦୮, ଅଗଷ୍ଟ ୧୯୩୩

ମୀମାଂସା

ରୁଚିର ଏବଂ ସୁଷମ ସହାଧ୍ୟାୟୀମାନଙ୍କ ଭିତରେ ପ୍ରସିଦ୍ଧ, ସେମାନଙ୍କର ରୁଚିର ବିଶିଷ୍ଟତା ନେଇ। ଆସ୍ତିକତା, ରକ୍ଷଣଶୀଳତା ଓ ନୈଷ୍ଠିକତା ଯୋଗେ ସୁଷମର ଯେତିକି ପ୍ରତିଷ୍ଠା, ଏହାର ଠିକ୍ ବିପରୀତ ମତ ପୋଷଣ କରିବା ଲାଗି ରୁଚିରର ମଧ୍ୟ ସେତିକି ପ୍ରସିଦ୍ଧି। ରୁଚିରର ତୀକ୍ଷ୍ଣ ବୁଦ୍ଧି ଏବଂ ଯୁକ୍ତି କୌଶଳରେ ସୁଷମ ମୂକ ହୋଇଯାଏ। ରୁଚିର ନିକଟରେ ପ୍ରତିଥର ତାର ପରାଜୟ। ସୁଷମ ଯେତେ ଅକାଟ୍ୟ ଗଭୀର ସତ୍ୟ କହୁ ନା କାହିଁକି, ରୁଚିର ତାକୁ ସେହିକ୍ଷଣି ନିଜର ତର୍କ କୌଶଳରେ ଖଣ୍ଡନ କରିପକାଇବ। କିନ୍ତୁ ଆଶ୍ଚର୍ଯ୍ୟ କଥା, ସମ୍ପୂର୍ଣ୍ଣ ପୃଥକ ମତ ପୋଷଣ କରି ସୁଦ୍ଧା ଦୁହିଁଙ୍କର ସୌହାର୍ଦ୍ଦ୍ୟ କ୍ଷୁର୍ଣ୍ଣ ହୁଏ ନାହିଁ, ବରଂ ବୃଦ୍ଧି ପାଏ।

ସେଦିନ ଜୋବରାଠାରେ ବନ୍ଧୁମାନଙ୍କର ସାୟଂ ସମାବେଶ। କଥା ପ୍ରସଙ୍ଗରେ ଜଣେ କିଏ କହି ଉଠିଲା, “ପ୍ରତି କଥାରେ ‘ଈଶ୍ୱର’ ‘ଈଶ୍ୱର’ ହୋଇ ଆମ ଦେଶଟା ଉଚ୍ଛନ୍ନ ହେଲା, କିନ୍ତୁ ଈଶ୍ୱରର ସତ୍ତା ତ କେଉଁଠି ଦେଖିବାକୁ ମିଳେନାହିଁ। ସବୁ କାର୍ଯ୍ୟକୁ ବିଶ୍ଳେଷଣ କଲେ ଦେଖାଯିବ, ତାର କିଛି ଗୋଟାଏ କାରଣ ଅଛି। ଆଉ ସେ କାରଣ ସହିତ ଈଶ୍ୱରର ଯେ କିଛି ସମ୍ପର୍କ ଥାଇପାରେ ତାହା ବୁଝିହୁଏ ନାହିଁ।

ସୁଷମ ଅର୍ଜୁନ ପରି ମୁସ୍ତେଜ ହୋଇଉଠିଲା। ତାର ପ୍ରଭୁର ଏପରି ଅବମାନନା ସେ କିପରି ସହ୍ୟ କରିବ? ସେ କହିଲା, “ତୁମେ କଣ ଭାବ ଭଗବାନ ଅଦ୍ଭୁତ ଭାବରେ ତୁମକୁ ଦେଖା ଦିଅନ୍ତେ, ତାଙ୍କର ଐଶ୍ୱର୍ଯ୍ୟ ତୁମ ଉପରେ ଆକସ୍ମିକ ଭାବରେ ଢାଳିଦିଅନ୍ତେ, ତୁମେ ଆଶ୍ଚର୍ଯ୍ୟ ହୋଇ ଧନ୍ୟ ଧନ୍ୟ କରନ୍ତ ! ସେ ତ ଧୁରନ୍ଧର ମର୍ଦ୍ଦରାଜ ନୁହନ୍ତି ଯେ “କୁଳୀନ ସଂରକ୍ଷଣୀ ସଭା”କୁ ପାଞ୍ଚ ହଜାର ଟଙ୍କା ଦାନକରି ଶତଶତ

ଲୋକଙ୍କର 'ଧନ୍ୟ ଧନ୍ୟକାର'ରେ ଆତ୍ମପ୍ରସାଦ ଲାଭ କରିବେ। ଲଜ୍ଜାଶୀଳ ପ୍ରଭୁଟି ଏ ସବୁର ପାଖ ମାଡ଼ିବାକୁ ପର୍ଯ୍ୟନ୍ତ ଯାଆନ୍ତି ନାହିଁ।"

ସୋମେଶ୍ୱର ହୋ ହୋ ହୋଇ ହସି କହିଲା, "ପାଥେଟିକ୍, ଆହା! ବିଚରା ପ୍ରଭୁଟି।"

ରୁଚିର କିଛି ସମୟ ଚୁପ୍ ରହି କହିଲା, "ସୁଷମ, ତମର ଯୁକ୍ତିର ଲଜିକ୍ କୋଉଠି ବୁଝିପାରିଲି ନାହିଁ। ତମର ଯୁକ୍ତିରେ ଅଗ ନାହିଁକି ମୂଳ ନାହିଁ। ଯାହା ପ୍ରମାଣ କରିବ ତାହାକୁ ଆଗରୁ ମାନିନେଇ ଯୁକ୍ତି କରୁଛ।"

ସୁଷମ ବାଧାଦେଇ କହିଲା; ଯାହା ସତ୍ୟ, ତାହା ପ୍ରମାଣ ଆବଶ୍ୟକ କରେନାହିଁ। ସେ ସେ ସ୍ୱପ୍ରମାଣିତ-ସ୍ୱପ୍ରକାଶିତ। ଆପଣାକୁ ପ୍ରକାଶ କରିବାକୁ ତାର ଅବିରାମ ଉଦ୍ୟମ।"

କ୍ଷୁଧିତ ବ୍ୟାଘ୍ର ଶିକାର ପାଇଲାପରି ରୁଚିର କହିଉଠିଲା, "ବରଂ ତୁମେ ଯାହାକୁ ମିଥ୍ୟା କହ ତାହା ସତ୍ୟ ଅପେକ୍ଷା ଅଧିକ ସତ୍ୟ। ଭଗବାନ ଅପେକ୍ଷା ସଇତାନର ଆବିର୍ଭାବ ଅଧିକ ସତ୍ୟ ହୋଇଥାଏ। ଯେଉଁଠି ଦେଖିବ ମିଥ୍ୟା ନିଜତ୍ୱକୁ ସର୍ବଦା ପ୍ରତିପାଦନ କରି ଚାଲିଛି, ସତ୍ୟ ତା ସମକ୍ଷରେ ହେଉଛି ସଙ୍କୁଚିତ—ନିଜକୁ ପ୍ରତିଷ୍ଠା କରିବାର ଶକ୍ତି ତା' ଠାରେ ସାମାନ୍ୟ। ସତ୍‌କର୍ମ, ସଦନୁଷ୍ଠାନ ଅପେକ୍ଷା ଦୁନିଆରେ ଚୋରି, ବ୍ୟଭିଚାର ବହୁ ଗୁଣରେ ଅଧିକ ସାହସ ଓ ଉତ୍ସାହ ଆବଶ୍ୟକ କରେ। ନିପୀଡ଼ିତ ହୋଇ ସତ୍ୟ ନିଜକୁ ଯେତେ ପ୍ରକାଶ କରେ, ମିଥ୍ୟା କ'ଣ ତା'ଠାରୁ ଅଳ୍ପ କରେ? ବରଂ ମିଥ୍ୟା ଉପରେହିଁ ସବୁଠାରୁ ବେଶି ମାଡ଼। ଏସବୁ ସତ୍ତ୍ୱେ ସେ ନିଜର ବୈଜୟନ୍ତୀ ଉଡ଼ାଇ ଅଗ୍ରସର।" ରୁଚିର ଦୀର୍ଘଶ୍ୱାସ ତ୍ୟାଗ କଲା।

ରୁଚିରର ଏହି ଦୀର୍ଘ ବକ୍ତୃତାରେ ବନ୍ଧୁବର୍ଗ ନୀରବ ହୋଇ ଯାଇଥିଲେ। ସେହି ନୀରବତା କିଛି ସମୟ ପାଇଁ ରାଜତ୍ୱ କଲା। ଜୋବରାର ଗୋଟିଏ ପାର୍ଶ୍ୱରେ ଅସ୍ତଗାମୀ ସୂର୍ଯ୍ୟ ନୀଳ ପର୍ବତଶ୍ରେଣୀ ମଧ୍ୟରେ ନିଜର ଲଜ୍ଜାରକ୍ତ ମୁଖ ଲୁଚାଇ ଦେବାକୁ ବ୍ୟଗ୍ର ହୋଇ ଉଠିଛି। ଅନ୍ୟ ପାର୍ଶ୍ୱରେ ମହାନଦୀର ପୋଲ। ରେଳଗାଡ଼ି ତା ଉପରେ ଧପ୍ ଧପ୍ କରି ଅଗ୍ରସର ହେଉଛି।

ସୋମେଶ୍ୱର ନିରବତା ଭଗ୍ନ କରି କହିଲା, "ବାସ୍ତବିକ ଏ ସଭ୍ୟତା ଆମର ଜ୍ଞାନର ପରିସୀମା କେତେଦୂର ବିସ୍ତୃତ କରିଦେଲା। ଆମର ବାପାଙ୍କ ପ୍ରଫେସର କେବଳ Mill ର Political Economy ଖଣ୍ଡ ପଢ଼ି ସାର୍ବଭୌମ ପଣ୍ଡିତ ବୋଲାଉଥିଲେ। ଏବେ ଆସନ୍ତୁ ତ ତାଙ୍କୁ ମୁଁ ପାଞ୍ଚବର୍ଷ ଇକନମିକ୍‌ସ ପଢ଼ାଇବି।"

ରୁଚିର କହିଉଠିଲା, "ନା, ନା, ବରଂ ଏ ଯୁଗ ଆମର ଅଜ୍ଞାନର ପରିସର ବଢ଼ାଇଦେଲା। କେତେ ଯେ ବିଷୟ ଜାଣିବାକୁ ବାକି ରହିଗଲା, ତାର କିଛି ସୀମା ଅଛି ! ଆମ ପୂର୍ବପୁରୁଷମାନଙ୍କର ତ ମନରେ ଗୋଟାଏ ତୃପ୍ତି ଆସୁଥିଲା ଯେ ସେମାନେ ସବୁ ବିଷୟ ସାଧ୍ୟ କରିପାରନ୍ତି। 'କୂପମଣ୍ଡୁକ' ନିଜ କୂଅଟିକୁ ବ୍ରହ୍ମାଣ୍ଡ ମନେକରି ତ ବେଶ୍ ଆନନ୍ଦରେ ରହିପାରେ ?"

ସୁଷମ ତେଜି ଉଠିଲା, "ତମେ କହ, ତେବେ ଆମ ପୂର୍ବପୁରୁଷମାନେ କୂପମଣ୍ଡୁକ ଥିଲେ। ଏମିତି କିଛି ଜ୍ଞାନ ବିଜ୍ଞାନ ଅଛି କହିପାରିବ, ଯାହାର କି ଏରିଷ୍ଟଟଲ୍‌ଙ୍କ ପରେ ଜନ୍ମ ହୋଇଛି ? ଆମ ବେଦାନ୍ତକୁ କୋଉ ଦର୍ଶନଶାସ୍ତ୍ରଟା ଟପିଯାଇଛି ? ଆଇନ୍‌ଷ୍ଟାଇନଙ୍କର 'ଥିଓରି ଅଫ୍ ରିଲେଟିଭିଟି'ର ଉତ୍ପତ୍ତିସ୍ଥଳ ଆମ ବେଦାନ୍ତ।"

ରୁଚିର ହସିହସି କହିଲା, "ତେବେ ଆଉ କାହିଁକି ଏତେ କଷ୍ଟ ? ଏରିଷ୍ଟଟଲଙ୍କର ଦି'ଖଣ୍ଡ ବହି ପଢ଼ି ଦେଲେ ତ ପାଠ ଶେଷ ?"

ସୁଷମ କିଛିକ୍ଷଣ ନୀରବ ରହି କହିଲା "ଆଶ୍ଚର୍ଯ୍ୟ ଲାଗେ ରୁଚିର, ତୁମେ ଯାହା ସବୁ କୁହ, ସେସବୁ କ'ଣ ବିଶ୍ୱାସ କର ? ନା' ଖାଲି ଗୋଟାଏ ଯୁକ୍ତି କରିବାର ଆନନ୍ଦ ଲାଭ କରିବାଲାଗି କହ ? ତୁମେ କ'ଣ ଜୀବନଟାକୁ କେବଳ ବିଦ୍ରୋହ, କେବଳ ପ୍ରତିବାଦ ଭିତର ଦେଇ ଯାପନ କରିଯିବ। କିନ୍ତୁ ଜୀବନ ଯେ ଲୋଡ଼େ ସହଯୋଗ—ଶାନ୍ତି।"

ରୁଚିର କହିଲା, ଭୁଲ୍, ଭୁଲ୍। ବଡ଼ ଭୁଲ୍ ଧାରଣା ତମର। ତମ ସଂଜ୍ଞା ଅନୁସାରେ ତାହା ଜୀବନ ନୁହେଁ; ତାହା ଅବସ୍ଥାନ। ଜୀବନ ଶାନ୍ତି ଲୋଡ଼େନାହିଁ। ଜୀବନର ପ୍ରଧାନ ଲକ୍ଷଣ ହେଉଛି ଅସ୍ଥିରତା। ଚଞ୍ଚଳତା ଓ ଉପସ୍ଥିତ ଅବସ୍ଥା ବିରୁଦ୍ଧରେ ଅବିରାମ ଅଭିଯାନକୁ ଜୀବନ କୁହାଯାଏ। ଏହି ସ୍ପନ୍ଦନ ଯେତେବେଳେ ଶିଥିଳ ହୋଇଆସେ, ମଣିଷ ସେତେବେଳେ ମୃତ୍ୟୁପଥର ଯାତ୍ରୀ ହୁଏ। ଆଉ ତୁମ ପରି ଯେ ଉପସ୍ଥିତ ଅବସ୍ଥା ବା ପାରିପାର୍ଶ୍ୱିକତାର ସହଯୋଗ ପାଇଁ ଅପେକ୍ଷା କରେ, ତାହା ସହିତ ରଫାକରି ଆପୋଷରେ ଚଳିଯିବାର ଆଶା ପୋଷଣ କରେ, ତା' ଠାରେ ଜୀବନର ମାତ୍ରା ଅତି ସାମାନ୍ୟ। ଯେ ବିଦ୍ରୋହ କରିବାଲାଗି ଯେତିକି ତତ୍ପର, ସେ ସେତିକି ପରିମାଣରେ ଜୀବନ୍ତ। ରୁଷ୍‌ଜାତି ଯେ ପୃଥିବୀରେ ଆଜି ସବୁଠାରୁ ଅଧିକ ଜୀବନ୍ତ ଜାତି, ତାର କାରଣ ପୁରାତନ ଓ ବର୍ତ୍ତମାନ ବିରୁଦ୍ଧରେ ବିଦ୍ରୋହ କରିବାକୁ ସେ ସବୁ ଜାତି ଅପେକ୍ଷା ଅଧିକ ତତ୍ପର। ଅତୀତ ଏବଂ ବର୍ତ୍ତମାନର ଧ୍ୱଂସାବଶେଷ ଉପରେ ଭବିଷ୍ୟତର ନିର୍ମାଣପାଇଁ ତାର ଉଦ୍ୟମ ସବୁଠାରୁ ପ୍ରବଳ।

ସୁଷମ କହିଲା, "ତେବେ ତୁମେ ସମସ୍ତଙ୍କ ବିରୁଦ୍ଧରେ ବିଦ୍ରୋହ ଚଳାଇ, ସମସ୍ତଙ୍କର ଅପ୍ରୀତିଭାଜନ ହୋଇ ଜୀବନ୍ତ ରହିବାକୁ ଇଚ୍ଛାକର ?"

"ନିଶ୍ଚୟ। କାହାରି ପ୍ରୀତିଭାଜନ ହେବାର ବୋକାମୀ ଅନ୍ତତଃ ମୋଠାରେ ନାହିଁ। କାହିଁକି, ଜାଣ ? ପ୍ରିୟଜନକୁ ଆଘାତ କରିବା ଅତି ସହଜ ଆଉ ସେ ଆଘାତ ସାଂଘାତିକ ଭାବରେ ମାରାତ୍ମକ। ସେହି ଦୃଷ୍ଟିରୁ ଅନ୍ତତଃ ପ୍ରିୟଜନମାନଙ୍କଠାରୁ ଅପ୍ରିୟଜନଙ୍କର ପ୍ରୟୋଜନ ଅଧିକ।" କହି ରୁଚିର ହସିଉଠିଲା।

ସୁଷମ ମନେ ମନେ ଭାବିଲା, ରୁଚିର ଯେତେକଥା କହିଗଲା, ସବୁ ମିଥ୍ୟା, ସବୁ ଫାଙ୍କି। ରୁଚିରର କୌଣସି କଥାଟି ତା' ମନକୁ ପାଇଲାନାହିଁ। ସେ ଭାବିଲା, ରୁଚିର କେବଳ ଯୁକ୍ତିଛଳରେ ଏପରି କହିଯାଉଛି। ଏ ସବୁର ସାରବତ୍ତା ବିଷୟରେ ସେ ନିଜେ ବୋଧହୁଏ ସନ୍ଦିହାନ।

ବିଜୟ ଉଲ୍ଲାସରେ ରୁଚିରର ବକ୍ଷ ଫୁଲିଉଠିଲା। ସେ ସୁଷମର କଥାଗୁଡ଼ାକୁ ଅତି ତୁଚ୍ଛ ଜ୍ଞାନ କଲା। ତା' କଥାରେ ଯେ ସତ୍ୟ ଥାଇପାରେ, ସେ ଭାବିପାରିଲା ନାହିଁ।

ଅନେକଦିନ କଟିଯାଇଛି। ସୁଷମ ଏହା ମଧ୍ୟରେ ପାଶ୍ କରି, ଚାକିରୀର କୌଣସି ସୁବିଧା ନ ଦେଖି କେଉଁଠାରେ ହୋଇଛି ଇନ୍‌ସ୍ୟୁରାନ୍‌ସ୍ କମ୍ପାନୀର ଏଜେଣ୍ଟ; କେତେବେଳେ ବା ଲୁଗା କାରଖାନାର ଏଜେଣ୍ଟ ହୋଇ ପେଶାବାରଠାରୁ ରେଙ୍ଗୁନ ପର୍ଯ୍ୟନ୍ତ, ଶ୍ରୀନଗରଠାରୁ କଲମ୍ବୋ ପର୍ଯ୍ୟନ୍ତ ଦୌଡ଼ାଦୌଡ଼ି କରିଛି। କେଉଁଠାରେ ପୁଲିସ୍ ଗୋଇନ୍ଦା ତାକୁ ସନ୍ଦେହ କରି ତାର ଅନୁସରଣ କରିଛି। କେତେବେଳେ ବା ସେ ଗଣ୍ଠିକଟା ତଣ୍ଟିକଟାଙ୍କ ହାବୁଡ଼ରୁ ଅଦ୍ଭୁତ ଭାବରେ ଆତ୍ମରକ୍ଷା କରିଛି।

ସେଥର ସେ ଆସି ପହଞ୍ଚିଥାଏ ପୁରୀରେ। ରୁଚିର ସେହିଠାରେ ଚାକିରି କରୁଥିବାର ସମ୍ବାଦ ପାଇ ତା'ର ପୂର୍ବସ୍ମୃତି ସବୁ ମନେ ପଡ଼ିଲା। ସେ ରୁଚିରର ଗୃହାଭିମୁଖରେ ଚାଲିଲା। ରୁଚିରର ବୈଠକଖାନାରେ ପ୍ରବେଶକରି ସେ ଦେଖିଲା ସମଗ୍ର ଆରାମଚୌକିଟାକୁ ନିଜର ସୁବିପୁଳ କାୟାରେ ଭରିଦେଇ କିଏ ଜଣେ ଆରାମ କରୁଛନ୍ତି। ତାଙ୍କର ଅସଂଯତ ଭାବରେ ପୁଷ୍ଟପଦ ଦୁଇଟି ଚଉକୀର ହାତ ଉପରେ ଲମ୍ବମାନ। ପଦ ଦୁଇଟି ବାତଜ୍ୱରର ସ୍ନେହରେ ପ୍ରତିପାଳିତ ହେଲାପରି ବୋଧ ହେଉଛି।

ସୁଷମ ବିନମ୍ର ସ୍ୱରରେ ପଚାରିଲା, "ରୁଚିର ବାବୁ ଅଛନ୍ତି" ?

ଗୁରୁପଦ ଦୁଇଟି ତଳକୁ କରିନେଇ ମୂର୍ତ୍ତିଟି ବିସ୍ମୟ ଚକିତ ନେତ୍ରରେ ଆଗନ୍ତୁକପ୍ରତି କିଛି ସମୟ ନିରୀକ୍ଷଣ କଲା। ତା' ପରେ କହିଲା, "ଆରେ ସୁଷମ ଯେ! ଏଁ, ଏକାବେଳେ ଯେ ସାହେବ, ସହଜରେ ଚିହ୍ନିବାର ଉପାୟ ନାହିଁ।"

ଏ କଥା ସତ୍ତ୍ୱେ ସୁଷମ ତାକୁ ରୁଚିର ବୋଲି ବିଶ୍ୱାସ କରିବାକୁ ପ୍ରସ୍ତୁତ ହେଲା ନାହିଁ। କି ସୌଖୀନ, କି ସୁପୁରୁଷ ନ ଥିଲା ସେ! ଆଜି କିନ୍ତୁ ଏପରି ବିକଳାଙ୍ଗ। ରୁଚିରର ବାମ ବାହୁରେ ମାଳେ ତେଉଁରିଆ ଗୋଟାଏ ନିତାନ୍ତ ମଇଳା ସୂତାରେ ଗୁନ୍ଥାହୋଇ ବନ୍ଧାଯାଇଛି। ସୁନା, ରୂପା, ତମ୍ବା ଆଦି ନାନା ଧାତୁର ନାନା ଆକାରର ତେଉଁରିଆ ସେଥିରେ ଗ୍ରନ୍ଥିତ। ତାର ଶିରରେ ଆଉ ସେ ସଯତ୍ନ ସଞ୍ଚିତ କେଶରାଶି ନାହିଁ, ତାଲୁଟି ଏକାବେଳେ ଟାଙ୍ଗରା। ଆବରଣହୀନ ବୃହତ୍ ଉଦରଟା ତାର ଅତି ବୀଭତ୍ସ ଦେଖାଯାଉଛି।

ସୁଷମକୁ ଅବାକ୍ ଦେଖି ରୁଚିର କହିଲା, "ଠିଆହୋଇ ରହିଲ ଯେ? ବସ, ବସ, ଅନେକ ଦିନ ପରେ ଦେଖା, ନା ସୁଷମ? ଆଉ ସବୁ ଖବର କଣ?"

"ଖବର ଆଉ କଣ? ଏହିପରି ନାନାଆଡ଼େ ବୁଲି ମରୁଚି।"

"ବିବାହଟା ଏପର୍ଯ୍ୟନ୍ତ ହେଲାନାହିଁ, ନାଁ?"

ସୁଷମ ନିଃଶ୍ୱାସ ତ୍ୟାଗକରି କହିଲା, "ନାଃ, ତମର ସେଇ ସମୟର କଥା ଗୁଡ଼ାକ ଏବେ ଅଙ୍ଗେ ଲିଭାଇବାରେ ଅଛି। ବିବାହ କରି ନିଜର ଗତିପଥରେ ଗୋଟାଏ ଅନ୍ତରାୟ ଆଣିବାକୁ ଭୟହୁଏ।"

ରୁଚିର କହିଲା, "ତମର ଗୁରୁ କିନ୍ତୁ ଶିଷ୍ୟର ସେଇ ପୁରାତନ କଥାଗୁଡ଼ିକୁ ନିଜର ଜୀବନରେ ଲଗାଇବାକୁ ଚେଷ୍ଟା କରୁଛି।"

ସୁଷମ ହସି ହସି କହିଲା, "ତେବେ ଆଗେ ମୀମାଂସା ହେଉ, କିଏ କାହାର ଶିଷ୍ୟତ୍ୱ ଗ୍ରହଣ କରିଛି; କିଏ ଠିକ୍ ପଥ ଅନୁସରଣ କରି ଅଗ୍ରସର ହେଉଛି, ସେ କଥା ପରେ ସ୍ଥିର ହେବ।"

ରୁଚିର କହିଲା, "ନାଇଁ ଭାଇ, ଆଉ ମୀମାଂସା କରି କିଛି ଗୋଟାଏ ବ୍ୟବସ୍ଥା ଦେବାର ସମୟ ନାହିଁ। ଏବେ କେବଳ ସବୁ ରହସ୍ୟମୟ ବୋଧ ହେଉଛି। ସବୁ ଭଗବାନଙ୍କର ଲୀଳା। ଏସବୁ ରହସ୍ୟ ଭେଦ କରିବା ଶକ୍ତି ମଣିଷଠାରେ ନାହିଁ, ସବୁଠାରେ କେବଳ ସମସ୍ୟା, ସମାଧାନର ଚେଷ୍ଟା ସେଠାରେ ନିରର୍ଥକ।"

ଗୋଟିଏ ଶିଶୁ ଭିତର ଘରୁ "ବାପା, ବାପା" ଡାକିଡାକି ଆସି ରୁଚିରର କୋଳ ଅଧିକାର କରି ବସିଲା। ସୁଷମ ଶିଶୁଟିକୁ ଦେଖି କହିଲା "ଝିଅଟି ବଡ଼ ରୋଗିଣା।"

ରୁଚିର କହିଲା, "ଝିଅ ନୁହେଁ, ପୁଅ। ଅପର୍ତ୍ତିଆଣୀ ପିଲା ନା? ସେଥିଲାଗି ନାକ ଫୋଡ଼ା ହୋଇଛି। ତାର ବାଳ ଧବଳେଶ୍ୱରଙ୍କଠାରେ ପକାଯିବ ବୋଲି କଟାହୋଇ ନାହିଁ।"

ସୁଷମର ରୁଚିର ପ୍ରତି ଦୟା ହେଲା । ସେ ମନେମନେ ଭାବିଲା, ରୁଚିରର ମୃତ୍ୟୁ ହୋଇଛି । ରୁଚିରର ଏ ପରିବର୍ତ୍ତନରେ ସେ ଯେତେ ଆଶ୍ଚର୍ଯ୍ୟ ନହେଲା ତା'ଠାରୁ ଦୁଃଖିତ ହେଲା ଅଧିକ ।

ରୁଚିର କହିଲା, "କଣ ଭାବୁଛ ଭାଇ ? କଲେଜ ସମୟର ସବୁ ସ୍ୱପ୍ନ ସଂସାରର ଜଞ୍ଜାଳରେ ଚୂରମାର ହୋଇଯାଇଛି । ସେ ସମୟର କଥାଗୁଡ଼ାକ ମନେପଡ଼ିଲେ ସ୍ୱପ୍ନପରି ବୋଧହୁଏ, ସତ୍ୟଠାରୁ, ବାସ୍ତବଠାରୁ ତାହା ଅନେକ ତଫାତ୍ । ସେ ସବୁ ପିଲାଖେଳ ପରି ଆଜି ବୋଧ ହେଉଛି । କେଡ଼େ ନିର୍ବୋଧ ଆମେ ସବୁ ସେତେବେଳେ ଥିଲେ ! ଯାହା ମହତ୍, ଯାହା ବିରାଟ, ତାକୁ ଅବମାନନା କରିବାରେ ଥିଲା ଆମର ଆନନ୍ଦ । ଏବେ କିନ୍ତୁ ସେ ସବୁ ଭାବିଲେ ଲଜ୍ଜା ବୋଧହୁଏ - ଅନୁତାପ ହୁଏ । ଏବେ ସେହି ବିରାଟ ପୁରୁଷଙ୍କୁ ସମ୍ମାନକରି ନିଜକୁ ଧନ୍ୟ ମନେ କରୁଥାଇଁ - ନୁହେଁ ?"

ସୁଷମ ସ୍ଥିରତା ସହିତ କହିଲା, "କେଜାଣି ଭାଇ, ସେ ସବୁ ଭାବନା ସହିତ ମୋର କୌଣସି ସମ୍ପର୍କ ଥିଲା ପରି ଜାଣିପାରେ ନାହିଁ, ନିଜ କଥା ଭାବିବାକୁ ଯେ ମୋର ସମୟର ଅଭାବ !"

ରୁଚିର କହିବାକୁ ଲାଗିଲା, "ଏବେ ସେହି ମହିମାମୟଙ୍କ କଥା ଭାବିଲେ ମସ୍ତକ ନତ ହୋଇଆସେ, ଚକ୍ଷୁ ଜଳପୂର୍ଣ୍ଣ ହୋଇଯାଏ । ମୁଁ ମନେ ମନେ ତାଙ୍କୁ ଉଦ୍ଦେଶ୍ୟ କରି କହେ, ହେ ପ୍ରଭୁ, ଦିନେ ତ ଏହି ଅପଦାର୍ଥଠାରେ ଏତେ ଲାଞ୍ଛନା, ଏତେ ଅବମାନନା ପାଇଥିଲ, ତା ପ୍ରତି ଆଜି ଏତେ ମମତା କାହିଁକି ? ବାସ୍ତବିକ ସୁଷମ, ଜଗତର ସଭ୍ୟତା ଏବେ କେଉଁ ଦିଗକୁ ଧାଇଁଛି ? ସବୁ ବିଷୟରେ କେବଳ ପ୍ରଶ୍ନ, କେବଳ ସଂଶୟ । ଯାହା ସତ୍ୟ, ଯାହା ଶାଶ୍ୱତ, ତାହାପ୍ରତି ବି ମଣିଷ ସନ୍ଦିଗ୍ଧ ଭାବ ପ୍ରକାଶ କରୁଚି ।"

"ସେଇଟା ତ ଦୂଷଣୀୟ ନୁହେଁ । ଜଗତ ବର୍ତ୍ତମାନ ଜ୍ଞାନପିପାସୁ ହୋଇଛି । ସବୁ ବିଷୟରେ ପ୍ରଶ୍ନ କରିବା, ସଂଶୟ କରିବା ତ ଶୁଭ ଚିହ୍ନ ପରି ମନେ ହେଉଛି । ପ୍ରକୃତ ସତ୍ୟର ଆବିଷ୍କାର ପାଇଁ ଏହା ଏକାନ୍ତ ପ୍ରୟୋଜନ ।"

"ଭୁଲ୍, ଭୁଲ୍ ଧାରଣା । ମଣିଷକୁ ଅନ୍ତତଃ କେତେକ ସ୍ଥଳରେ ସ୍ୱୀକାର କରିବାକୁ ହବ ତ । ତା ନ ହେଲେ ସେ ସତ୍ୟପଥରେ ଯେ ଆଦୌ ଅଗ୍ରସର ହୋଇପାରିବ ନାହିଁ; ଯାହାକୁ ତମେ ଜ୍ଞାନପିପାସା କହୁଚ, ସେ ପିପାସା କଦାପି ଦୂର କରିପାରିବ ନାହିଁ । ଏହିପରି ମିଥ୍ୟା ମରୀଚିକାର ପଶ୍ଚାଦ୍ଧାବନ କରି ସେ ନିଜକୁ ବିନାଶ କରିବ । କୋଉ ପ୍ରଶ୍ନଟିର କେବେ କିଛି ସମାଧାନ ହେବାର ଦେଖିଲଣି ? ଚାରିଆଡ଼େ କେବଳ ସମସ୍ୟା, କେବଳ ପ୍ରଶ୍ନର ବିରାଟ ଆୟୋଜନ । କିନ୍ତୁ କୌଣସିଟିର ମୀମାଂସା ନାହିଁ,

ଉତ୍ତର ନାହିଁ। ଜଗତରେ ସମସ୍ତେ କେବଳ ନିଜ ନିଜ ଭିତରେ ପ୍ରଶ୍ନ ପଚରାପଚରି ହେଉଛନ୍ତି ଏବଂ ପରସ୍ପରର ମୁହଁକୁ ଉତ୍ତର ପାଇବା ଆଶାରେ ଅପେକ୍ଷା କରୁଅଛନ୍ତି।" ଏତିକିବେଳେ ଗୋଟାଏ ଝିଟିପିଟି ରାବିଉଠିଲା। ରୁଚିର ଚୌକିର ହାତରେ ତିନିଥର ଟିପ ମାରି କହିଉଠିଲା, "ସତ୍, ସତ୍, ସତ୍।"

ରୁଚିର ପୁଣି ଆରମ୍ଭ କଲା, "ଭାଇ କି ଅହଂଭାବ, କି ଶଠତା ଆମମାନଙ୍କୁ ଗ୍ରାସ କରିଚି। କିନ୍ତୁ ଭଗବାନ ତାର ଉଚ୍ଛେଦ ସାଧନ ପାଇଁ ସବୁବେଳେ ସଚେଷ୍ଟ ଅଛନ୍ତି। ଏହି ବିରାଟ ସଭାମଞ୍ଚରେ ମୋର ସ୍ଥାନ ସେ ମୋତେ ଦେଖାଇ ଦେଇଛନ୍ତି। ଏହା ତାଙ୍କର ଅପାର କୃପା। ମୁଁ ଯେତେବେଳେ ମୋର ସମ୍ମୁଖସ୍ଥ ଉତ୍କୃଷ୍ଟ ଆସନ ଗ୍ରହଣ କରିବାକୁ ପ୍ରୟାସ କରିଚି, ସେ ମୋର ମଳିନ ପରିଧେୟ ପ୍ରତି ଅଙ୍ଗୁଳି ନିର୍ଦ୍ଦେଶ କରିଛନ୍ତି। ମୋର ସ୍ଥାନ ଯେ ଏହି କର୍ଦ୍ଦମରେ। ମୋର ଏ ଧୃଷ୍ଟତା ଲାଗି ସେ ଯେତେବେଳେ ମୋତେ ଲାଞ୍ଛନା କରିଛନ୍ତି, ଚାରିପାଖରେ ଜନତା ଉପହାସରେ କରତାଳି ଦେଇଛି, ସେତିକିବେଳେ ମୁଁ ତାଙ୍କର ସ୍ପର୍ଶ ନିବିଡ଼ଭାବରେ ଅନୁଭବ କରିଚି। ମୋର ଅଭେଦ୍ୟ ଅହଙ୍କାର ତରଳି ଲୋତକ ଆକାରରେ ଝରିପଡ଼ିଛି। ଜନତାର ଦଳାଦଳିରେ ଯାହା ସହିତ ମୋର କଳହ ହୋଇଛି, ମୋର ଅପମାନରେ ଯେ କରତାଳି ଦେଇ ଉପହାସ କରିଚି, ତାହାକୁ ଆଲିଙ୍ଗନ କରି କ୍ଷମା ମାଗିବାକୁ ଅନ୍ତର ଅଧୀର ହୋଇଉଠିଚି।"

ସୁଷମ ଚୌକି ଛାଡ଼ି ଉଠିଲା। ଯେପରି ସେ ରୁଚିରର କଥା ଶେଷ ହେବା ପର୍ଯ୍ୟନ୍ତ କେବଳ ଅପେକ୍ଷା କରିଥିଲା। ତାକୁ ଉଠିବାର ଦେଖି ରୁଚିର ପଚାରିଲା, "ଏତେ ଶୀଘ୍ର ଚାଲିଯିବ ?"

ସୁଷମ କହିଲା, "କାମ ବଡ଼ ଜରୁରୀ, ଆଜି ପୁଣି ମତେ ଏଠା ଛାଡ଼ିବାକୁ ହେବ।"

ହୋଟେଲକୁ ଫେରିଯିବାବେଳେ ସୁଷମ ମନେ ମନେ ଭାବିଲା, ଜୀବନରେ ସତ୍ୟଲାଭ ପାଇଁ ସେ ଦୁହିଙ୍କ ମଧ୍ୟରୁ କିଏ ଅଗ୍ରସର ହେଉଛି ! ରୁଚିର ପ୍ରଥମେ ଯେଉଁଠାରେ ଥିଲା ସୁଷମ ଆସି ସେହିଠାରେ ପହଞ୍ଚିଛି ଏବଂ ସୁଷମ ପ୍ରଥମେ ଯେଉଁଠାରେ ଥିଲା, ରୁଚିର ଆସି ସେହିଠାରେ ହାଜର। ଦୁହିଁଙ୍କ ଭିତରୁ କିଏ ଆଗେଇ ଚାଲିଛି ତେବେ ? ବଡ଼ ଜଟିଳ ସମସ୍ୟା ! ସୁଷମ କଥାଟା ସେହିଠାରେ ବନ୍ଦ କରିଦେଇ ନିଜର ଉତ୍‌କାମଣ୍ଡ ଯାତ୍ରାର ଆୟୋଜନ କଥା ଭାବିବାକୁ ଲାଗିଲା।

■

ଯୁଗବୀଣା, ୦୧/୦୯, ସେପ୍ଟେମ୍ବର ୧୯୩୩

ଝଡ଼

ଗଙ୍ଗାର ତୀରଭୂମିରେ କ୍ଷୁଦ୍ର ଧୀବରର ପଲ୍ଲୀଟି । କୃଷକ ପଲ୍ଲୀମାନଙ୍କରେ ଯେପରି ଗୋରୁ ମେଷ ଆଦି ଗୃହ ଦ୍ୱାରରେ ବନ୍ଧା ହୋଇଥାନ୍ତି, ଏମାନଙ୍କର ଗୃହ ନିକଟରେ ସେହିପରି ଗୋଟିଏ ଗୋଟିଏ ନୌକା ଖୁଣ୍ଟରେ ବନ୍ଧାହୋଇ ଗଙ୍ଗାତୀରରେ ଭାସୁଥାଏ । ଏହିସବୁ ନୌକା ଯୋଗେ ସେମାନେ ନିଜ ନିଜର ଅନ୍ନସଂସ୍ଥାନ କରନ୍ତି ।

ସେ ଗୋଟିଏ ଯୁବକ ଧୀବର । କୁଟୀରଟି ତାର ଏହାରି ମଧ୍ୟରେ ଆତ୍ମଗୋପନ କରିଥାଏ । ଆଉ ସେଇ ଅର୍ଦ୍ଧଭଗ୍ନ କୁଟୀର ମଧ୍ୟରେ ଆତ୍ମଗୋପନ କରିଥାଏ ଗୋଟିଏ ସୁନ୍ଦରୀ ଲଳନା—ଧୀବରର ସ୍ତ୍ରୀ ।

ଧୀବରଟି ବେଶି ସମୟ ଗୃହରେ ରହିପାରେ ନାହିଁ । ଜୀବିକା ଅର୍ଜନ ପାଇଁ ତାକୁ ବହୁ ସମୟ ଗଙ୍ଗାବକ୍ଷରେ କଟାଇବାକୁ ହୁଏ । ଯଦି କେବେ ଦିନେ ଓଳିଏ ଘରେ ବସିଯାଏ, ତେବେ ତାର କର୍ମତତ୍ପର ମନ ବ୍ୟାକୁଳ ହୋଇଉଠେ—ଅନ୍ନ ସଂସ୍ଥାନର ସନ୍ଧାନ ପାଇଁ । ସେ କ୍ଷୁଦ୍ର ନୌକାଟି ଗଙ୍ଗାର ସୁଗଭୀର ଜଳରାଶି ଉପରେ ଭସାଇଦେଇ ବାହାରି ପଡ଼େ । ଗଙ୍ଗା ଉପରେ ସେ ଯେତେ ସମୟ ଥାଏ, ମନ ତାର ଥାଏ ଘରକୁ ଫେରିବା ଆଶାରେ । ମାଛ ଧରିବାରେ ସେ ସମ୍ପୂର୍ଣ୍ଣରୂପେ ମନୋନିବେଶ କରିପାରେ ନାହିଁ ।

ଗୃହରେ ତାର ତରୁଣୀ ପତ୍ନୀ ସନ୍ଧ୍ୟାରେ କ୍ଷୀଣ ଦୀପଟି ଜାଳିଦେଇ ସ୍ୱାମୀର ଆଗମନକୁ ଅପେକ୍ଷା କରି ରହେ ।

ଗଙ୍ଗାନଦୀର ବକ୍ଷ ଉପରେ ରାଶି ରାଶି ଆଲୋକ ସହିତ ତାର ସେହି ପ୍ରଦୀପ ରେଖାଟି ପ୍ରତିଫଳିତ ହୁଏ । ପ୍ରଦୀପଟି ଉଜ୍ଜ୍ୱଳ ହୋଇ ଜଳି ଉଠିଲେ, ସେ ବଡ଼ ସନ୍ତୋଷ ଲାଭ କରେ—ସ୍ୱାମୀ ତାର ନୌକା ଉପରୁ ଦେଖିପାରୁଥିବ ଅବା ! ଯେଉଁଦିନ ସ୍ୱାମୀର ଫେରିବା ବିଳମ୍ବ ହୁଏ, ସେ ଦିନ ସେ ପ୍ରଦୀପକୁ ଉଜ୍ଜ୍ୱଳ କରି ଜାଳେ—ସ୍ୱାମୀ ଦେଖିଲେ ଚଞ୍ଚଳ ଫେରିଆସିବ ଭାବି ।

ସେ ଦିନ ଭାଦ୍ରବର ପୂର୍ଣ୍ଣିମା। ଧୀବର ବାହାରିଲା ମତ୍ସ୍ୟ ଶିକାରରେ। ତାକୁ ବାହାରିବାର ଦେଖି ସ୍ତ୍ରୀ ମହାବ୍ୟସ୍ତ। ଏଡ଼େ ସୁନ୍ଦର ରାତିଟା ଯେ କିପରି ଏକା ଏକା କଟାଇବ? କିନ୍ତୁ ଧୀବର ଆଜି ଯିବ ନିଶ୍ଚୟ। ଦିନତମାମ ସେ ଘରେ ବସିଥିଲା। ଅନ୍ୟ ଧୀବରମାନେ ସେଦିନ ବହୁତ ରୋଜଗାର କରିଛନ୍ତି। ତଥାପି ସ୍ତ୍ରୀକୁ ରାତିଟାରେ ଏକା ଛାଡ଼ିଯାଉଛି କିପରି ?

ଉଦର ଏବଂ ହୃଦୟର ଏପରି ଲଢ଼େଇ ଭିଡ଼େଇ ଦେଖି, ଧୀବର କାହାର ପକ୍ଷ ସମର୍ଥନ କରିବ ସ୍ଥିର କରିପାରିଲା ନାହିଁ। ହୃଦୟ ଶଙ୍କିତା ତରୁଣୀ ପରି କହିଲା, “ମୋ କଥା ଶୁଣିବନି ଆଜି ?” ଉଗ୍ରଚଣ୍ଡ ଉଦର ଧୀବରକୁ ଜବରଦସ୍ତି ଟାଣି ନେବାକୁ ଚେଷ୍ଟା କଲା। ଜଣକର ଛଳ ଛଳ କରୁଣ ଚାହାଣୀର ଏବଂ ଅନ୍ୟର ବାହୁବଳର ଆକର୍ଷଣ। ଧୀବର “ନ ଯଯୌ ନ ତସ୍ଥୌଂ’ ହୋଇ ରହିଲା।

ସ୍ୱାମୀର ବ୍ୟସ୍ତତା ଦେଖି ସ୍ତ୍ରୀ କହିଲା, “ମୁଁ ବି ଯିବି ମାଛ ଧରିବାକୁ ତୁମ ସାଙ୍ଗେ।”

ବାଃ, ଏତେବଡ଼ ଜଟିଳ ସମସ୍ୟାର କି ସହଜ ସମାଧାନ। ଧୀବର ଆନନ୍ଦରେ ନାଚିଉଠିଲା। ଜୀବିକା ଉପାର୍ଜନ ସାଙ୍ଗେ ସାଙ୍ଗେ ସ୍ତ୍ରୀର ସାନ୍ନିଧ୍ୟ ଲାଭ। ନୌକାରେ ପାଲ ଆଦି ବାନ୍ଧି, ଜାଲ ନେଇ ସେ ସ୍ତ୍ରୀ ସହିତ ବାହାରିପଡ଼ିଲା। ନାରୀ ଧରିଲା ମଙ୍ଗ, ପୁରୁଷ ଚଳାଇଲା ଆହୁଲା। ଦୁହେଁ ପରସ୍ପରର ସମ୍ମୁଖରେ ନୌକାର ଦୁଇ ପ୍ରାନ୍ତରେ ବସି ରହିଲେ।

ନୌକା ଅଗ୍ରସର ହେବାକୁ ଲାଗିଲା। ପୂର୍ଣ୍ଣିମା ଚାନ୍ଦ ପୂର୍ବ ଆକାଶରେ ରାଶି ରାଶି ଶୁଭ୍ର ମେଘ ଭେଦ କରି ନୌକାର ଅନୁଗମନ କଲା। ଚନ୍ଦ୍ର ମେଘର ଅନ୍ତରାଳରୁ ବାହାରିପଡ଼ି ତରୁଣୀର ମୁଖମଣ୍ଡଳର ସମସ୍ତ ଶୋଭା ଢାଳିଦିଏ। ସ୍ୱାମୀ ସମ୍ମୁଖରେ ବସି ମୁଗ୍ଧ ହୋଇଉଠେ। ସ୍ତ୍ରୀର ଗଣ୍ଡ କିନ୍ତୁ ଲଜ୍ଜାରେ ଲାଲ ପଡ଼ିଯାଏ। ଚନ୍ଦ୍ର ମେଘ ଭିତରେ ସଙ୍ଗେ ସଙ୍ଗେ ଲୁଚିଯାଏ, ତରୁଣୀ ନିଶ୍ୱାସ ମାରି ଆଶ୍ୱସ୍ତ ହୁଏ। ଚନ୍ଦ୍ର ପୁଣି ମେଘର ଆବରଣରୁ ବାହାରିପଡ଼େ; ଆଉ ସହଜରେ ଲୁଚେ ନାହିଁ। ତରୁଣୀ ବ୍ୟସ୍ତ ବିରକ୍ତ ହୋଇ ଆସ୍ତେ ଆସ୍ତେ ଅବଗୁଣ୍ଠନ ଟାଣିଦିଏ। ନହେଲେ ଅନ୍ୟ ଦିଗକୁ ମୁଖ ଫେରାଇ ବସେ। ଧୀବର ସମ୍ମୁଖରେ ବସି ମନେ ମନେ ହସେ।

ମଝି ଗଙ୍ଗାରେ ନୌକାଟି ପାଣିକାଟି ଚାଲିଥାଏ। ଆହୁଲାର କେବଳ ଝପ୍‌ଝପ୍ ଶବ୍ଦ ଶୁଣାଯାଉଥାଏ। ମଝିରେ ମଝିରେ ଦୂର ବିଲରୁ ପହରିକିଆ ରାବିଉଠେ। ଚଷାପୁଅର ରାବ ମଧ୍ୟ ତାହାର ଅନ୍ତରାଳରେ ଶୁଣାଯାଏ। ଏହାରି ଭିତରେ ନୌକାଟି ଚାଲିଥାଏ ଝପ୍‌ଝପ୍ ଶବ୍ଦକରି।

ଧୀବର ସ୍ତ୍ରୀକୁ ଡାକିଲା ମଙ୍ଗ ଛାଡ଼ିଦେଇ ତା ପାଖରେ ଆସି ବସିବାକୁ "ଏଇଠି ତ ବସିଛି," କହି ସ୍ତ୍ରୀ ସେହିପରି ବସି ରହିଲା। ନାବିକଟି କେତେ ଅନୁନୟ କଲା, କେତେ ପ୍ରକାରେ ବୁଝାଇଲା, କାହିଁରେ ହେଲାନି। ଶେଷରେ ଭୂତ, ପ୍ରେତ, ଜଳଜନ୍ତୁଙ୍କର ଭୟ ଦେଖାଇଲା। ପାଷାଣୀ ସେଇଭଳି ବସି ରହିଲା।

ଅଭିମାନର କୌଣସି କାରଣ ବୁଝିନପାରି ଧୀବର ଶେଷରେ ଆହୁଲାଛାଡ଼ି ନିକଟକୁ ଉଠିଆସିଲା। ମଙ୍ଗକୁ ସିଧାରଖି କାନ୍ଧଦେଲା ଯେପରି ଆଉ କୁଆଡ଼େ ବାଙ୍କେଇ ନଯାଏ। ଶେଷରେ ସ୍ତ୍ରୀକୁ ନିଜପାଖକୁ ନେବାକୁ ଚେଷ୍ଟାକଲା ସ୍ତ୍ରୀ ମଧ୍ୟ ନ ଯିବାଲାଗି ଦୃଢ଼ପ୍ରତିଜ୍ଞ।

କୌଣସି ଉପାୟ ନଦେଖି ଧୀବର ସ୍ତ୍ରୀ ନିକଟରେ ବସିଲା। ଏହାର ଗୋଟାଏ ମୀମାଂସା ନକଲେ ଆହୁଲାମରା ହେବନି କି ଜାଲଟଣା ହେବନି। ସ୍ୱାମୀକୁ ନିକଟରେ ବସିବାର ଦେଖି ସେ ଅନ୍ୟଦିଗକୁ ମୁଖ ଫେରାଇଲା। ତାର ମନୋଭାବ ବୁଝିବା ଲାଗି ଧୀବର ଯେତେ ପ୍ରଶ୍ନ ପଚାରିଲା, କୌଣସି ଉତ୍ତର ପାଇଲା ନାହିଁ। ଆଜି ସେ କେତେ ସୁଖ କଳ୍ପନାକରି ବସିଥିଲା। ସବୁ ନିରର୍ଥକ। ମନ ତାର ପିତା ହୋଇଗଲା।

ଆକାଶର ଗୋଟିଏ କୋଣରୁ ମେଘଖଣ୍ଡେ ଉଠାଇ ଯେ ଶେଷରେ ସମସ୍ତ ଆକାଶ ବ୍ୟାପିବାକୁ ବସିଲାଣି ସେ ଆଡ଼କୁ କାହାର ଲକ୍ଷ୍ୟନାହିଁ, ହଠାତ୍ ବିଦ୍ୟୁତ୍‌ର ଆଲୋକ ଝଲସି ଉଠିବା ସଙ୍ଗେ ସଙ୍ଗେ ଘଡ଼ ଘଡ଼ ଶବ୍ଦ ବୃଷ୍ଟି ଦେବତାର କମାଣ ଫୁଟିଲା। ଭୟତ୍ରସ୍ତା ରମଣୀ ସ୍ୱାମୀର ବକ୍ଷସ୍ଥଳରେ ମିଶିଯିବାର ଚେଷ୍ଟାକଲା। ଧୀବର ପ୍ରଥମେ ଚମକି ପଡ଼ିଥିଲା। କିନ୍ତୁ ପରେ ସେ ସ୍ତ୍ରୀକୁ ନିଜର କୋଳରେ ଏପରି ଭାବରେ ଦେଖି ବଜ୍ରକୁ ଦେଲା ଅଶେଷ ଧନ୍ୟବାଦ। ବଜ୍ର ଉଜ୍ଜୟିନୀର ପ୍ରଣୟିମାନଙ୍କ ଅପେକ୍ଷା ଧୀବରକୁ ଅଳ୍ପ ସନ୍ତୋଷ ଦେଲାନାହିଁ।

ପବନର ଗତି କ୍ରମେ ବଢ଼ିଲା। ନୌକାର ପାଲ ଉଦରରେ ଯଥେଷ୍ଟ ପବନ ଭରି ନୌକାଟିକୁ ପ୍ରବଳବେଗରେ ଚାଳିତ କଲା। ଧୀବର ଦେଖିଲା ଚାରିଆଡ଼େ ଅନ୍ଧକାର ହୋଇ ଆସିଲାଣି। ଚନ୍ଦ୍ର ମେଘ ଭିତରେ ଆତ୍ମଗୋପନ କରିସାରିଛି। ପବନ ବେଗରେ ଗଙ୍ଗାର ଢେଉ ଉଜାଣି ଉଠୁଛି।

ସେ ପାଲଟାକୁ ନୁଆଇଁ ଆଣିଲା। ସଙ୍ଗେ ସଙ୍ଗେ ନୌକାର ଗତି ଶିଥିଳ ହୋଇଗଲା ସତ, କିନ୍ତୁ ପବନର ବେଗ ବଢ଼ିବା ସଙ୍ଗେ ସଙ୍ଗେ ଗଙ୍ଗା ଊର୍ଦ୍ଧ୍ୱଦେଶକୁ ବଡ଼ ବଡ଼ ଢେଉ ଟେକିଲା। ନୌକାଟି ତା ମଧ୍ୟରେ ନାଚିବାକୁ ଲାଗିଲା। ଧୀବର ନୌକାର ମଙ୍ଗକୁ ଖୋଲି କୂଳଆଡ଼କୁ ଫେରାଇ ପୁଣି ଶକ୍ତକରି ବାନ୍ଧିଲା। କାରଣ ସ୍ତ୍ରୀ ତାର ଏକାକୀ ମଙ୍ଗଧରି ବସିବାକୁ ଭୟାତୁରା। ସେ ଏସବୁ କାମସାରି ଆସି ଆହୁଲା

ମାରିବାକୁ ଲାଗିଲା । ସ୍ତ୍ରୀ ତାର ନିକଟରେ ଜଡ଼ୀଭୂତ ହୋଇ ବସିଥାଏ । ନଦୀର ସ୍ରୋତ ଓ ପବନର ବେଗ ମଧ୍ୟରେ ତାର ଆହୁଲା ମାରିବାର କୌଣସି ଫଳ ହେଲା ନାହିଁ । ସେମାନେ ନିଜ ଇଚ୍ଛାରେ ନୌକାଟିକୁ ଚଳାଇ ଚାଲିଲେ । ଧୀବର ଆହୁଲା ଛାଡ଼ି ଚୁପ୍‌କରି ବସିରହିଲା କେବଳ ।

ନୌକାଟିର ଦୁଇପାଖରେ ଲହରୀ ବାଡ଼େଇ ହେବାକୁ ଲାଗିଲା । ପାଣି ଛିଡ଼ିକି ଆସ୍ତେ ଆସ୍ତେ ତାହା ଭିତରକୁ ପଶିବାକୁ ଆରମ୍ଭକଲା । ଧୀବର ପ୍ରମାଦ ଗଣିଲା । ଦିଗଭାଗ ଅନ୍ଧକାର ! ନୌକାର ଚତୁଃପାର୍ଶ୍ୱରେ କେବଳ କ୍ଷୁଧିତ ଜଳରାଶିର ଲେଲିହାନ ଜିହ୍ୱା ।

କିଛି ସମୟ ପରେ ଧୀବର ଦେଖିଲା ଜଳସ୍ରୋତର ବେଗ ସହସ୍ର ଗୁଣରେ ବୃଦ୍ଧି ପାଇଛି । ମୁହୂର୍ତ୍ତକରେ ସେ ବୁଝିପାରିଲା, ନୌକାଟି ତାର ଗଣ୍ଡୁକୀ ମୁହାଣ ମୁଖରେ ପଡ଼ିଛି । କ୍ଷୁଧିତ ଲହରୀମାଳା ମଧ୍ୟରେ ନୌକାର ଏପରି ପ୍ରଖରଗତି ଦେଖି ଭୟବ୍ୟାକୁଳ ଧୀବର ପତ୍ନୀ ସ୍ୱାମୀର ଅଙ୍ଗକୁ ଲାଗିଲାଗି ବସିଲା । ସ୍ୱାମୀ କେବଳ ପୃଷ୍ଠରେ ହାତମାରି ସାନ୍ତ୍ୱନା ଦେବାକୁ ଲାଗିଲା ।

ସାଇଁ ସାଇଁ କରି ଝଡ଼ ମାଡ଼ିଆସିଲା । ବିଦ୍ୟୁତ୍ ରେଖାସହ ଯେତେବେଳେ ବାରମ୍ବାର ବଜ୍ରର ଭୀଷଣ ଗର୍ଜନ ଶୁଣାଗଲା, ତରୁଣୀ ସ୍ୱାମୀର ଅଙ୍ଗକୁ ଦୁଇ ବାହୁରେ ନିବିଡ଼ ଭାବରେ ବାନ୍ଧି ପକାଇଲା । ଆଉ ନିଜର ଘନସ୍ପନ୍ଦିତ ବକ୍ଷସ୍ଥଳକୁ ସ୍ୱାମୀର ଅଙ୍ଗରେ ଚାପିଦେଇ ହୃତ୍‌ପିଣ୍ଡର ଦାରୁଣ ନର୍ତ୍ତନ ଦମନ କରିବାଲାଗି ଚେଷ୍ଟାକଲା ।

ଝଲକାଏ ପାଣି ନୌକା ମଧ୍ୟରେ ପ୍ରବେଶ କଲା । ନୌକାଟି ଟଳମଳ ହୋଇଗଲା । ଧୀବର ସ୍ତ୍ରୀର ନିବିଡ଼ ଆଶ୍ଲେଷରେ ସବୁ ଭୁଲିଯାଇ ବସିରହିଥିଲା । ନୌକାର ଏ ଅବସ୍ଥାରେ ତାର ଚେତନା ଆସିଲା । ସେ ସଙ୍ଗେ ସଙ୍ଗେ ସ୍ତ୍ରୀକୁ ଜଳମଧ୍ୟକୁ ପ୍ରବେଶ କରିବାଲାଗି ଆଦେଶ କଲା । ନ ହେଲେ ଦୁହେଁ ନୌକା ସହିତ ଜଳସାତ୍ ହୋଇଯିବେ । ସ୍ତ୍ରୀ ଯନ୍ତ୍ରଚାଳିତପରି ଲମ୍ଫ ଦେବାକୁ ପ୍ରସ୍ତୁତ ହେଲା । କିନ୍ତୁ ଜଳର ଭୀଷଣ ଆକାର ଦେଖି ସଙ୍କୁଚିତ ହୋଇ ଉଠିଲା । ଧୀବରର ବିଳମ୍ବ ସହ୍ୟ ହେବ କିପରି ? ନୌକା ଏକାବେଳେକେ ବୁଡ଼ିବା ଉପରେ । ସାମାନ୍ୟ ବିଳମ୍ବରେ ଦୁହେଁ ନୌକାସହ ଆବର୍ତ୍ତରେ ପଡ଼ିଯିବେ, ଆଉ ରକ୍ଷାନାହିଁ । ସେ ସ୍ତ୍ରୀର ପଶ୍ଚାଦରୁ ଧକ୍‌କା ଦେଇ ନିଜେ ସଙ୍ଗେ ସଙ୍ଗେ ଲମ୍ଫ ପ୍ରଦାନ କଲା । ଅର୍ଦ୍ଧମଗ୍ନା ବାଳିକାକୁ ଧରି ଧୀବର କହିଲା, "ଭୟ କଣ ? ମୁଁ ପହଁରି ପହଁରି ଏଇଲାଗେ କୂଳରେ ପହଞ୍ଚାଇ ଦେବି ।" ଭୀରୁ ଧୀବର ପତ୍ନୀ ସ୍ୱାମୀର ଅଙ୍ଗକୁ ଦୁଇ ବାହୁରେ କୁଣ୍ଢେଇ ଧରିଲା । ଲହରୀ ପରେ ଲହରୀ ଆସି ଧୀବରର ମୁଖରେ ଭେଟିଲା । ପୃଷ୍ଠଦେଶରେ ତାର ସ୍ତ୍ରୀ ହତଜ୍ଞାନ ପ୍ରାୟ ଲାଖିରହିଲା । ଏହାର ମଧ୍ୟରେ ଧୀବରଟି ଦୁରନ୍ତ ଉଦ୍ୟମ କରିବାକୁ ଲାଗିଲା । ସ୍ତ୍ରୀ କିନ୍ତୁ କିଛି ଜାଣିପାରିଲା ନାହିଁ ।

କିଛି ସମୟ ପରେ ସ୍ୱାମୀର କଠିଣ ମାଂସପେଶୀ ସବୁ ତାର ବାହୁ ବନ୍ଧନ ମଧ୍ୟରେ ଫୁଲି ଉଠୁଥିବାର ବାଳିକା ଅନୁଭବ କଲା। ପର ମୁହୂର୍ତ୍ତରେ ଜଳ ମଧ୍ୟରୁ ଅର୍ଦ୍ଧସ୍ପଷ୍ଟ ସ୍ୱରରେ ସ୍ୱାମୀ ତାର ଗର୍ଜ୍ଜି ଉଠିଲା "ଛାଡ଼୍, ତୋ ସାଙ୍ଗେ ମତେ ବି ମାରିବୁ ?" ଭୟଚକିତା ବାଳିକା ତତ୍‌କ୍ଷଣାତ୍ ନିଜର ବାହୁ ବନ୍ଧନରୁ ସ୍ୱାମୀକୁ ମୁକ୍ତି ଦେଲା।

ଧୀବର ଭାସିଉଠିଲା—ଯେପରି ଶୁଖିଲା ଶୋଲ ! କି ଉଶ୍ୱାସ ! ସେ ଆଖି ଖୋଲି ଦେଖିଲା। ସବୁଆଡ଼େ କେବଳ ପାଗଳ ତରଙ୍ଗ ଜଳରାଶିର ନୃତ୍ୟ ! ହଠାତ୍ ତାର ମନେ ପଡ଼ିଲା, ସ୍ତ୍ରୀ ତାର ପୃଷ୍ଠରେ ଥିଲା। କୁଆଡ଼େ ଗଲା ? ବାରିରାଶି ଉପରେ ସେ ନିଜର କାତର ଦୃଷ୍ଟି ପକେଇଲା। କେବଳ ଲହରୀ ଓ ପବନର ତାଣ୍ଡବନୃତ୍ୟ। ସେ ଚିତ୍କାର କରି ଉଠିଲା, "ତାରା, ତାରା।" ପବନ କେବଳ ହୁହୁ କରି ତାର କର୍ଣ୍ଣପାର୍ଶ୍ୱରେ କହିଗଲା। ସେ ଏ ପ୍ରଳୟର ବିଭୀଷିକା ମଧ୍ୟରେ ଏପାଖ ସେପାଖ ଖୋଜିବାକୁ ଲାଗିଲା। ସବୁ ଦିଗରୁ ତରଙ୍ଗରାଜି ତାର ସମ୍ମୁଖରେ ଠିଆହୋଇ କହିଲେ "ଖବରଦାର।"

ତାରାକୁ ଛାଡ଼ିଦେବାପାଇଁ ସେ ଜଳ ଭିତରୁ ଡାକି ଉଠିଥିଲା। ସେଇ ପଦକ କଥାରେ ଅଭିମାନିନୀ ସେହି କୋମଳ ବାହୁବନ୍ଧନ ଶିଥିଳ କରି କୁଆଡ଼େ ଉଭେଇ ଗଲା। ପ୍ରତି କଥାରେ ତ ସେ ଜିଦଧରି ବସେ। ତାର ଅନୁନୟ ଗର୍ଜନ ତର୍ଜନ ନ ମାନି ସେ ତାକୁ କେତେବାର ବିରକ୍ତ କରିଥିବ। ଆଜି ସେ ପଦେ କଥାରେ ଛାଡ଼ିଦେଇ ଚାଲିଗଲା, ତିଳେ ମାତ୍ର ଦ୍ୱିଧା ବୋଧ କଲାନାହିଁ ? ଯାହାର ଅଙ୍ଗ ସ୍ପର୍ଶରେ ତାର ପ୍ରତ୍ୟେକ ଲୋମକୂପ ବାଚାଳ ହୋଇଉଠୁଥିଲା, ସେ ଅଙ୍ଗଯଷ୍ଟି ପୁଣି ତାକୁ ଦୁର୍ବହ ବୋଧ ହେଲା। ସେ ଜଳ ମଧ୍ୟରେ ଆତ୍ମସମର୍ପଣ କରିବାକୁ ବସିଲା। କିନ୍ତୁ ତାକୁ ଆତ୍ମସମର୍ପଣ ଆସିଲା ନାହିଁ। ତାର ଦାନ ଜଳଦେବତା ଅଗ୍ରାହ୍ୟ କଲା। ତାର ଏଇ ଉତ୍କଟ ମାନସିକ ବୈରାଗ୍ୟ ସତ୍ତ୍ୱେ ବାହୁଦ୍ୱୟ ନିଶ୍ଚେଷ୍ଟ ରହିଲା ନାହିଁ। ତାହା ସ୍ୱତଃ ତତ୍ପର ରହି ମୁମୂର୍ଷୁ ପ୍ରାଣକୁ ତାର ବଞ୍ଚାଇ ରଖିଲା।

ଶ୍ୱେତ ପାଲ ଟାଣି ଶତଶତ ନୌକା ଗଙ୍ଗା ବକ୍ଷରେ ଭାସିଯାଏ—ଯେପରି ଗୋଟିଏ ଗୋଟିଏ ସୁବୃହତ୍ ପ୍ରଜାପତି। କେଉଁଟି କି ଅଭିପ୍ରାୟ ନେଇ ଚାଲିଥାଏ କିଏ କହିବ ? ତା' ଭିତରେ ପ୍ରତିଦିନ ଗୋଟାଏ କ୍ଷୁଦ୍ର ନୌକା ପାଲଟାଏ ଟାଣି ଭାସେ। ଉଦାସ ଲକ୍ଷହୀନ ତାର ଗତି। ଜୀବିକାର ପୀଡ଼ନ ଅଭାବରୁ ଯେପରି ତାହା ଅଚଞ୍ଚଳ ହୋଇ ପଡ଼ିଛି, ସବୁଦିନ ସେଥିରୁ ଗୋଟିଏ କରୁଣ ସଙ୍ଗୀତ ଧ୍ୱନି ଭାସିଆସେ, ମନେପଡ଼େ—

"ଏକାକୀ ନାଉରୀ ସଙ୍ଗୀତ ଶୋକେ
ନାବ ବାହୁଥାଏ ଲୋହିତାଲୋକେ।"

ଯୁଗବୀଣା, ୧୯୩୪

ଶିକାର

ସେ ଅଂଚଳରେ ଘିନୁଆର ନାମ ବିଖ୍ୟାତ—ଶିକାରୀ ହିସାବରେ। ସେ ବନ୍ଧୁକ ମାରି ଜାଣେ ନାହିଁ। ତା'ର ପ୍ରଧାନ ଅସ୍ତ୍ର ନିଜ ହାତ ତିଆରି ଧନୁଶର। ସେ ତୀର ମାରିଲାବେଳେ ଚିତ୍ ହୋଇପଡ଼େ। ବାଁ ପାଦଟି ଧନୁରେ ଲଗାଇ ଦେଇ କାନ ପର୍ଯ୍ୟନ୍ତ ତୀରଟି ଟାଣି ନେଇ ଛାଡ଼ିଦିଏ। ମାଇଲିଏ ଦୂରରୁ ତୀର ମାରି ସେ ଲାଖ ବିନ୍ଧିପାରେ। ଏଇ ଧନୁଶର ସାହାଯ୍ୟରେ ସେ ହରିଣ, ସମ୍ବର, ବାର୍‌ହା, ଭାଲୁ ମାରିଛି ଅଗଣନ, ଚିତାବାଘ ବି ମାରିଛି ଅନେକ। କିନ୍ତୁ ମହାବଳ ମାରିଛି ମୋଟେ ଦୁଇଟି। ମହାବଳ ମାରି ସେ ଡେପୁଟି କମିଶନରଙ୍କଠାରୁ ବେଶ୍ ପୁରସ୍କାର ପାଇଛି ମଧ୍ୟ।

ସେଦିନ ସକାଳୁ ସେ ଏକ ଅଦ୍ଭୁତ ଶିକାର ନେଇ ଡେପୁଟି କମିଶନରଙ୍କ ବଙ୍ଗଳା ପାଖରେ ହାଜର। ଗୋଟିଏ କାନ୍ଧରେ ତାର ଧନୁଟି ଝୁଲୁଛି। ହାତରେ ଦି' ତିନିଟି ତୀର, ଆର କାନ୍ଧରେ ଟାଙ୍ଗୀଟି ପଡ଼ିଛି। ଘିନୁଆକୁ ଏ ବେଶରେ ଦେଖି ଅର୍ଦ୍ଦଳୀ ପଚାରିଲା—

"କିରେ, ଆଜି କି ଶିକାର ଆଣିଚୁ ?" ଘିନୁଆ ସାଙ୍ଗେ ତା'ର ଭଲ ଜଣାଶୁଣା। ତା'ର ବକ୍‌ସିସର ଅଂଶୀଦାର ସେ କେତେଥର ହୋଇଛି। ଉତ୍ତରରେ ଘିନୁଆ ତାର ମଇଳା ଦାନ୍ତ ଦୁଇଧାଡ଼ି କେବଳ ଦେଖାଇଲା। ସେ ହସିଲା କି ଖେଙ୍କିଲା ଜାଣିବାର ଉପାୟ ନାହିଁ। ପ୍ରକୃତରେ ହସ ବୋଲି ଯାହାକୁ କୁହାଯାଏ ଘିନୁଆଠାରେ ତାହା କେହି କେବେ ଦେଖିନାହିଁ। ବେଳେବେଳେ ସେ ଏହିପରି ଦାନ୍ତ ଦେଖାଏ; ତାହା ହସ ନୁହେଁ କି କାନ୍ଦ ନୁହେଁ — କେବଳ ଦାନ୍ତ ଦେଖା। ଅର୍ଦ୍ଦଳୀ ପଚାରିଲା, "କି ବେ, କି ଶିକାର ଆଜି ଆଣିଚୁ ?"

ଘିନୁଆ ତାର ଗାମୁଛାରେ ବନ୍ଧା ହୋଇଥିବା ଗୋଟିଏ ପଦାର୍ଥକୁ ଦେଖାଇ କହିଲା ଯେ, ସେ ଆଜି ଏକ ମସ୍ତ ଜାନୁଆର ଶିକାର କରି ଆଣିଚି।

ଅର୍ଦ୍ଦଳୀ ପଚାରିଲା, "ବାଘ ?"

ଘିନୁଆ ମୁଣ୍ଡ ହଲାଇ ନାହିଁ ଜଣାଇଲା।

"ତେବେ କ'ଣ, ଚିତା... ଭାଲୁ... ବାରା ?"

ଘିନୁଆ କେବଳ ମୁଣ୍ଡ ହଲାଇଗଲା।

"ଆଉ ତେବେ କଣ ବେ ?"

ଗୋଳମାଳ ଶୁଣି ସାହେବ ବଙ୍ଗଳା ଭିତରୁ ବାହାରି ଆସିଲେ। ଘିନୁଆ ମୁଣ୍ଡିଆମାରି ପୁଣି ସାହେବଙ୍କୁ ସେହିପରି ଦାନ୍ତ ଦେଖାଇଲା। ସାହେବ ଶିକାରର ଚେହେରାଟା ଦେଖିବାକୁ ଔତ୍ସୁକ୍ୟ ପ୍ରକାଶ କରିବାରୁ ଘିନୁଆ ଗାମୁଛା ଭିତରୁ ବାହାରକରି ସାହେବଙ୍କ ପାଦ ତଳେ ଥୋଇଲା ଗୋଟାଏ ସଜ-କଟା ମଣିଷ ମୁଣ୍ଡ।

ସାହେବ ଚମକିଉଠି ପାହୁଣ୍ଡେ ଦି ପାହୁଣ୍ଡ ପଛେଇଗଲେ। ଘିନୁଆ ହାତ ବଢ଼ାଇ ମାଗିଲା, "ସାହେବ; ବକ୍‌ସିସ୍।" କିଛି କ୍ଷଣ ପରେ ମନକୁ ମନ ସଂଭାଳି ନେଇ ସାହେବ ଘିନୁଆକୁ ବକ୍‌ସିସ୍ ପାଇଁ ଅପେକ୍ଷା କରିବାକୁ ଇସାରା କଲେ ଓ ଭିତରକୁ ଯାଇ ଫୋନ୍‌ଦ୍ୱାରା ସଶସ୍ତ୍ର ପୋଲିସ ଫୌଜ ଡକାଇଲେ। ଏହା ବ୍ୟତୀତ ଘିନୁଆକୁ ଜବତ୍ କରିବାର ଉପାୟ ନାହିଁ। ଦେହରେ ତା'ର ଗୋଟାଏ ଅସୁରର ବଳ, ହାତରେ ପୁଣି ଧନୁଶର ଓ ଟାଙ୍ଗୀଟା ରହିଛି !

ଯେତେବେଳେ ହାତକଡ଼ି ଗୋଡ଼କଡ଼ି ପିନ୍ଧି ଘିନୁଆକୁ ହାଜତରେ ରହିବାକୁ ହେଲା, ସେ କିଛି ବୁଝିପାରିଲା ନାହିଁ। ତାକୁ ଏପରି ଭାବରେ ଅଟକାଇ ରଖିବାର ମତଲବ କଣ ? ସୁବିଧା ପାଇଲେ, ସେ କାହାରି କାହାରିକି ଏ ବିଷୟ ପଚାରେ। କିଏ କହେ ତା'ର ଫାଶୀ ହବ, କିଏ କହେ ସେ ଯିବ କଳାପାଣି। କାହିଁକି, ସେ ଏମିତି କି ଅପରାଧଟା କରିଛି କି ? କିଛି ବୁଝି ନ ପାରି ସେମାନଙ୍କ କଥାକୁ ସେ ବିଶ୍ୱାସ କରେନାହିଁ। ଶେଷରେ ଦିନେ ଡେପୁଟି କମିଶନର ଜେଲ ପରିଦର୍ଶନ କରିବାକୁ ଆସିଥିଲେ। ସେ ତାଙ୍କୁହିଁ ସବୁ ହାଲ୍ ପଚାରିଲା। ସେ କହିଲେ ଯେ, ପୂର୍ବରୁ ସେ ବାଘ, ଭାଲୁ ମାରୁଥିଲା ବୋଲି ସାଙ୍ଗେ ସାଙ୍ଗେ ବକ୍‌ସିସ୍ ପାଉଥିଲା। ଏବେ ମାରିଛି ମଣିଷ। ଏଥର କି ବକ୍‌ସିସ୍ ପାଇବୁ, ତାହା ପାଞ୍ଚଜଣ ତ ଫେର୍ ବୁଝି ବିଚାରି ଠିକ୍ କରିବେ। ଏହି କଥାଟା ହିଁ ଘିନୁଆ ମନକୁ ମାନିଲା।

ଯେଉଁଦିନ ତାର ବିଚାର ହେଲା, ଘିନୁଆ ମନେ ମନେ ଭାବିଲା ସେଦିନ ତାକୁ ବକ୍‌ସିସ୍ ମିଳିବ। ସେ ଉତ୍ସାହିତ ହୋଇ ଜଜ୍‌ଙ୍କ ଆଗେ ସବୁ ବିବରଣୀ କହିବାକୁ ଲାଗିଲା—ସେ ଯେ ଗୋବିନ୍ଦ ସରଦାରକୁ ହାଣିଲା, ସେଥିପାଇଁ ତାକୁ କମ୍ କଷ୍ଟ କରିବାକୁ ପଡ଼ିନାହିଁ। ଆଉ ଅନେକ ଲୋକ ତାକୁ ମାରିବାକୁ ଛକିଥିଲେ, କିନ୍ତୁ କେହି ପାରି ନ ଥିଲେ। ଗୋବିନ୍ଦ ସରଦାର ଯେ ସବୁବେଳେ ମଟର ଚଢ଼ି ଯିବା ଆସିବା

କରେ ! ସେ ତା'ର ଧନ ସଂପତ୍ତି କମେଇଛି ଅନ୍ୟ ସମସ୍ତଙ୍କୁ ଲୁଟିକରି; ବଡ଼ ସଇତାନ ଲୋକ ଥିଲା ସେ । କେତେଲୋକଙ୍କୁ ସେ ମାରିଛି, କେତେ ଲୋକଙ୍କୁ ଉଚ୍ଛନ୍ନ କରିଛି; କେତେ ସ୍ତ୍ରୀ ଲୋକଙ୍କର ଇଜ୍ଜତ ନେଇଚି, ତା'ର ଠିକଣା ନାହିଁ— ଘିନୁଆର ସବୁ ଜମିବାଡ଼ି ମଧ୍ୟ ସେହିପରି ସେ ନିଜର କରିଛି । ସେଦିନ ସନ୍ଧ୍ୟାରେ ଘିନୁଆର ସ୍ତ୍ରୀ ଉପରେ ଅତ୍ୟାଚାର କରିବାକୁ ବସିଥିଲା । ଏଡ଼େବଡ଼ ବହପ ! ଘିନୁଆକୁ ଦେଖି ମଟରରେ ପଳାଉଥିଲା । ଭାବିଥିଲା, ତା'ହାବୁଡ଼ରୁ ଖସି ଚାଲିଯିବ । ତା'ର ମଟର ଚକକୁ ତୀରମାରି ଘିନୁଆ ମଟରକୁ ଅଚଳ କରିଦେଲା । ତା ପରେ ଟାଙ୍ଗୀରେ ତାର ମୁଣ୍ଡଟା କାଟିନେଇ, ସିଧା ଦୌଡ଼ିଲା ରାତି ରାତି ବଣ ଜଙ୍ଗଲ ଭିତର ଦେଇ ତିରିଶ ମାଇଲ ରାସ୍ତା ଏକା ନିଶ୍ୱାସକେ ଦୌଡ଼ି ସେ ଡେପୁଟି କମିଶନରଙ୍କ ବଙ୍ଗଳା ପାଖରେ ହାଜର ହେଲା ।

ଗୋବିନ୍ଦ ସରଦାର ସାମାନ୍ୟ ଲୋକ ନୁହେଁ । ହାତରେ ତା'ର ଥାଏ ସବୁବେଳେ ବନ୍ଧୁକ । ବାଘଭାଲୁଙ୍କ ଅପେକ୍ଷା ଲୋକେ ତାକୁ ବେଶି ଭୟ କରନ୍ତି । ବାଘଭାଲୁଙ୍କ ଅପେକ୍ଷା ସେ ଲୋକଙ୍କର କ୍ଷତି କରେ ଢେର ବେଶି, ତାକୁ ମାରିବାପାଇଁ ଘିନୁଆ କମ୍ ସାହସ ଓ ବିଚକ୍ଷଣତା ଖର୍ଚ୍ଚ କରିନାହିଁ ।

କିଛି ବର୍ଷ ତଳେ ମେଳିଆ ଝପଟସିଂହ ମୁଣ୍ଡ କାଟିଥିବାରୁ ସାହେବ ଡୋରାକୁ ପାଁଶ ଟଙ୍କା ବକ୍‌ସିସ୍ ଦେଇଥିଲା । ଝପଟସିଂ ତ ଏକରକମ ଭଲଲୋକ ଥିଲା । ସେ ସ୍ତ୍ରୀ ଲୋକଙ୍କ ଇଜ୍ଜତ ନେଇନାହିଁ କି କାହାରି ଜମିବାଡ଼ି ଦଖଲ କରିନାହିଁ । ସେ କେବଳ ଖଜଣାଖାନା ଲୁଟ କରିଥିଲା । ଆଉ କେତେଜଣ ସିପାହୀଙ୍କୁ ମାରିଥିଲା । ଗୋବିନ୍ଦ ସରଦାର କିନ୍ତୁ ବଡ଼ ଭୟଙ୍କର ଲୋକ । ତାକୁ ମାରିଥିବାରୁ ଘିନୁଆକୁ ଅଧିକ ବକ୍‌ସିସ୍ ମିଳିବା ଉଚିତ ।

ଘିନୁଆର ଯୁକ୍ତି ଶୁଣି ସମସ୍ତେ ହୋ ହୋ ହୋଇ ହସି ଉଠିଲେ । ଜଜ୍‌ସାହେବ ହସି ହସି କହିଲେ "ହଁ, ଉପଯୁକ୍ତ ବକ୍‌ସିସ୍ ଦିଆଯିବ ।" ସରକାରୀ ଓକିଲ କହିଲେ "ତତେ ଏଠାକୁ ଖାସ୍ ଅଣାଯାଇଛି ବକ୍‌ସିସ୍ ଦିଆଯିବା ଲାଗି !"

ଘିନୁଆ ଏହାକୁ ପରିହାସ ନ ମଣି, ସତ ବୋଲି ମନେ କଲା । କାରଣ ହସ କଉତୁକ, ଥଟ୍ଟା ପରିହାସ ସେ ଜାଣେନାହିଁ । ତାର ଯେ ନିତାନ୍ତ ରସଶୂନ୍ୟ ପ୍ରକୃତି !

ଶେଷରେ ରାୟ ଦିଆଗଲା ପ୍ରାଣଦଣ୍ଡ । ଘିନୁଆ ଏହାର କୌଣସି ଅର୍ଥ ବୁଝିଲାନାହିଁ । ପୁଣି ଜେଲ୍‌କୁ ଫେରାଇନେଲାବେଳେ ତାକୁ ବୁଝାଇ ଦିଆଗଲା ଯେ, ତାର ବକ୍‌ସିସ୍ ପାଇବାର ଦିନ ଆସୁଛି ।

ଘିନୁଆ ସେ ପର୍ଯ୍ୟନ୍ତ ବୁଝିଲା ନାହିଁ ଯେ ସେ ଜଣେ ଅପରାଧୀ ଓ ସେଥିଲାଗି ତାକୁ ପ୍ରାଣଦଣ୍ଡ ଆଦେଶ ହୋଇଛି। ଝପ୍‌ଟ୍‌ସିଂହକୁ ମାରିବା ଓ ଗୋବିନ୍ଦ ସର୍‌ଦାରକୁ ମାରିବା ଯେ ଏକାକଥା ନୁହେଁ, ତାହା ସେ ବୁଝିବ କାହୁଁ? ସେ ଜାଣିଲା ନାହିଁ ଯେ ଗୋଟିଏ ଗୌରବର ବିଷୟ, ଅନ୍ୟଟି ଦୋଷାବହ। ଆଇନ୍‌ର ସୂକ୍ଷ୍ମ ଜାଲ ଭିତରେ ପଶିବାକୁ ତାର ମୁଣ୍ଡ କାହୁଁ! ସେ ଯେ ବଣୁଆ ସାନ୍ତାଳ।

ମନେ ମନେ ଭାବେ ଡୋରା ପାଁଶ ଟଙ୍କା ପାଇଛି ଝପ୍‌ଟ୍‌ସିଂହକୁ ମାରି; ସେଥିରୁ ବେଶି ନହେଲେ ସେ କାହିଁକି ନେବ? ସବୁ ଫେରାଇଦେଇ କହିବ "କିଛି ନଦିଅ ପଛେ ସାହେବ, ଡୋରାଠାରୁ ବେଶି ପାଇବା ମୋର ହକ୍।"

ଜେଲ୍‌ର ଅନ୍ଧାରିଆ ନିର୍ଜନ ଗୁମ୍ଫାରେ ରହି ସେ କେତେ କଣ ଭାବେ। କଥାବାର୍ତ୍ତା କହିବାକୁ ସେ କାହାରିକି ଦେଖେନାହିଁ; କଥାବାର୍ତ୍ତା କରିବାକୁ ବି ତାର ଆଗ୍ରହ ନଥାଏ। କେବଳ ବକ୍‌ସିସ୍ ପାଇ ଘରକୁ ଫେରିବାକୁ ତା'ର ମନ ଛଟପଟ ହେଉଥାଏ।

ଶେଷରେ ତାର ଫାଶୀର ଦିନ ଆସିଲା। ତାକୁ ପଚରାଗଲା, ତାର ଶେଷରେ କଣ ଦରକାର। ସେ କହିଲା "ମୋର ବକ୍‌ସିସ୍।"

"ଆଚ୍ଛା ବକ୍‌ସିସ୍ ପାଇବୁ ଆ" କହି ତାକୁ ନେଇଗଲେ। ମୁଣ୍ଡରେ ତାର ଗୋଟିଏ କଳାକନାର ଖୋଳ ପିନ୍ଧାଇ ଦିଆଗଲା। ଘିନୁଆ ମନେ ମନେ ବିଚାରିଲା ଆଖିରେ ଅନ୍ଧ ପୁଟୁଳି ଦେଇ ହାତରେ ତାର ସୁନା ରୂପା ଢାଳିଦିଆଯିବ। ସରକାର ଘରର କେତେ ଫାନ୍ଦ ଫିକର, କାଇଦା କଟକଣା ଅଛି। ଖାଲି ସେମିତି କଣ ବକ୍‌ସିସ୍ ଦିଆଯାଏ? ସେ ଘରକୁ ଫେରି ସବୁ ସ୍ତ୍ରୀକୁ ଦେଖାଇବ। କି ଖୁସି ହବ ସ୍ତ୍ରୀ ତାର ସେସବୁ ଦେଖି! ଭଲ ଘରଦ୍ୱାର କରି, ଜମିବାଡ଼ି ଚଷି ସେ ସୁଖରେ ରହିବ। ଆଉ ଗୋବିନ୍ଦ ସରଦାର ନାହିଁ ଯେ ସବୁ ଲୁଟିକରି ନେବ।

ହଠାତ୍ କଣ ଗୋଟାଏ ଆସି ତା ବେକରେ ବାଜିଲା।

■

ଆଧୁନିକ, ୦୧/୦୧, ମେ, ୧୯୩୬

ହାତୁଡ଼ି ଓ ଦା

ସହରର ରାସ୍ତାଘାଟରେ ଆଲୁଅ ଜଳିଉଠୁଥିଲା। କୁଲିମାନଙ୍କର ବସାର ଅନ୍ଧାରିଆ କୋଣରେ ବାଜିଉଠିଲା ଖଞ୍ଜଣି; ତାହା ସଙ୍ଗେ ସଙ୍ଗେ ଗୀତ—

ମନ ପରମ ଦୁହିଙ୍କର ବିଚାର
ଚାଲ ଏ ଘରୁ ହୋଇଯିବା ବାହାର
ଆସିଲେଣି ଖଣ୍ଟ ତାଡ଼ିନେବେ କବାଟ
ଛାତିରେ ଲଦିଦେବେ ପଥରରେ ପଥର;
ଚାଲ ଏଘରୁ ହୋଇଯିବା ବାହାର।

ଦିନମାନ ଜାହାଜରୁ ମାଲ ଖଲାସ କରି ସନ୍ଧ୍ୟାରେ ସମସ୍ତେ ଆସି ବସାରେ ଠୁଳ ହୋଇଥିଲେ। ଦିନର ଶ୍ରମଶିଥିଳ ଦେହ ମନକୁ ଟିକିଏ ସତେଜ କରିବା ଲାଗି ଖଞ୍ଜଣୀ ଗୀତ ଓ ସାଙ୍ଗେ ସାଙ୍ଗେ ଚିଲମ ନେଇ ସମସ୍ତେ ବସିଯାଇଥିଲେ ସେଇ ଗୋଟିଏ ସନ୍ତସନ୍ତିଆ ବଖରା ଭିତରେ ଚାଳିଶ ଜଣ। ମଶା-ଛାରପୋକଙ୍କ ଭିତରେ ରାତିଟି କଟାନ୍ତି। ସକାଳ ହେଲେ କାମ ଉପରକୁ ବାହାରନ୍ତି। ବିଶ୍ରାମବେଳେ ତାଙ୍କର ରକ୍ତ ପିଇ ମୋଟା ହୁଅନ୍ତି ମଶା, ଛାରପୋକ; କାମବେଳେ ବ୍ୟବସାୟୀ ମାଲିକ।

ଦୁଆର ପାଖରେ ଶୁଣାଗଲା, "ମଣିଭାଇ, ଅଛୁ କି ହୋ, ମଣିଭାଇ" ମଣି ପଧାନ ଅନ୍ୟ ହାତକୁ ଚିଲମଟା ବଢ଼ାଇ ଦେଇ ଉଠିଆସିଲା—"କିଏ ? ଆରେ ରାଧୁ ! କୋଉ ଦିନ ଆଇଲୁ ମ।"

"କାଲି, ନିଅ, ନିଅ ତମ ଚିଠି ସବୁ।"

ଖଞ୍ଜଣୀ ଆଡ୍‌ଡ଼ା ଭାଙ୍ଗିଗଲା। ସମସ୍ତେ ରାଧୁ ଚାରିପାଖେ ଘେରିଲେ ଗାଁ ଗଣ୍ଡା, ଘରଦ୍ୱାର ହାଲ ଶୁଣିବାଲାଗି। ରାଧୁଠାରୁ ଖବର ଜାଣିବାଲାଗି ଯେ ସବୁଠାରୁ ବେଶି ବ୍ୟାକୁଳ ସେ ସମସ୍ତଙ୍କ ପଛରେ ଦୋଷୀପରି ଠିଆହୋଇ ରହିଲା। କଅଣ ଘଟିଛି, କଣ ନାହିଁ— ପଚାରିବାକୁ ସୁଦାମ ଜେନାର ସାହସ ପାଇଲା ନାହିଁ।

ଦୁଇବର୍ଷ ହେଲା ସେ ଘର ଛାଡ଼ି ଆସିଛି। ବର୍ଷେଯାଏ ଖବର ଅନ୍ତର ଦିଆନିଆ ଚାଲିଥିଲା। ବର୍ଷେହେଲା ସବୁ ବନ୍ଦ। ଖାଲି ଘରେ ଯୌବନର ଭାର ଯମୁନା ଉପରେ ଲଦି ଦେଇ ସେ ଚାଲିଆସିଛି। ରାଧୁ ଗାଁରୁ ଫେରିଛି। କି ଖବର ସେ ତା' ପାଇଁ ଆଣିଛି। ଭଲ ନାଁ ମନ୍ଦ। ଭଲ ଖବର ବା କଅଣ ଆଣିଥିବ? ବର୍ଷେହେଲା ସେ କିଛି ଖବର ପାଇନାହିଁ କି ଦେଇନାହିଁ। ଟଙ୍କାଏ ମଶାଏ ବି ପଠାଇ ନାହିଁ। କେମିତି ବା ପଠାନ୍ତା! ଯାହା କିଛି ବଳିଥାନ୍ତା, ବେମାର ପଡ଼ି ତ ସବୁ କୁଆଡ଼େ ଗଲା। କି ଅଶୁଭ ଖବର ରାଧୁ ତା ଲାଗି ଆଣିଛି? ସେ କଣ ସେ ଲାଖି ତିଆରି ହୋଇନାହିଁ? ହେଲେ ବି ଦୋଷୀପରି ତା ଛାତି ଦପ୍ ଦପ୍ କରିଉଠିଲା। ସେ ଯେତେମତେ ନିଜର ପକ୍ଷ ସମର୍ଥନ କଲା, ତାର ସବୁ ଜବାବ ଯମୁନାର ଅଭିଯୋଗ ସାମନାରେ ଅର୍ଥହୀନ ବୋଧହେଲା। କି ନିର୍ମମ ସମ୍ବାଦ ଯମୁନା ତା ପାଖକୁ ପଠାଇଛି, ଶୁଣିବା ଲାଗି ସମସ୍ତଙ୍କ ପଛରେ ସେ ସଙ୍କୁଚିତ ହୋଇ ବସିରହିଲା। ସେ ନିଦାରୁଣ ସମ୍ବାଦକୁ ମୁହାଁମୁହିଁ ଭେଟିବାକୁ ତାର ଅନ୍ତର କୁଣ୍ଠିତ ହୋଇଉଠିଲା।

ରାଧୁ କହିଲା, "ଭାଇ, ଏ ବର୍ଷ ଯେଉଁ ବଢ଼ି, ବିଲକୁ ଆଉ ଦା ଯିବନାହିଁ। ଚଷାର ମୂର୍ଚ୍ଛନା ଫାଟିଯାଉଛି ବିଲକୁ ଦେଖିଲେ। କେତେ ଯେ ଏ ସାଲ ବିଦେଶକୁ ଆସୁଛନ୍ତି—ଗାଁ ଗଣ୍ଡା ତ ସବୁ ଶୂନ୍ ପଡ଼ଯିବ ଏକାବେଳେ। ନ ହେଲେ କରିବେ ଆଉ କଅଣ? କିଛି ନ ହେଉ ପଛେ, ଜମିଦାରକୁ ତ ଖଜଣା ମୁଠାକ ଗଣିବେ ଆଗ?"

ସୁଦାମ ମନେ ମନେ ଭାବିଲା, ଏଇ ଜମିଦାରର ଖଜଣା ଲାଗି ସେ ଘରଦ୍ୱାର ଜମିବାଡ଼ି ଛାଡ଼ି ଆଜି କଲିକତାରେ ମଜୁରିଆ। ସେ ଯମୁନାକୁ ଛାଡ଼ିଆସିଛି। ସବୁ ମାୟା-ମମତା କାଟି ଏଇ ଅନ୍ଧାରିଆ ଘରର ଗୋଟିଏ କୋଣକୁ କରିଛି ନିଜର ଘର। ଜମିଦାରର ପୁଅ ଯେଉଁଦିନ ତାକୁ ଖଜଣା ପାଇଁ ତଲବ କଲା, ଘଟଣାଟି ମନେ ପଡ଼ିବାମାତ୍ରେ ତାର ମାଂସପେଶୀସବୁ କଠିନତର ହୋଇଉଠିଲା—ଯେମିତି ସେ କାହାକୁ ଆଘାତ କରିବାକୁ ତିଆରି ହେଉଛି। ଜମିଦାର ପୁଅ ନାନା ପ୍ରକାର ଗାଳିଗୁଲଜ କରି କହିଲା—"ଖଜଣା ଦେଇ ନ ପାରିବୁ ତ ତୋ ଭାରିଜାକୁ ଦେ।" କଅଣ ଗୋଟାଏ କରିପକାଇବ ବୋଲି ସୁଦାମ ଯାଉଥିଲା। ତା'ର ଠେଙ୍ଗାଟି ଉପରେ ହାତ ମୁଠା ଶକ୍ତ ହୋଇଉଠିଲା, କିନ୍ତୁ ଦେଖିଲା—ହାକିମ ପୁଲିସ୍, ଆଇନକାନୁନ୍, ଅସ୍ତ୍ରଶସ୍ତ୍ର ଓ ଧର୍ମଶାସ୍ତ୍ର ସବୁ ଯେ ଜଗି ରହିଛନ୍ତି—ଜମିଦାରର ମାନସମ୍ମାନ, ଧନ ଜୀବନରେ, କୌଣସି ରକମ ହସ୍ତକ୍ଷେପ ଯେପରି ନ ହୁଏ। ଜମିଦାର ଯା ଇଚ୍ଛା ତା କରିପାରେ, ତା'ର ପ୍ରତିଶୋଧ କରିବାକୁ ଗଲେ ପୁଲିସର ଅଛି ବେତ, ଜେଲଖାନାର ହାତକଡ଼ି ନ ହେଲେ

କଳାପାଣି, ଫାଶିକାଠ ! ଜମିଦାରର ଏଇ ଯଥେଚ୍ଛାଚାରିତା କିପରି ନିର୍ବିଘ୍ନରେ ଚଳିବ, ଆଇନକାନୁନ ତିଆରି ହେଉଛି ସେଇଥିଲାଗି, ଥାନା କଚେରି ବସିଛି ତାହାରି ପାଇଁ। ସୁଦାମର ରକ୍ତ ପୁଣି ଶୀତଳ ହୋଇଆସିଲା।

ସେହିଠାରୁ ସୁଦାମ ସିଧା ଚାଲିଲା ଦିନୁ ସାହୁ ମହାଜନ ପାଖକୁ। ଏ ଲୋକଟା ଜମିଦାରଠାରୁ ଆହୁରି ଭୟଙ୍କର। ଜମିଦାର ତ ଧନୀ; କିନ୍ତୁ ଏ ଲୋକଟା ଧନୀ ହେବାପାଇଁ ଖାସ ଲାଗିପଡ଼ିଚି। ତାହାର ଲୋଭର ମାପଖାପ ନାହିଁ। ଜମିବାଡ଼ି, ଘରଦ୍ୱାର ସବୁବନ୍ଧା ଦେଇ ତା'ଠାରୁ କରଜ ଆଣିଲା। ଜମିଦାରର କରଜ ପୈଠ କଲା। ଜମିଦାରକୁ ସିନା କରଜ କରି ଖଞ୍ଜଣା ଗଣିଲା, ମହାଜନ ହାତରୁ ଜମି ଦିଖଣ୍ଡ ମୁକୁଳେଇବ କେମିତି ? କଲିକତା ଯିବ, ମାସ ଚାରିଟାରେ ସବୁ ଶୁଝିଦେବ, ସୁଦାମ ବ୍ୟସ୍ତ କଲା। ଯମୁନା ଏଥିରେ ହଁ ନ ଭରି କ'ଣ ଆଉ କରିବ ? କିନ୍ତୁ ସୁଦାମ ଯେତେବେଳେ ଗଣ୍ଠିରାଟି କାନ୍ଧରେ ପକାଇ ବାହାରିଲା, ଯମୁନା ଆଖିରେ ଦେଖିଲା ଲୁହର ଜୁଆର। ଦେଖିଲା ଏ ଛଳ ନୁହେଁ, ଅଭିମାନ ନୁହେଁ, ଖାଲି ଜଳ, ସ୍ୱଚ୍ଛ, ନିର୍ମଳ। ଦୁଃଖ-ଦୁର୍ଦ୍ଦଶାର ଆଘାତ ସେତେବେଳେ ଦୁହିଁଙ୍କୁ ପରସ୍ପରର ନିକଟତର କରି ଦେଇଥିଲା। ଏଇ ଛାଡ଼ିଆସିବା ମୁହୂର୍ତ୍ତଟିରେ ହିଁ ସେ ଯମୁନାକୁ ସବୁଠାରୁ ଆପଣାର କରି ପାଇଥିଲା। ସୁଦାମର ଆଖିପତା ଓଦା ହୋଇଆସିଲା।

ରାଧୁ ଯେଉଁମାନଙ୍କର ଚିଠି ଆଣିଥିଲା, ସମସ୍ତଙ୍କୁ ଦେଲା। ସୁଦାମ ପାଇଁ କଅଣ ଚିଠିପତ୍ର କିଛି ନାହିଁ ? ଶେଷରେ ରାଧୁ ପଚାରି ଉଠିଲା- "ସୁଦାମ ଭାଇ, କଅଣ ନାହିଁ କି ?" ସୁଦାମ ପଛରୁ ମୁହଁଟେକି ଚାହିଁଲା। ଛାତି ତାର ଦପ୍ ଦପ୍ ହୋଇ ଉଠିଲା। କି ବଜ୍ର ତା ଉପରେ ଆସି ପଡ଼ିବ ? ରାଧୁ କହିଲା, "ଆରେ ଭାଇ, ଯମୁନା ପାଖକୁ ଚିଠି ନାହିଁ କି ଟଙ୍କା ନାହିଁ। ସେ ବିଚାରି ଚଳେ କେମିତି ଭଲା ? ବିଚାରି ଦୁଃଖଧନ୍ଦା କରି ଖୁବ୍ ଚଳିଲା। ଆଉ ବି ଯାହା ଚଳିଥାନ୍ତା, ଜମିଦାର ଟୋକାର ଯଉ ଦାଉ ! ଟୋକାର ପୁଣି କି ହସ, କି ଚାହାଣୀ। ମନକୁ ତାର ଲଙ୍ଗଳ ଦଉଡ଼ି ପାଇବ ନାହିଁ। ଗାଁ ଗଣ୍ଡାରେ ବୋହୂ ଭୁଆସୁଣୀ ଆଉ ପଦାକୁ ବାହାରୁନାହାନ୍ତି। ପୋଖରୀ ଘାଟ ତ ବନ୍ଦ.....ଯମୁନା କେତେଦିନ ହେଲା କାହାସାଙ୍ଗେ ପଳାଇଯାଇଛି। ମାଇପି ଲୋକ କାହାଁତକ ସମ୍ଭାଳିବ। ଦିନୁ ସାହୁ ତ ଏବେ ଜମିବାଡ଼ି ସବୁ ନିଲାମ ନେଲାଣି।" ସୁଦାମ ଜଡ଼ପରି ସବୁ ଶୁଣିଲା। ଚାଷବସ୍ଥୁ ଘରକରଣାକୁ ପୁଣି ଥରେ ଭଲକରି ଫେରିପାଇବା ଲାଗି ତ ତାକୁ ସେ ସବୁ ଛାଡ଼ିବାକୁ ହୋଇଥିଲା। ସେଥିପାଇଁ ତ ସେ ପ୍ରାଣ ପ୍ରାୟଶ୍ଚିତ୍ତ ହୋଇ ଲାଗିଥିଲା। ତାର ଜମିବାଡ଼ି କିଏ ନେଲା ? ତାର ଘରଦ୍ୱାର କିଏ ଭାଙ୍ଗିଲା ? କିଏ ତାଠାରୁ ଯମୁନାକୁ ଚିରଦିନ ଲାଗି ଅଲଗା କରିଦେଲା ? କିଏ ତାକୁ ଏପରି ନିଃସ୍ୱ, ଗୃହହୀନ, ସର୍ବହରା

କଲା ? ମହାଜନ, ଜମିଦାର ନା ଯେଉଁ ମାଲିକ ପାଖରେ ଏବେ ସେ କାମ କରୁଚି ? ସମସ୍ତେ, ଏ ସମଗ୍ର ସାମାଜିକ ବ୍ୟବସ୍ଥା। ସୁଦାମର ହାତମୁଠା ଶକ୍ତ ହୋଇଆସିଲା। ତାର ଦେହ ମନର ସମସ୍ତ ବିଦ୍ରୋହ ଭାବ ଏହି ହାତମୁଠାରେ ଯେମିତି ଠୁଳ ହୋଇଥିଲା। ଯମୁନା ତେବେ ଆଉ ନାହିଁ ! ସୁଦାମ ଗୋଟିଏ ଦୀର୍ଘଶ୍ୱାସ ପକାଇଲା। ସବୁ ସ୍ନେହ, ଶ୍ରଦ୍ଧା ଏଇ କେତେଟା ଦିନ ଭିତରେ ଭୁଲିଗଲା। ବିଦାୟ ବେଳର ସେଇ ଛଳଛଳ ଜଳଭରା ଆଖି ଦିଓଟି ଯମୁନାର ତା ଆଗରେ ଦେଖାଦେଲା। ସେଇ ଯମୁନା, ସେ ଆଉ କାହା ସାଙ୍ଗେ ପଳାଇ ଯାଇଛି ! ସୁଦାମ ବିଶ୍ୱାସ କରିପାରିଲା ନାହିଁ। ଅସମ୍ଭବ ବା କଣ ? ସେ ନିଜେ ବା କୋଉ ନିରୋଗ ହୋଇ ରହିପାରିଛି। ନିଜେ ତ ଆସିବାର ମାସ ଦୁଇଟା ଯାଇଛି କି ନାହିଁ, ଏବେ ରୋଗ ନେଇ ବସିଛି। ଲଜ୍ଜାକର ଭାବନାଗୁଡ଼ିକୁ ମନରେ ଜାଗା ନ ଦେବା ଲାଗି ସେ ଗୋଟାଏ ନିଶ୍ୱାସ ମାରି ହଠାତ୍ ପ୍ରକାଶ୍ୟରେ କହିଉଠିଲା, "ଆରେ ଭାଇ, ଆମପାଇଁ କଣ ଦାରିଘର ନାହିଁ।"

ଶାମା କହିଲା, "କଣ ଆଜି ଯିବା ? ହପ୍ତା ତ ଆଜି ମିଳିଛି।" ସେ ସବୁବେଳେ ଖାଲି ଏଇ ସୁଯୋଗ ଖୋଜୁଥାଏ।

ସୁଦାମ ଭାବିଲା—ମୂଲିଆ ମଣିଷର ପୁଣି ଘରଦ୍ୱାର ପିଲା ମାଇପ ! ଥିଲାବାଲାଙ୍କର ସିନା ସବୁ ସଉକ। ମୂଲିଆ ମଜୁରିଆର ଯେ ଖାଲି ପେଟଚିନ୍ତା। ତାର ପୁଣି ଗୋଟାଏ ସଉକ କଅଣ, ପ୍ରିୟାପ୍ରୀତି କଣ ? ଜମିଦାର ଖଜଣା ଆଦାୟ କରେ ତା ସଉକ ରଖିବା ପାଇଁ, ମହାଜନ ସୁଧ ନିଏ, ବ୍ୟବସାୟୀ ଲାଭ ପାଏ ସେଇଥିଲାଗି। ଖାଲି ଖଟି ଖଟି ଉଚ୍ଛନ୍ନ ହୁଏ ଚଷା ଆଉ ମଜୁରିଆ। ତାକୁ ସବୁ ତ୍ୟକ୍ତ କରିଦେବାକୁ ହୁଏ, ଏହିମାନଙ୍କ ସୁଖ ସଉକ ଲାଗି। ମୂଲିଆ ମଜୁରିଆର କଅଣ ତେବେ ପ୍ରେମ ସୁଆଗ ହେଇ କିଛି ନାହିଁ।

ସୁଦାମ ଆଚ୍ଛାକରି ଦୁଇଥର ଚିଲମ ଟାଣିନେଲା। କିଛି ସମୟ ପରେ ଦୁଇଚାରିଜଣ ସଜବାଜ ହୋଇ ବାହାରିପଡ଼ିଲେ। ସୁଦାମ ଅନ୍ୟମାନଙ୍କ ସଙ୍ଗେ ଯନ୍ତ୍ରଚାଳିତ ପରି ଚାଲିଥାଏ। ଶାମା ଏମାନଙ୍କ ଭିତରେ ଓସ୍ତାଦ୍। ସେ ସାଥିମାନଙ୍କୁ ରାସ୍ତା ଉପରେ ଠିଆ କରାଇ ଦେଇ ପ୍ରଥମେ ଗୋଟିଏ ଘରେ ପଶିଲା। ଅଳ୍ପ ସମୟ ପରେ ବାହାରି ଆସି କହିଲା, "ଭାଇ, ଏକଦମ ତାଜାମାଲ, ଟିକିଏ ଚଢ଼ାଦର ଏକା, ଅଣ୍ଟାରେ ଧନ ଅଛି ତ ଆସ।" ଅନ୍ୟମାନଙ୍କ ସଙ୍ଗେ ସୁଦାମ ଭିତରକୁ ଚାଲିଲା। କିନ୍ତୁ ଆଜି ସେ ଚମକି ଉଠିଲା କାହିଁକି ? ସେତ କିଛି ନୂଆ ହୋଇ ଏମିତି ଜାଗାକୁ ଆସୁନାହିଁ। ସେ ଦେଖିଲା ଶାମା ଯାହା କାନ୍ଧରେ ହାତପକାଇ ହସଖୁସି ହୋଇ ଆସୁଛି, ସେ ଆଉ କେହିନୁହେଁ, ସେ ଯମୁନା !

ତାରି ପାଖକୁ ଆଜି ଏମାନଙ୍କ ସାଙ୍ଗେ ସେ ସଜ ହୋଇ ଆସିଛି !

■

ଆଧୁନିକ, ୦୧/୦୬, ଅକ୍ଟୋବର ୧୯୩୬

ଦୋକାନଦାର

ତାର ଦୋକାନ ବନ୍ଦ ଥାଏ ମାସରେ ପଚିଶ ଦିନ। ସେ ଦିନ ବି ବନ୍ଦ ଥିଲା। ଆଶ୍ଚର୍ଯ୍ୟ ବା କ'ଣ ? ଏପରି ତ କେତେ ଦୋକାନର ଦୁଆରେ ତାଲା ବନ୍ଦ ଥିବ। ତା'ପ୍ରତି କିଏ ନଜର ଦିଏ ? କିନ୍ତୁ ଏ ଯେଉଁ ଦୋକାନଟି ବନ୍ଦ ଥାଏ, ସେଥିଲାଗି ଗରାକମାନଙ୍କୁ ଅସୁବିଧା ଭୋଗ କରିବାକୁ ହୁଏ ବିସ୍ତର [୧]। ଏ ଦୋକାନର ଗରାକ ସଂଖ୍ୟା ଅଳ୍ପ ହେଲେ ବି, ସେମାନଙ୍କର ଗରଜ ବେଶି; ଏବଂ ଏ ଧରଣର ଦୋକାନ କଟକ ସହରରେ ଅଳ୍ପ।

ସେହି ସନ୍ଧ୍ୟାରେ ତିନି ଜଣ ଗରାକ ସେ ଦୋକାନରୁ ଫେରିଲେ। ସେଥିଭିତରୁ ଜଣେ କଲେଜ ଛାତ୍ର ସାଇକେଲ୍ ସିଟ୍ ଉପରେ ଚମଡ଼ା ପକାଇବା ଲାଗି ଦେଇଥିଲେ; ଅନ୍ୟ ଜଣେ ପୁଲିଶ୍ ସାହେବଙ୍କ ଚପରାସି—ସାହେବଙ୍କ ଘୋଡ଼ା ସାଜ ମରାମତି କରିବାକୁ ଦେଇ ଯାଇଥିଲା; ଅନ୍ୟ ଜଣକ ମଟର ମରାମତିବାଲା ମଟର ଗଦିରେ ତାର ଯୋଡ଼ିବାକୁ ଦେଇଥିଲା। ଏ ସମସ୍ତେ ପାଁଚ ଦଶ ଥର ଲେଖାଏଁ ଫେରିଲେଣି।

ଅନ୍ୟ ଦି' ଜଣଙ୍କୁ ବିରକ୍ତ ହେବାର ଦେଖି ମଟର ମରାମତିବାଲା କହିଲା, "ବିରକ୍ତ ହେଲେ ଆଉ ହବ କ'ଣ ? ଏ ଲୋକଟାର ତ ଏଇ ଦସ୍ତୁର।"

କଲେଜ ବାବୁ କହିଲେ, "ଆଚ୍ଛା ଲୋକ। ଦେଢ଼ ମାସ ହବ ମତେ ଦଉଡ଼େଇଲଣି। କହି ପାରିବ ୟା' ଘରଟା କୋଉ ବଜାରରେ ? ସେଠାରେ ହେଲେ ଖୋଜି ଦେଖେଁ।"

ମଟର ମରାମତିବାଲା କହିଲା, "ବାବୁ, ତା'ର ଯଦି ଘରଦ୍ୱାର ଥାନ୍ତା, ତେବେ ଏତେ ଥର ଲୋକ ଦୋକାନରୁ ଲେଉଟନ୍ତେ କାହିଁକି ? ସେ ନିଜେ ପରା ଫୁଟାଣି ଦେଖାଇ କହେ— ତାର ବୈଠକଖାନା ଦୁଇ ଜାଗାରେ — ଗୋଟାଏ ମଦଖଟି ଆରଟି ଗୁଲିଖଟି; ହୋଟେଲରେ ହୁଏ ଖିଆପିଆ; ଆଉ ବାବୁ, ମନେ କିଛି ଭାବିବେ

---

(୧) ବିସ୍ତର - ବହୁତ

ନାହିଁ — ଶୁଆବସା ହୁଏ ବେଶ୍ୟା ଘରେ; ମଦ ଖାଇବାକୁ ପଇସା ନ ମିଳିଲା ତ କାମଦାମ କରାହୁଏ ଏଇ ଦୋକାନରେ।"

କଲେଜ ଛାତ୍ର କହିଲେ, "ଆଶ୍ଚର୍ଯ୍ୟ କଥା, ତମେ ଏ ସବୁ କଥା ଜାଣି ବି କେମିତି ଏ ଲୋକ ପାଖରେ କାମ ବରାଦ କରୁଛ ? ମୁଁ ଯଦି ଆଗରୁ ଏ ସବୁ ଜାଣିଥାନ୍ତି, ମୋର କାମ ନ ହେଲା ବରଂ ମୁଁ ଏମିତି ଲୋକ ପାଖରେ ବରାଦ କରି ନ ଥାନ୍ତି।"

— "ବୁଝିଲେନିକି ବାବୁ, ଲୋକଟାର ଏ ସବୁ ଦୁର୍ଗୁଣ ଭିତରେ ଗୁଣ ମଧ୍ୟ ଅଛି। କାମଟି ଜାଣେ ଭଲ। ଜର୍ମାନ ଯୁଦ୍ଧ ବେଳେ ସେ ବେଲ୍‌ଜିଅମ୍‌ରେ Hall and Parkinsରେ କାମ କରୁଥିଲା। ଏ କମ୍ପାନି ଯୁଦ୍ଧର ସବୁ ଘୋଡ଼ାସାଜ ମରାମତି କରିବାର ଭାର ନେଇଥିଲା। ଯୁଦ୍ଧ ପରେ ନାନା ଜାଗାରେ କାମ କରି ଶେଷରେ ଆସି କଲିକତାରେ କାମ କରୁଥିଲା, ବଡ଼ ସାହେବ କମ୍ପାନିରେ। ଏଇ ସବୁ ବଦ୍ ଅଭ୍ୟାସ ଯୋଗେ ବର୍ଷେ ହେଲା ସେଠାରୁ ବାହାରି ଆସିଚି।"

ଲୋକଟା ଉପରେ କଲେଜ ବାବୁଙ୍କର ମନ ଏପରି ବିଗିଡ଼ି ଯାଇଥିଲା ଯେ ଏ ସବୁ ଶୁଣି ସେ ଆଦୌ ବିସ୍ମୟ ପ୍ରକାଶ ନ କରି କହିଲେ, "ଏତେ ବଡ଼ ବଡ଼ କମ୍ପାନିରେ କାମ କରି ବି ଲୋକଟାକୁ ବ୍ୟବସାୟର ସାମାନ୍ୟ କାଇଦା କଟକଣା ମାଲୁମ ନାହିଁ; ଏହାହିଁ ଆଶ୍ଚର୍ଯ୍ୟ। ଗରାକଙ୍କୁ ଏତେ ଥର ଲେଉଟାଇଲେ କି ବ୍ୟବସାୟ ଚଳେ ?" ବାବୁଟି ବୁଝିଲେ ନାହିଁ ସେ ଦୋକାନ ଖୋଲିଛି ନିଶା ଖର୍ଚ୍ଚ ଚଳାଇବାକୁ; ବ୍ୟବସାୟ ଚଳାଇବାକୁ ତ ନୁହେଁ।

ଲୋକମାନେ ଯେ ଯୁଆଡ଼େ ଫେରିଲେ। ଦୋକାନଟି କିନ୍ତୁ ସେହିପରି ବନ୍ଦ ରହିଲା। ଏତେ କଥା, ଏତେ ଅପମାନ—ତାକୁ ସେ ସବୁ କିଛି ସ୍ପର୍ଶ କଲା ନାହିଁ। ତା'ରି ପାଖ ଦୋକାନମାନଙ୍କରେ କେତେ ଗହଳ ଚହଳ। ଅଥଚ ସେଠାରେ କିଛି ନାହିଁ। ପିଲାମାନେ କୌତୁକରେ ପାଗଳା ଉପରକୁ ଟେକା ପଥର ପକାଇଲା ପରି ପବନ ରାସ୍ତାର ଲାଲ ଧୂଳି ଉଡ଼ାଇ ଆଣି ଦୋକାନ ଦୁଆର ମୁହଁରେ ପକାଇ ଦେଇଗଲା। ଦୋକାନ କବାଟ କ୍ଷଣକ ପାଇଁ ଧଡ଼ ଧଡ଼ ହୋଇ ଉଠିଲା। ପୁଣି ସେହିପରି ସ୍ଥିର ହୋଇ ରହିଲା। ଗତ କେତେ ଦିନ ଧରି ଦୋକାନ ବନ୍ଦ ଥିବାରୁ କବାଟରେ, ଚୌକାଠରେ ଆଙ୍ଗୁଳେ ବହଳ ଧୂଳି ବସି ଯାଇଛି।

ଏହି କ୍ଷୁଦ୍ର ଦୋକାନକୁ ଲାଗି ଚୌଧୁରୀଙ୍କର ସମ୍ଭ୍ରାନ୍ତ ମନୋହାରୀ ଦୋକାନ। ସେ ଦୋକାନଟି ଏପରି ସଜା ହୋଇଛି, ନାନା ରଙ୍ଗର ଆଲୋକ ଏପରି ଭାବରେ ଖଞ୍ଜା ହୋଇଛି ଯେ ଖୁବ୍ ଜରୁରୀ କାମ ଥିବା ଲୋକ ବି ରାସ୍ତାରେ ଦଣ୍ଡେ ଠିଆ ହୋଇଯିବ — ଦୋକାନର ଶୋଭା ଦେଖିବାକୁ। ଏତେ ବଡ଼ ସମୃଦ୍ଧିଶାଳୀ ଅଭିଜାତ

ଦୋକାନ ପାଖରେ ସେଇ ଅପରିଷ୍କାର କ୍ଷୁଦ୍ର ଦୋକାନଟି କାନ୍ଧକୁ କାନ୍ଧ ମିଳାଇ ବସିଛି। ସେ ଦୋକାନଦାରର ମଗଜ ବି ଏହି ସମ୍ଭ୍ରାନ୍ତ ଦୋକାନଦାରମାନଙ୍କ ଅପେକ୍ଷା କୌଣସି ଅଂଶରେ କମ୍ ନୁହେଁ। କଟକ ସହରରେ ତା'ପରି ଦିଲ୍‌ଦାର ଲୋକ ହୁଏ ତ ଅଛନ୍ତି କି ନା ସନ୍ଦେହ।

ମସ୍‌ଜିଦ୍ ଗଳି। ରାତି ପ୍ରାୟ ଏଗାରଟା। ସେ ଢଳି ଢଳି ଅନ୍ଧାର ଭିତରେ ଚାଲିଛି—ଖୁବ୍ ସମ୍ଭବ ଖଟିରୁ ଫେରିଲା। କିଛି ଦୂର ଯିବା ପରେ ସେ ଗୋଟିଏ ବାରଣ୍ଡା ଉପରକୁ ଉଠିଯାଇ ଦୁଆର ମୁହଁରେ ଆଘାତ କଲା। ଭିତରେ ଅନ୍ୟ ଲୋକର କଣ୍ଠସ୍ୱର ଶୁଣିପାର ସେ ବିସ୍ମିତ ହୋଇ ପୁଣି ଶୁଣିଲା। ବାସ୍ତବିକ ଅନ୍ୟ ଲୋକ ସହିତ ମୋହିନୀ ଖୁସି ଗପ କରୁଛି। କଟକକୁ ଆସିବା ଦିନୁ ମୋହିନୀ ସହିତ ତାର ପରିଚୟ ହେଲେ ସୁଦ୍ଧା ଗତ ଚାରିମାସ ହେବ ସେ ତା' ଘରେ ଖିଆପିଆ ବସବାସ କରେ। ଏହା ପୂର୍ବରୁ ତା'ର ଖିଆପିଆ ହେଉଥିଲା ହୋଟେଲରେ କିନ୍ତୁ ବସବାସର କୌଣସି ନିର୍ଦ୍ଦିଷ୍ଟ ଜାଗା ନ ଥିଲା। ଜୀବନଯାକ ସେ ଏହିପରି ଭାବରେ କଟାଇ ଆସିଛି। ମୋଟେ ଏଇ କେତେଟା ଦିନ ହେବ ସେ ମୋହିନୀ ସହିତ ଘର ସଂସାର କରି ରହିଥିଲା। ଏ ବେଶ୍ୟାପଡ଼ାରୁ ମୋହିନୀକୁ ଉଠାଇ ନେଇ ଅନ୍ୟ ଜାଗାରେ ଗୋଟିଏ ଘର କରି ରହିବାକୁ ସେ ଅନେକ ଥର ଭାବିଛି। କିନ୍ତୁ ତାହାର ଅବସ୍ଥା ତାହା କରାଇ ଦେଇନାହିଁ, ତଥାପି ସେହି ବେଶ୍ୟାଳୟରେ ମୋହିନୀଠାରୁ ପୂର୍ଣ୍ଣ ପତିତ୍ୱ ଦାବୀ କରିବାକୁ ସେ ଛାଡ଼ି ନାହିଁ। ସମୟ ସମୟରେ ଘରଖର୍ଚ୍ଚ ପାଇଁ ନିଜର ରୋଜଗାରତକ ମଧ୍ୟ ମୋହିନୀ ହାତକୁ ବଢ଼ାଇ ଦେଇଛି। କିନ୍ତୁ ଆଜି ଅନ୍ୟ ପୁରୁଷର କଣ୍ଠସ୍ୱର ଶୁଣି ତାହାର ସ୍ୱାମୀତ୍ୱର ଅଭିମାନ ଜାଗି ଉଠିଲା। ସେ ପୁଣି ଦ୍ୱାରରେ ଆଘାତ କରି ଗର୍ଜି ଉଠିଲା, "ଦରବାଜା ଖୋଲୋ।" ସଙ୍ଗେ ସଙ୍ଗେ ସବୁ କଳରୋଳ ବନ୍ଦ ହୋଇଗଲା। କବାଟ ଫିଟିଗଲା। ଅଳ୍ପ ଖୋଲା କବାଟ ଫାଙ୍କରେ ମୋହିନୀ ମୁହଁ ଗଳାଇ ତାହାର ଚଞ୍ଚଳ ନୟନ ଓ ସସ୍ମିତ ଅଧରକୁ ଆଗନ୍ତୁକ ଦିଗକୁ ତୋଳି ଧରିଲା।

ଅବିଚଳିତ ଗମ୍ଭୀର ସ୍ୱରରେ ପ୍ରଶ୍ନ ହେଲା, "ଘରେ ଆଉ କିଏ ?"

"ଆଉ କିଏ ଥାନ୍ତା ମ; ପଡ଼ିଶା ଘର ପାଟି ଶୁଭୁଥିବ ନା।"

କୌଣସି କଥାରେ କାନ ନ ଦେଇ ସେ ଭିତରକୁ ଚାଲିଲା। ସେହି ଘର ଭିତରେ ସେ ନିଶାରେ ଭୋଳ ହୋଇ ପଡ଼ିଥିବା ବେଳେ ମୋହିନୀ ପାଖକୁ ଅନ୍ୟ ଲୋକ ଆସିଛନ୍ତି; କିଛି ସେ ଜାଣିପାରି ନାହିଁ। କିନ୍ତୁ ଆଜି ତାହାର ନିଶା ଗଲା କୁଆଡ଼େ ? ଏହି କଥାଟା ବୁଝିବାକୁ ମୋହିନୀର ବାକୀ ରହିଗଲା। ସେ ଭାବିଥିଲା ଏ ତ ମତୁଆଳ ହୋଇ ଆସିଥିବ। ଯାକୁ ସହଜରେ ଭୁଲାଇ ଦେଇ ଅତିଥିଟିକୁ ସସମ୍ମାନରେ ବିଦା

କରି ଦବ। କିନ୍ତୁ ଆଜିର ଏ ଭାବ ତାହାଠାରେ ଦେଖି ମୋହିନୀର ମନରେ ନାନା ଆଶଙ୍କା ଜାତ ହେଲା।

ସେ ଘର ଭିତରେ ପଶି ଆଗ ଚାରିଆଡ଼ ଖୋଜିବାକୁ ଲାଗିଲା। ଶେଷରେ ଦେଖିଲା ଖଟତଳେ ଗୋଟିଏ କୋଣରେ ମଣିଷ ଦେହଟିଏ ଜାକି ଜୁକି ହୋଇ ରହିଛି। ସେ ମୋହିନୀ ଆଡ଼କୁ ନିଜର ରକ୍ତ-ଚକ୍ଷୁ ଫେରାଇ ପଚାରିଲା, "ଘରେ ପରା କେହି ନ ଥିଲେ; ଏ ତେବେ କିଏ ?" ମୋହିନୀ ଚିତ୍କାର କରି ସେଠାରୁ ପଳାଇବାକୁ ବସିଥିଲା। କିନ୍ତୁ ତାହାର ଶକ୍ତ ମୁଠାରୁ ହାତ ମୁକୁଳାଇ ନେବା କ'ଣ ସହଜ ? ସେ ମୋହିନୀକୁ ଅଟକାଇ କହିଲା, "ଚୁପ୍ କର; କହ ଏ କିଏ ?" ମୋହିନୀ ଥରି ଥରି କହିଲା, "ଚଉଧୁରିଙ୍କ ପୁଅ।"

"ଦୋକାନଦାର ଚଉଧୁରି ? ଆସନ୍ତୁ ଆଜ୍ଞା, ଆପଣଙ୍କ ଲାଖି ଜାଗା ସେ ନୁହେଁ।"

ଲୁକ୍କାୟିତ ଶରୀରଟି ଆସ୍ତେ ଆସ୍ତେ ହଲିବାକୁ ଲାଗିଲା। "ଡେରି କାହିଁକି ବାବୁ, ବାହାରି ଆସନ୍ତୁ ତୁରନ୍ତ।" ଭଦ୍ର ଲୋକଟି ଖଟ ତଳୁ ବାହାରି ଆସି ଠିଆ ହେଲା।

"ଘରେ ପିଲା ମାଇପିଙ୍କୁ ଛାଡ଼ି ଏଠିକି ଆସିବାର ମତଲବ ?" ଘରେ ନିଜର ସ୍ତ୍ରୀ ଥାଉ ଥାଉ ଲୋକେ କାହିଁକି ବେଶ୍ୟା ଘରକୁ ଆସନ୍ତି, ସେ କଥା ସେ ଆଦୌ ବୁଝି ପାରିଲା ନାହିଁ। ସେ ଏ କଥା ଏଇ ଯେ ପ୍ରଥମ ଦେଖିଲା ତାହା ନୁହେଁ। ବହୁବାର ଏହା ପୂର୍ବରୁ ଦେଖିଛି ଏବଂ ପ୍ରତିଥର ତା' ମନରେ ସେଇ ଗୋଟିଏ ପ୍ରଶ୍ନ ଜାଗିଛି। ତାହାର ସମାଧାନ ସେ କରିପାରି ନାହିଁ। ଆଜି ଏ ଲୋକଟାକୁ ସାମନାରେ ଠିଆ ହେବାର ଦେଖି ଘୃଣାରେ ତାର ସର୍ବାଙ୍ଗ କଣ୍ଟକିତ ହୋଇ ଉଠିଥିଲା। ସେ ନିଜର ବଜ୍ରମୁଷ୍ଟି ତାହାର ଗଳାରେ ରଖିଲା, ସେ ମୁଷ୍ଟିର ସ୍ପର୍ଶରେ ବାବୁଟିର ରକ୍ତ ପାଣି ହେବାକୁ ଲାଗିଲା। ସେ ଥରି ଥରି କହିଲା, "ଏଇଥର ଛାଡ଼ିଦିଅ, ଆଉ ଏଠିକି ଆସିବି ନାହିଁ।"

"ଏ ସବୁ ଜାଗା ଉପରକୁ ଆସିବାକୁ ହେଲେ ଛାତିରେ ସାହସ ଆଉ ବାହାରେ ବଳଥିବା ଦରକାର; ବୁଝିଲ ?"

ଦାଣ୍ଡ ଦୁଆରେ ପୁଣି କିଏ ଆଘାତ କରିବାର ଶୁଣାଗଲା। ବାବୁଟିର ଉପରୁ ଆଖି ଫେରାଇ ସେ ମୋହିନୀ ଆଡ଼କୁ ଚାହିଁଲା। "ପୁଣି କିଏ ଦୁଆରେ ଡାକିଲା ?"

ମୋହିନୀ ତା' ଆଡ଼କୁ ନ ଚାହିଁ ଉତ୍ତର କଲା, "ଆଉ କାହା ଦୁଆରେ ଡାକୁଥିବ ନା।"

"ଯେମିତି ଏ ଦଣ୍ଡକ ଆଗରୁ ଆଉ କାହା ଘରେ ପାଟି ଶୁଣା ଯାଉଥିଲା। ଦେଖିଲା ବେଳକୁ ଏଡ଼େ ସୁନ୍ଦର ଭଦ୍ର ଲୋକଟି ଖଟ ତଳୁ ବାହାରିଲେ ?"

ମୋହିନୀ ଏ କଥାଟାରେ ସାପ ପରି ଫଁ କରି ବୁଲିପଡ଼ି କହିଲା, "ମୋର ଇଚ୍ଛା ମୁଁ ଯାହା କଲି; ତୁ କିଏ ସେ କହିବାକୁ?"

ସେ ମୋହିନୀର ଗଳାକୁ ହାତରେ ଚାପି ଧରି କହିଲା, "କଣ କହିଲୁ? ତୋର ଯାହା ଇଚ୍ଛା ତାହା କରିବୁ।"

ଚୌଧୁରିବାବୁଟି ଏ ହାଲ୍ ଦେଖି ଭୟରେ ତଟସ୍ଥ ହୋଇ ରହିଥାଏ।

ମୋହିନୀ ରୁଦ୍ଧ କଣ୍ଠରେ କହିବାକୁ ଲାଗିଲା, "ମୋ ଘରେ ରହି, ମୋ ଉପରେ ଖାଇ, ପୁଣି ମୋର ତଣ୍ଟି କଣା କରି ରକତ ଶୋଷୁଚୁ? ମୁଁ ରୋଜଗାର କରୁ ନ ଥିଲେ ମୁଠାଏ ଖାଇବାକୁ ମିଳୁ ନ ଥାନ୍ତା ତତେ। ଯାହା ତ ଚୂଲି ରୋଜଗାର କରୁ ସବୁ ମଦ ଗୁଲିରେ ଉଡ଼ଉ। ଛାଡ଼ ମତେ ଛାଡ଼" କହି ମୋହିନୀ ତାର ହାତରେ ଦାନ୍ତ ବସାଇ ଦେଲା।

ମଦ ନିଶାର ଅସ୍ପଷ୍ଟ ପର୍ଦ୍ଦାଟା ତାହାର ଆଖି ଆଗରୁ ହଠାତ୍ ଖସିଗଲା। ସେ ମୋହିନୀକି ମୁକ୍ତି ଦେଇ କହିଲା, "ଯା, ତୋର ଯାହା ଇଚ୍ଛା କର।" ସେ ବୁଝିଲା ଯେ ମୋହିନୀ ରୋଜଗାରରେ ଚଳିବା ତା'ପକ୍ଷରେ ବଡ଼ ନିନ୍ଦାର କଥା। କିନ୍ତୁ ମୋହିନୀ ଯେ ଏପରି ଭାବରେ ରୋଜଗାର କରି କାହିଁକି ତାକୁ ଚଳାଉଥିଲା ସେ କଥା ବୁଝିବାକୁ ସେ ଚେଷ୍ଟା କଲା ନାହିଁ।

ବାହାର କବାଟ ଖୋଲି ତଳକୁ ଓହ୍ଲାଇବାକୁ ପାଦ ବଢ଼ାଉଛି, ଏତିକି ବେଳେ ତାର ପଛଆଡୁ ଗୋଟାଏ ଧକ୍କା ବାଜିଲା, ସଙ୍ଗେ ସଙ୍ଗେ କବାଟ ଦେଉ ଦେଉ ଚଉଧୁରି ବାବୁଟି କହି ଉଠିଲା, "ନିକ୍‌ଲୋ ପାଜି, ନିକ୍‌ଲୋ"; ଏତେବେଳକେ ସେ ଲୋକଟିର ଆତ୍ମାଭିମାନ ପ୍ରକାଶ ପାଇଲା।

ସେ ମୋହିନୀ ପାଖକୁ ଫେରି ଆସି କହିଲା, "ଏକ ଧକ୍କା ଦେଲି ଯେ ଗଡ଼ି ଗଡ଼ି ଏକାବେଳେ ରାସ୍ତାରେ—ଆ ଏଥର—ଆସିବୁଟି," କହି ତାକୁ ଭିତରକୁ ଟାଣିଲା। ଏହି ସମୟରେ ପୁଣି ଦାଣ୍ଡ କବାଟରେ ଅଘାତ ହେଲା। ବାବୁଟି ଭୀତ ହୋଇ ଭାବିଲା, 'ପୁଣି କ'ଣ ସେ ଫେରିଲା କି?' ସେ ମୋହିନୀକୁ ଅନୁନୟ କରି କହିଲା, "ହେ କବାଟ ଖୋଲ ନା ଟି," ମୋହିନୀ କିଛି ନ ଶୁଣି କବାଟ ଖୋଲିଦେଲା। ଭିତରକୁ ପଶିଲା, ଧନୁ ସିଂ। ସେ ବିଡ଼ି ତିଆରି କରି ପେଟ ପୋଷେ, ନିଶା ଖର୍ଚ୍ଚ ଚଳାଏ, ବେଳେ ବେଳେ ଏ ପଡ଼ାରେ ବି ମୁହଁ ମାରିଯାଏ।

ତା' କାନ୍ଧରେ ହାତ ପକାଇ ମୋହିନୀ କହିଲା, "ଆ ଧନୁ ଭାଇ; ଭିତରେ ବସ।" ଦୁହେଁଯାକ ଭିତରେ ବସି ଗପ ଆରମ୍ଭ କରିଦେଲେ। ବାବୁଟି ଧୀରେ ଧୀରେ ରାସ୍ତା ଧରିଲା। ଘରକୁ ଫେରିବା ବାଟରେ ଦେଖିଲା ନିଜ ଦୋକାନ ପାଖ ସେହି

ଛୋଟ ମଇଳା ଦୋକାନରେ କିରାସିନି ବତୀଟିଏ ଜଳୁଛି। ଦୋକାନଦାର କାମରେ ବ୍ୟସ୍ତ। କିରାସିନୀ ବତୀଟିକୁ ସାମନାରେ ରଖି ସେ କେତେବେଳେ ଛୁରୀଟିକୁ ପଜାଇ ନେଉଛି, କେତେବେଳେ ଚମଡ଼ା କାଟୁଛି, କେତେବେଳେ ବା ହାତୁଡ଼ି ଧରି ଠକ୍ ଠକ୍ କରି କଣ୍ଟା ପିଟୁଛି। ଚୌଧୁରୀ ବାବୁଟି ସେ ବାଟେ ଯିବାକୁ ସାହସ କଲା ନାହିଁ। କେଜାଣି କାଳେ ଧକ୍କା ମାରିବାର ଫଳଟା ହାତେ ହାତେ ମିଳିଯାଏ। ଅନ୍ୟ ରାସ୍ତାରେ ଘରକୁ ଫେରିବା ବେଳେ ଭାବିଲା, "ଠିକ୍ ସମୟରେ ଦୋକାନ ଖୋଲିଛି। ଅସଲ କାରବାରର ବକତ ଏକା। ବଜାରରେ ଯେତିକି ବେଳେ ଗହଳ ଚହଳ ସେତିକି ବେଳେ ଯା' ଦୋକାନ ବନ୍ଦ; ଆଉ ଦୋକାନ ଖୋଲା ରହିଛି ଯେତେବେଳେ ରାସ୍ତାଘାଟ ନିଶ୍ଚଳ। ନିଶାଖୋର ନ ହେଲେ ଯା' କିଏ କରିବ ?" ମନେ ମନେ ଖୁବ୍ ହସି ହସି ସେ ଘରକୁ ଫେରିଲା।

■

ଭଞ୍ଜପ୍ରଦୀପ, ୦୪/୦୧, ଆଶ୍ୱିନ ୧୩୪୨

BLACK EAGLE BOOKS

www.blackeaglebooks.org
info@blackeaglebooks.org

Black Eagle Books, an independent publisher, was founded as
a nonprofit organization in April, 2019. It is our mission to
connect and engage the Indian diaspora and the world at large
with the best of works of world literature published on a
collaborative platform, with special emphasis on
foregrounding Contemporary Classics and New Writing.

www.ingramcontent.com/pod-product-compliance
Lightning Source LLC
Chambersburg PA
CBHW050426110726
47899CB00008B/2864
* 9 7 8 1 6 4 5 6 0 6 3 3 8 *